HAYMON taschenbuch 70

Gedruckt mit freundlicher Unterstützung durch die Direktion Kultur
des Amtes der Oberösterreichischen Landesregierung.

Auflage:
7   6   5   4   3   2
2017 2016 2015 2014 2013 2012 2011

HAYMON tb 70

Originalausgabe
© 2011 Haymon Taschenbuch, Innsbruck-Wien
www.haymonverlag.at

Alle Rechte vorbehalten. Kein Teil des Werkes darf in
irgendeiner Form (Druck, Fotokopie, Mikrofilm oder in einem
anderen Verfahren) ohne schriftliche Genehmigung des Verlages
reproduziert oder unter Verwendung elektronischer Systeme
verarbeitet, vervielfältigt oder verbreitet werden.

ISBN 978-3-85218-870-6

Umschlag- und Buchgestaltung, Satz:
hœretzeder, grafische gestaltung, Scheffau/Tirol
Autorenfoto: Haymon Verlag

Gedruckt auf umweltfreundlichem,
chlor- und säurefrei gebleichtem Papier.

1

So etwas hatte selbst Gasperlmaier noch nie gesehen. Gewiss, auf seiner Runde durch das Altausseer Bierzelt am Montagmorgen war ihm in den vergangenen zwanzig Jahren durchaus Bemerkenswertes begegnet. In wabernden Schwaden verschiedenster Duftspuren nach geräucherten Saiblingen, kalten Grillhendln, schalem Bier und Erbrochenem fand sich immer wieder der eine oder andere Gast, der nicht nach Hause gefunden hatte. Manch einen hatte Gasperlmaier schon auf einem Biertisch schlafend vorgefunden, dann und wann lagen auch zu Boden gegangene Lederhosenträger morgens noch dort, wo sie nachts zusammengebrochen waren, und sogar ineinander verschlungen schlafende Trachtenpärchen hatte Gasperlmaier schon dazu bringen müssen, sich schlaftrunken auf den Nachhauseweg zu machen. Oder, in manchen Fällen, gleich wieder auf einer Bierbank Platz zu nehmen und die nächste Bestellung bei der Kellnerin aufzugeben. Der Altausseer Kirtag entfaltete sich nämlich traditionsgemäß erst am Montag zu voller Blüte.

Auch solche wie den heute hatte er schon manchmal vorgefunden, noch auf der Bank sitzend, während der Kopf auf die darunter liegenden Arme gesunken war.

Auch allerlei Substanzen, die sich gewöhnlich im Inneren des Körpers befinden, hatte Gasperlmaier schon in Pfützen auf dem Boden, in dunklen Flecken auf den Lederhosen und in Rinnsalen auf und unter den Biertischen fließen und eintrocknen sehen. Er musste an den alten Witz denken, in dem ein Ausseer anlässlich einer Gesundenuntersuchung vom Arzt darüber aufgeklärt wird, dass eine Blut-, eine Stuhl-, eine Harn- und eine Spermaprobe benötigt würden, worauf der Ausseer anbietet, einfach die Lederhose dazulassen.

Doch so etwas wie heute hatte Gasperlmaier noch nie gesehen. Er trat näher und betrachtete den Mann, der vor ihm zusammengesunken am Biertisch hockte. Dass es keiner von hier war, war das Erste, was Gasperlmaier, der seit mehr als zwanzig Jahren Dienst im Polizeiposten von Altaussee versah, mit Sicherheit feststellen konnte. Der Mann trug eine Lederhose, das schon, sogar eine Altausseer Lederhose, eine teure noch dazu, siebennahtig, von Hand bestickt. Nicht unter tausendfünfhundert Euro zu bekommen. Solche Hosen trugen auch Altausseer da und dort. Aber keine neue. Nur in den allerschlimmsten Notfällen, nach Brandkatastrophen oder Lawinenabgängen, die das gesamte Hab und Gut einer Familie vernichtet hatten, oder Raubüberfällen, die zum Glück im Ausseerischen selten waren, kaufte sich der Ausseer oder Altausseer eine neue Lederhose. Selbst in den genannten Katastrophenfällen wurde die Lederhose oft dadurch gerettet, dass ihr Besitzer sie stets am Leib trug. Und wenn denn eine Neuanschaffung unausweichlich war, zog man gebrauchte, überarbeitete, weiter oder enger gemachte den neuen vor. Jahre konnten über der Suche nach einer passenden alten Lederhose hingehen.

Gasperlmaier selber war gestern in der Uniform der freiwilligen Feuerwehr im Bierzelt gesessen, heute hatte er sie mit seiner Polizeiuniform vertauscht, wie Gasperlmaier überhaupt ein Freund von Uniformen war und selten anderes trug. Das hätte ja bedeutet, einkaufen gehen zu müssen, in engen, nach Schweiß riechenden Kabinen, in denen man sich Ellbogen und Knie blutig schlug, fremde Kleidungsstücke immer wieder an- und ausziehen zu müssen, Entscheidungen über Farbe, Stil und Passform treffen zu müssen und so weiter. Das wollte sich Gasperlmaier, wenn es ging, liebend gern ersparen, obwohl seine Frau ihn regelmäßig ... Gasperlmaier würgte diesen Gedanken entschlossen ab, um nicht ins

Grübeln und Sinnieren zu geraten. Schließlich und endlich war auch die Tracht, die der Mann auf der Bierbank trug, eine Art Uniform, denn es galten exakte und genau einzuhaltende Kleidungsvorschriften, und so wurde zum Beispiel ein ahnungsloser Sommerfrischler, der sich mit weißen Stutzen anstatt der grünen zur Lederhose im Wirtshaus sehen ließ, schon einmal verächtlich als „Pinzgauer" beschimpft und unter Umständen auch mit einer Halben Bier übergossen.

Gasperlmaier ordnete seine Gedanken und kehrte zum gegenständlichen Fall zurück. Trug also einer, wie hier, eine neue Lederhose, war er in der Regel ein Wiener, allenfalls ein Linzer, Grazer, in seltenen Fällen vielleicht ein Vöcklabrucker oder gar ein Gmundner. Obwohl die Gmundner schon ihre eigenen Lederhosen hatten.

Auch dass es sich um eine Altausseer, nicht etwa um eine Bad Ausseer oder eine Grundlseer Lederne handelte, war Gasperlmaier sofort klar, das geschulte Auge nahm die Unterschiede schon im Rückenmark wahr, das Gehirn musste mit solchen Selbstverständlichkeiten gar nicht erst beschäftigt werden.

Diese neue Lederhose war nun aber, und das war eigentlich das, was Gasperlmaier noch nie gesehen hatte, übel zugerichtet. Und das ist eine Altausseer Lederhose nicht etwa wegen ein paar vernachlässigbaren Urinresten, die, wie man weiß, auf das Leder höchstens erhaltend einwirken. Nicht umsonst gerben ja die Beduinen ihre Ledernen mit Kamelurin, wie Gasperlmaier wusste. Der bedenkliche Zustand der Ledernen offenbarte sich in dicken rotbraunen Verkrustungen, die über das Hosentürl liefen und zwischen den Schenkeln des Mannes verschwanden, während das Leder auf den Oberschenkeln sauber und neu glänzte. Die gröbste Sauerei bestand darin, worauf, vielmehr worin der Mann saß. Der Lederhosenhintern befand sich inmitten einer eingetrockneten Blutlache, die sich nahezu über die ganze Bank ausgebreitet hatte und zu Boden getropft war, denn auch auf den graubraunen Brettern unter der Bank meinte Gasperlmaier, schwärzliche Krusten wahrzunehmen.

Eigentlich, exakt betrachtet, war es keine Lache mehr, worin der Mann saß, denn das hätte das Vorhandensein von Flüssigkeit impliziert, vielmehr war es ein dünner Film dunkelroten, fast braunen, eingetrockneten Saftes mit dicken Schlieren darin. Das machte Gasperlmaier eines klar: Jetzt blutete der Mann nicht mehr.

Routiniert und doch von Scheu, Ekel und Ehrfurcht zugleich ergriffen – wie wenn man durch dickes Panzerglas eine Gabunviper betrachtet –, trat Gasperlmaier an den Mann heran und tastete an dessen Hals nach etwa noch vorhandenem Pulsschlag. Rasch zuckten seine ausgestreckten Finger zurück, als sie das erkaltete, leblose Fleisch berührten.

Man darf jetzt nicht dem Irrtum verfallen, Gasperlmaier hätte langsam, zögerlich, unentschlossen oder allzu bedächtig gehandelt, nein, all das spielte sich in des Polizisten kriminalistisch geschultem Hirn binnen weniger Zehntelsekunden ab: das Erinnern an frühere Auffindungen sogenannter Schnapsleichen, das Wahrnehmen des Zustands des Aufgefundenen, das Urteil über Herkunft und soziale Stellung: das alles in Zehntelsekunden, wenn nicht Hundertstel. Und nach vielleicht, grob geschätzt, zwei bis drei Zehntelsekunden kam Gasperlmaier zu der eindeutigen Schlussfolgerung: Da saß ein unlängst verstorbener wohlhabender Sommerfrischler.

Auch Gasperlmaiers nächster Entschluss war binnen Sekundenbruchteilen gefasst: Er brauchte einen Schnaps. Das Entdecken von Leichen, das Anfassen kalten Fleisches, das Blut – das war für einen Altausseer Polizisten nichts Alltägliches, es gehörte schon zu den Besonderheiten, die dringend der Entspannung durch Hochprozentiges bedurften. Viel länger als die Analyse der Situation gedauert hatte, brauchte Gasperlmaier für die Suche nach geeignetem Stoff – der Wirt im Altausseer Bierzelt war nicht so dumm, den Schnaps nach der Sperrstunde offen herumstehen zu lassen. Nach Minuten des Herumirrens im vom frühen Morgenlicht fahl erleuchteten Bierzelt entdeckte Gasperlmaier zwischen schmutzigen Gläsern eine Schnapsflasche, in der sich noch ein Fingerbreit glasklarer Flüssigkeit befand. Gasperlmaier roch und stürzte den Rest, für gut befunden, hinunter.

Neuerlich war eine Entscheidung zu treffen, die gründliches Nachdenken erforderte, das nun mehr als nur Sekundenbruchteile dauerte. Folgendes galt es zu überlegen: Rief Gasperlmaier nun, wie die Vorschrift es verlangte, seinen Vorgesetzten an, würde in einer halben Stunde das gesamte Festgelände von farbigen Kunststoffbändern umgeben und damit abgeriegelt sein. Das Bierzelt würde seinen Betrieb verspätet, um Stunden verspätet, oder gar überhaupt nicht aufnehmen. Es galt abzuwägen, ob der auf der Bank zusammengesunken dasitzende Tote dieses außergewöhnlich hohe Risiko wert war. Wie viele Hundert Altausseer, Ausseer, Grundlseer, Goiserer und wer weiß noch alles würden bitter enttäuscht nach Hause zurückkehren und sich am Ende dort betrinken müssen, der Höhepunkt im Festkalender des Dorfes würde unwiederbringlich dahin und zerstört sein. Und das, wo das Wetter sich anschickte, einen warmen Spätsommertag einzuleiten, wie geschaffen für die Promenade auf dem Kirtag und die Einkehr im Bierzelt.

Gasperlmaier wog die Alternativen ab. Er konnte den Toten beiseiteschaffen, irgendwo hinter die Hecke, die die große, zum See hinunter leicht abfallende Wiese begrenzte, die als Parkplatz diente. Um diese Zeit würde er das wohl unbemerkt tun können, wer stand schon

– gerade an diesem Morgen – vor sechs Uhr auf oder spazierte gar auf dem Bierzeltgelände herum, wenn er nicht gerade der diensthabende Ortspolizist war. Gasperlmaier beschloss, um des Kirtags willen ein persönliches Opfer zu bringen und gegen seine Vorschriften zu handeln. Der Tote musste aus dem Bierzelt verschwinden, das Gelingen des Kirtags war eindeutig ein ethisch höher stehender Wert als eine korrekte Ermittlung in einem Todesfall. Dem Toten selber konnte eine solche ohnehin nicht mehr helfen, für ihn war die Angelegenheit mit seinem Ableben erledigt, versicherte sich Gasperlmaier selbst.

Gasperlmaier fasste den Toten unter den Armen, einen Anflug von Ekel einem höheren Ziel zuliebe unterdrückend. Erleichtert stellte er fest, dass die Leichenstarre noch kaum eingesetzt hatte. Gasperlmaier ließ ihn zu Boden gleiten. Die zuvor angezogenen Beine gaben im Hüft- und Kniegelenk nach und streckten sich. Leere Augen starrten ihn an, der Mund des Toten blieb leicht geöffnet, so, wie er auf der Bank gesessen war. Gasperlmaier wandte seinen Blick rasch ab.

Er kam nun nicht umhin, deutlich zu erkennen, woran der Mann gestorben war. Oberhalb des Hosenbunds klaffte linkerseits ein breiter Riss in seinem weißblau karierten Hemd, das rund um diese Stelle völlig von getrocknetem Blut geschwärzt war. Am Ende, so dachte Gasperlmaier bei sich, hatte der Doktor – wie er die Leiche bei sich zu nennen beschlossen hatte – einen Stich mit seinem eigenen Hirschfänger abbekommen, dem Messer, das man dem Brauch nach in einer eigens dafür aufgenähten Tasche am rechten Oberschenkel trug. Ein kurzer Blick verriet ihm, dass das Messer fehlte.

Zuerst wollte sich Gasperlmaier allerdings um die Bank kümmern. Eine blutbesudelte Bank im Bierzelt, ohne den dazugehörigen Bluter, der immerhin einen nicht zu übersehenden Lederhosenabdruck auf derselben hinterlassen hatte, würde ebenso eine Untersuchung, Absperrung oder dergleichen, mithin einen Ausfall des Kirtags, mit sich bringen. Gasperlmaier schnappte die Bank in einem Akt hastiger Kraftanstrengung, wie sie Menschen nur in außergewöhnlichen Situationen zu vollführen imstande sind, verließ mit ihr das Bierzelt durch einen Seiteneingang, warf die Bank in ein nahes Gebüsch, klappte ihre Metallbeine zusammen und schob sie in den Schatten unter die tief hängenden Äste. So schnell würde man sie dort weder suchen noch finden.

Nun galt es, die Leiche weit genug vom Bierzelt wegzuschaffen. Gasperlmaier machte sich keine Illusionen: Den Doktor so zu verstecken, dass er nicht gefunden werden würde, war aussichtslos. Er musste nur so weit vom Bierzelt weggebracht werden, dass eine allfällige Leichenauffindung und die darauf folgenden Ermittlungen abseits und ohne Störung des Bierzeltbetriebs vonstatten gehen konnten.

Den Doktor aus dem Zelt zu schleifen, war schwerer, als er sich das vorgestellt hatte. Peinlich berührt sah Gasperlmaier, dass ein Schweißtropfen, der sich von seiner Stirn gelöst hatte, die Leiche genau an der Nasenwurzel traf. Zudem musste Gasperlmaier feststellen, dass die Haferlschuhe des Verstorbenen so deutliche Schleifspuren hinterließen, dass ihm am Gelingen seines Unternehmens Zweifel kamen. Er ließ den Mann vollends zu Boden gleiten und zog ihn an den Händen über die Wiese weiter. Wieder musste Gasperlmaier dabei den Ekel überwinden, der in ihm aufstieg, als er die Arme des Toten gegen den Widerstand der einsetzenden Leichenstarre nach oben zu verdrehen gezwungen war. Nun waren die Schleifspuren zwar wahrnehmbar, aber nicht allzu auffällig, und würden bald von den Lastwagen und Traktoren der Lieferanten frischen Biers und roher Grillhendln verwischt werden. Die Bauchwunde des Toten hatte durch die Bewegung wieder zu bluten begonnen: Rote Flecken breiteten sich jenseits der braunen, eingetrockneten Ränder aus.

Nach weniger als zwanzig Metern im bereits prallen Sonnenschein wurde Gasperlmaiers Unterfangen jäh durch das Brummen eines Dieselmotors unterbrochen. Ein LKW der Gösser-Brauerei tauchte langsam und auf der holprigen Wiese wild auf und ab tanzend aus dem Schatten der Zeltwand auf. In seiner Verzweiflung tat Gasperlmaier das einzig Mögliche: Er verschwand mit seiner Last im Pissoir, das auf der Wiese hinter dem Bierzelt seinen Platz gefunden hatte.

Nun war das Pissoir des Altausseer Bierzelts in sich eine Besonderheit: Frei stehende Stahlwannen, in die man sein Wasser abzuschlagen hatte, waren nicht etwa in einem Wagen, einem Nebenzelt oder vergleichbaren, sonst durchaus üblichen Baulichkeiten untergebracht, sondern lediglich von einer etwa brusthohen Pappkartonwand abgeschirmt, sodass der Benutzer des Pissoirs, je nach Ausrichtung, während seiner Tätigkeit den Blick auf den Tressenstein oder auf die sonnendurchflutete Trisselwand lenken konnte. Manche sahen das als Vorteil – immerhin tauschte man Uringestank und schmutzigweiß gestrichene, von Fliegen dicht bevölkerte Pissoirwände gegen einen grandiosen Blick in die Landschaft des Salzkammerguts ein. Die Ausblicke, die man vom Pissoir des Altausseer Bierzelts genießen konnte, zierten anderswo Kalenderblätter oder die Umschläge von Reiseführern. Gasperlmaier allerdings hatte sich mit dieser Weise, sich im Übermaß genossenen Bieres zu entledigen, niemals anfreunden können. Gewiss konnte man während des Benutzens des Urinals zuvor begonnene Unterhaltungen mit beispielsweise der draußen wartenden Begleiterin ohne lästige Unterbrechung weiterführen, doch Gasperlmaier waren die Freuden des ungezwungenen Gesprächs während des Wasserlassens nicht zugänglich. Gestern erst hatte er kurz nach Einbruch der Dunkelheit das Pissoir aufgesucht, während seine Frau draußen gewartet hatte. Gerade während der so heiklen Anfangsphase hatte sie zu ihm hin gelächelt: „Geht's leicht nicht?", und es war wirklich nicht, zumindest nicht gleich und nicht leicht, gegangen.

Sogar ein Kameramann hatte sich vor der Anlage herumgetrieben, professionell ausgerüstet, mit einem Assistenten, der an einer langen Stange ein pelziges Mikrofon herumtrug. Ob Gasperlmaier gefilmt worden war, wusste er nicht zu sagen. Jedenfalls gab es Angenehmeres, als womöglich in einer Fernsehsendung dämlich grinsend beim Urinieren gezeigt zu werden, wenn auch nur von der Brust aufwärts. Ohnehin hatte er die Fernsehdokumentationen satt, in denen Bräuche des Ausseerlandes als originell, aber kurios dargestellt wurden – in einer Art und einem Tonfall, in dem der Sprecher auch einen Film über die Humboldtpinguine an der südchilenischen Küste kommentieren würde. Gasperlmaier verstand sich nicht als putziges Kuscheltier der Großstädter, sicher nicht.

Gasperlmaier ließ seine Last fallen und zwischen den Urinalen zu liegen kommen, sodass der Körper des Toten mit den beiden im rechten Winkel zueinander aufgestellten Rinnen ein Dreieck bildete.

Die Leiche war aus dem Bierzelt beseitigt, die größte Gefahr abgewandt. Doch wie ein Stromstoß durchfuhr es Gasperlmaier siedend heiß, als er bereits das Mobiltelefon am Ohr hielt und die Nummer des Postenkommandanten gewählt hatte: Wenn das Pissoir gesperrt werden musste, konnte dann überhaupt das Bierzelt geöffnet werden? Wohin mit all denjenigen, die ein dringendes Bedürfnis verspürten? Konnte die Toilettenanlage im

Gebäude der Tourismusinformation den Zustrom aufnehmen und verkraften?

Zu spät, um für diese Probleme nach einer Lösung zu suchen: Der LKW der Brauerei hatte nur wenige Meter von Gasperlmaier entfernt angehalten, und Gasperlmaiers Vorgesetzter, der Kahlß Friedrich, hatte sich bereits gemeldet: „Gasperlmaier? Was ist?"

Gasperlmaier meldete den Fund eines Toten im Pissoir des Bierzelts, und den gehaltvollen Flüchen des Postenkommandanten entnahm er unschwer, dass auch diesem der Vorfall, an diesem Ort und zu diesem Zeitpunkt, schwer zu schaffen machte. „Das ist jetzt ein Riesenproblem, Gasperlmaier, ist das!" war, von den Kraftausdrücken abgesehen, sein erster Kommentar, worauf Gasperlmaier hilflos die Schultern zuckte, ohne sich der Tatsache bewusst zu werden, dass Mobiltelefone körpersprachliche Signale nicht zu übertragen pflegten.

2

„Herrgottsakrament!", entfuhr es dem Kahlß Friedrich, nachdem er seinen massigen Leib durch die Eingangsöffnung des Pissoirs gezwängt hatte. Gasperlmaier empfand Erleichterung darüber, dass er nun nicht mehr mit der Leiche allein war. Auch bereute er bereits jetzt sein voreiliges Handeln – der deutliche Druck, der leichte Schmerz, das Ziehen im Magen – all das Zeichen, die ihm klar sagten: Du hast etwas falsch gemacht, Gasperlmaier. Das wird dir noch Ärger bereiten.

Kahlß stand zunächst ebenso untätig wie unschlüssig neben seinem Untergebenen, nahm sein Kapperl ab und kratzte sich an dem spärlichen, ihm noch verbliebenen Haarkranz. „Dass das ausgerechnet jetzt passieren muss!" Kahlß hatte, wie Gasperlmaier wusste, noch drei Jahre bis zur Pension, dennoch hatte er sich schon im Vorjahr angewöhnt, jeden außergewöhnlichen Vorfall, der dazu geeignet war, seine Arbeitsbelastung wie seinen ohnehin schon überhöhten Blutdruck aus der Balance zu bringen, lauthals zu bejammern – warum denn das ausgerechnet so kurz vor der Pension passieren habe müssen. Dennoch, Kahlß war sonst die Ruhe in Person. So wie sein Bauch war sein phlegmatisches Verhalten im Laufe der Dienstjahre langsam, aber ebenso stetig angewachsen.

Nachdem sich Kahlß ausgiebig gekratzt hatte, beugte er sich zu der Leiche hinunter, um ihr ins Gesicht zu sehen. „Der Doktor Naglreiter!", entfuhr es ihm nun. „Was macht denn der hier?" Gasperlmaier war sich sicher, dass Kahlß eine rein rhetorische Frage gestellt hatte, auf die er weder von ihm, Gasperlmaier, noch von der Leiche eine aufschlussreiche Antwort erwartete.

„Du kennst ihn?", fragte Gasperlmaier den Friedrich ebenso rhetorisch wie unnötig. „Freilich! Meine

Schwägerin, die Evi, putzt bei ihm. Hat geputzt", besserte sich Kahlß aus. „Hast du ihn nicht gekannt?" Gasperlmaier musste verneinend den Kopf schütteln. Oft hatte er schon feststellen müssen, dass er viel weniger Leute kannte als seine Kameraden bei Feuerwehr und Polizei. Er interessierte sich nicht so für die Migranten aus Wien und den Landeshauptstädten, ihm waren die Altausseer und die Ausseer genug. Vielmehr blickte er mit ein wenig Verachtung auf jene herab, die im Wirtshaus immer wieder versuchten, sich mit den Halbprominenten aus Wien, wie er sie bei sich nannte, wichtig zu machen, besonders mit dem ehemaligen, nun über siebzigjährigen Minister, der hier herinnen gern den Salzbaron gab und wie einst der Kaiser jedes denkbare Klischee zu bedienen versuchte. So war er zum Beispiel schon häufig dabei zu beobachten gewesen, wie er mit Lederhose und Gamsjackerl angetan mit der Plätte über den See zum Kahlseneck hinüberfuhr.

„Der Doktor Naglreiter!", wiederholte Kahlß, sich am Kinn kraulend. „Die Lederhose ist mir gleich so bekannt vorgekommen." Auf den fragenden Blick Gasperlmaiers hin erklärte Kahlß, der Doktor Naglreiter habe seine Schwägerin, die Evi, vor ein paar Monaten gefragt, wo er denn eine gute Altausseer Lederhose, wenn möglich maßgeschneidert, herbekomme, ohne ein oder zwei Jahre warten zu müssen. „Weil vielleicht bin ich dann schon tot!", habe er zur Evi gesagt, so Kahlß, „und jetzt, schau ihn dir an, jetzt hat er die Lederhose, die neue, und ist trotzdem tot. Und die Lederhose ist auch hin."

Die Evi habe also, fuhr der Kahlß Friedrich fort, dem Doktor Naglreiter geraten, sich an den Traninger draußen in Aussee zu wenden, und dort habe man zwar gejammert, die Näherin sei im Krankenstand, die kriege eine neue Hüfte, und man könne eigentlich keine Aufträge mehr annehmen, und dann habe man dem Doktor Naglreiter nach längerem Hin und Her doch eine neue Altausseer Lederhose angemessen, weil er natürlich die teuerste aller offerierten Möglichkeiten gewählt hatte, und sie war doch noch rechtzeitig zum Kirtag fertig geworden.

„Wenigstens hat er sie noch einmal tragen können", meinte Gasperlmaier, ein wenig erleichtert, „und ganz hin ist sie auch wieder nicht, wegen dem bisschen Blut. Hat er denn einen Sohn, der Doktor Naglreiter, der die Hose kriegen kann?", wollte Gasperlmaier noch wissen, denn er teilte die Sorge des Kahlß Friedrich um das wirklich sehenswerte Stück, das da jetzt am toten Hintern des Doktor Naglreiter hängend im Dreck der Wiese lag, in der das Klosett aufgestellt worden war.

„Freilich", entgegnete der Friedrich, „zwei Kinder hat er, der Doktor, die sind beide schon erwachsen, der Sohn, meine ich, ist Student, und die Tochter!", Kahlß pfiff durch die Zähne, „mein Lieber, da tut sich was, wenn die ihren Balkon im Dirndl spazieren trägt. Aber der Sohn, das ist eine rechte Krätzn, der spielt gern den großen Herrn, schmeißt mit dem Geld um sich, obwohl er selber gar keins verdient."

„Du, Kahlß", erkundigte sich Gasperlmaier, „was für ein Doktor ist denn eigentlich der Doktor Naglreiter?"

„Das weißt du auch nicht?" Kahlß zog verwundert die Augenbrauen hoch.

Gasperlmaier ließ es bleiben, dem Kahlß zu erklären, dass er wohl sehr schlecht wissen konnte, was für ein Doktor der Naglreiter gewesen sei, wenn er ihn gar nicht gekannt hatte. Weil ja das Wissen, wer einer ist, zunächst einmal davon abhängt, dass man weiß, dass es ihn überhaupt gibt.

Aber schon sprach der Friedrich weiter: „Ein Rechtsanwalt ist – war – der. Mit einem Haufen Geld. Ein neues Haus hat er gebaut, oben, in Lichtersberg, aber so, dass es ausschaut, als ob es ein ganz altes, überliefertes Altausseer Haus wäre."

Nachdem nun alles Wesentliche besprochen schien, kehrte Schweigen zwischen den beiden langjährigen Kollegen ein, das aber bald von Kahlß mit einem heftigen „Himmiherrgottsakrament noch einmal!" beendet wurde. „Jetzt müssen wir wen anrufen. Bleib du da und ich ruf in Liezen an, die müssen uns wen herschicken, die Spurensicherung, und ein Ermittlerteam, da können wir nicht einfach selber herumfuhrwerken, da braucht's ein paar Studierte, in so einem Mordfall."

„Vielleicht war's gar kein Mord", versuchte Gasperlmaier den Friedrich zu beruhigen. Da aber bewies der Kahlß Friedrich, dass er als Vorgesetzter doch den besseren Durchblick hatte: „Ja, glaubst du vielleicht, der Doktor Naglreiter hat sich selber ein Messer in den Bauch gebohrt, es dann gut versteckt oder in den See geworfen und sich dann zum Verbluten ins Pissoir gelegt?" Gasperlmaier musste sich im Stillen eingestehen, dass Kahlß natürlich – aus seiner Sicht gesehen – recht hatte. Wohingegen Gasperlmaier verlässlich wusste, dass sich der Doktor Naglreiter zum Verbluten einen weit besseren Platz ausgesucht hatte als das Pissoir.

Als der Kahlß Friedrich zum Auto stapfte und Gasperlmaier mit der Leiche allein ließ, war er sich gar nicht mehr sicher, ob seine Idee, den Leichnam aus dem Bierzelt zu entfernen, wirklich eine gute gewesen war. Der Knoten in seinem Magen zog sich nämlich immer mehr zusammen, und plötzlich wurde Gasperlmaier schmerzlich bewusst, dass man ja genauso gut beim Schneiderwirt drüben seine paar Bier hätte trinken können, und dass ein Kirtag gar niemals so wichtig war, wie er das vor einer halben Stunde noch gedacht hatte. Wo doch die Stube drüben beim Schneiderwirt wesentlich gemütlicher war als die lehnenlosen Bierbänke im überfüllten, verrauchten Zelt, wo einem spätabends das Kondenswasser, das sich unter der Deckenplane gebildet hatte, ins Bier tropfte.

„Sie kommen." Kahlß zwängte sich wieder seitlich durch die Eingangsöffnung des Pissoirs. Obwohl, dachte Gasperlmaier bei sich, es bei der Leibesfülle des Kahlß Friedrich völlig nebensächlich sein dürfte, ob er seitlich oder geradeaus durch einen Spalt zu schlüpfen versuchte, weil der Durchmesser, der hier ja wohl das Entscheidende war, so oder so etwa der gleiche sein musste. Wahrscheinlich war das Sich-seitlich-Durchzwängen mehr psychologisch.

„Ich pass jetzt hier auf den Doktor Naglreiter, also die Leiche, auf, und du nimmst dir das Plastikband und die Stecken aus dem Auto und sperrst alles ab." Gasperlmaier war es recht, dass er aus dem Pissoir jetzt endlich hinauskam, dennoch hatte ihn Kahlß ein wenig verunsichert. „Alles?" Der Kahlß wurde ein wenig präziser: „Na, was halt geht, alle Ein- und Zugänge, die in Liezen draußen sagen, alles wird abgesperrt, niemand kommt vor der Spurensicherung aufs Gelände. Ich hab schon am Posten in Aussee angerufen, die schicken wen, der gleich einmal die Zufahrten zu den Parkplätzen sperrt und ein paar Tafeln aufstellt."

Wie Gasperlmaier befürchtet und verhindern hatte wollen, wurde aus dem Kirtag nun doch nichts mehr. Zum gegenwärtigen Zeitpunkt stand Gasperlmaier dem Kirtag aber mit zunehmender Gleichgültigkeit gegenüber, vielmehr fürchtete er sich immer heftiger davor, dass sein eigenmächtiges Eingreifen auffliegen und die unangenehmsten Konsequenzen nach sich ziehen könnte.

Auf dem Weg zum Auto kam Gasperlmaier am Lastwagen der Gösser-Brauerei vorbei, der schon aufgetaucht war, als er noch allein mit Naglreiters Leiche beschäftigt gewesen war. Ein wenig wunderte es ihn schon, dass weder Fahrer noch Beifahrer bei ihnen vor oder im Pissoir aufgetaucht waren, um herauszufinden, was die Polizei am frühen Morgen so ausgiebig beschäftigte. Doch eben in diesem Moment schlug der Fahrer des Wagens eine Zeltplane zurück und trat vor Gasperlmaier hin. „Was macht's denn ihr schon so früh da heraußen?", wollte der jetzt natürlich wissen, und Gasperlmaier sah weder einen Grund, ihm Auskunft über das Einschreiten der Polizei zu verweigern, noch fiel ihm auf die Schnelle eine plausible Lüge ein. „Eine Leiche haben wir, im Pissoir." Und als sich die Blicke des Fahrers instinktiv dem genannten Ort zuwandten, sodass Gasperlmaier glauben musste, er wolle jetzt stante pede den Tatort besichtigen, fand er zur nötigen Autorität seines Amtes: „Ihr könnt's gleich zusammenpacken und abfahren, hier wird heute kein Bier ausgeschenkt, ist alles Tatort, wird alles sofort abgesperrt."

Irgendwie war dem Gasperlmaier nun leichter, und ohne dem Bierfahrer noch weitere Aufmerksamkeit zu schenken, ging er zum Einsatzwagen des Kahlß Friedrich, holte eine große Rolle Absperrband heraus und wandte sich zunächst den Zugängen zum Bierzeltgelände zu, wo er begann, zwischen Bäumen und Zaunpfosten, Hecken und Verkehrstafeln die Plastikstreifen zu verankern, um die Altausser, die bald in Feststimmung auf das Gelände würden strömen wollen, nachdrücklich daran zu hindern.

3

Natürlich hatte sich die Sache nicht ganz so entwickelt, wie der Kahlß Friedrich es angeordnet und sich vorgestellt hatte. Als ein weißer Audi mit Liezener Kennzeichen hinter einem Streifenwagen auf die Wiese hinter dem Pissoir rollte, hatte sich bereits eine ansehnliche Menge Schaulustiger dort versammelt, die sich zwar nun hinter einer Absperrung befand, hinter die sie von Kahlß, Gasperlmaier und zwei Ausseer Kollegen, deren eine eine Kollegin war, gedrängt worden waren, zuvor aber hatten sie ausgiebig die Gelegenheit genutzt, in der Umgebung des Pissoirs sämtliche denkbaren Spuren zu zertrampeln. Wie hätten Gasperlmaier und Kahlß, die ja zunächst nur zu zweit am Tatort gewesen waren, sie auch daran hindern können?

Gasperlmaier war dies nur recht. Von Schleifspuren, die aus dem Zelt zum Pissoir führten, war nun mit Sicherheit nichts mehr zu sehen, weil eine Gruppe Schaulustiger gerade jenen Streifen Gras besetzte, über den Gasperlmaier den Doktor Naglreiter hatte ziehen müssen, um ihn im Pissoir ablegen zu können, wo er sich noch immer befand.

Ebenfalls im Pissoir befanden sich die Damen und Herren der Abteilung für Spurensicherung, die wirklich in so weißen, halb durchsichtigen Plastikanzügen steckten, wie Gasperlmaier das bisher nur im Fernsehen gesehen hatte. Und die, wie man aus den Flüchen besonders eines etwas korpulenteren Beamten unschwer entnehmen konnte, bereits unmäßig schwitzten.

Gasperlmaier, an der Seite des Kahlß Friedrich, erwartete die Ermittler aus Liezen, die wohl in dem weißen Audi sitzen mussten, denn aus dem Streifenwagen stiegen nur zwei Uniformierte, die gleich auf Gasperlmaier und den Kahlß Friedrich zuhielten.

Aus dem Audi stieg aber eine Frau in einem feinen Kostüm, und Gasperlmaier war sich zunächst nicht ganz im Klaren darüber, wer das sein konnte und was die hier verloren hatte. Aber es dauerte nur wenige Sekunden, bis die Frau ein paar Schritte auf sie zu gemacht hatte und Gasperlmaier begriffen hatte, dass sie die Ermittlerin aus Liezen sein musste, die man geschickt hatte, um den Todesfall aufzuklären. Von seiner Frau war Gasperlmaier über die Jahre ebenso behutsam wie konsequent in die Geheimnisse der Gleichberechtigung der Geschlechter eingeweiht worden, sodass er eine nur mehr sehr kurze Schrecksekunde erlebte, sobald er einer Frau gegenüberstand, die eine Position einnahm, in der Gasperlmaier sich bis dahin nur Männer hatte vorstellen können.

Gasperlmaier streckte schon die Hand aus, um sie zu begrüßen, während die Frau, ohne ihn wahrzunehmen, an ihm vorbeisteuerte und den schwitzenden dicken Spurensicherer ansprach.

Einerseits ärgerte es Gasperlmaier, dass er von der Dame vollständig übersehen worden war, was indessen dem Kahlß Friedrich völlig egal zu sein schien, der versonnen zur Trisselwand hinüberblickte und froh darüber schien, dass der wegen der vielen Gaffer unmittelbar am Tatort fällige Rüffel bisher ausgeblieben war.

Andererseits konnte Gasperlmaier seine Blicke nicht von der Frau lassen, deren Auftritt bei ihm einen unmittelbaren und tiefen Eindruck auslöste. Ihr Kostüm war nicht ganz weiß, der Rock endete wenig oberhalb der Knie, und ihre wohlgeformten Beine steckten ihn ganz schön hohen Stöckelschuhen. Die konnte sie auch brauchen, dachte Gasperlmaier bei sich, denn sie war recht klein und reichte Gasperlmaier, der selbst kein Riese war, gerade einmal bis zum Kinn. Jetzt allerdings waren die Stöckelschuhe eher ein Hindernis, denn gerade war sie mit einem Absatz tief in die Wiese gesunken und dadurch fast ins Pissoir hineingestolpert. Der Fluch, der darauf folgte, flößte Gasperlmaier durchaus Respekt ein, war aber wenig damenhaft.

Was Gasperlmaier faszinierte, ein wenig aber auch ängstigte, war ihr scharfer, entschlossener Blick, der nun zwischen der Leiche am Boden des Pissoirs, den Mitgliedern der Spurensicherungsgruppe und den Uniformierten, die sie umstanden, hin und her glitt. Eine saubere Figur hat sie auch, dachte Gasperlmaier, das Kostüm verriet, dass Rundungen und Ausbuchtungen gerade dort sich befanden, wo Gasperlmaiers Meinung nach sie bei einer ordentlichen Frau auch hingehörten. Wenn man die Frau, dachte Gasperlmaier, jetzt zum Beispiel auf einem Computerfoto so um zwanzig Zentimeter in die Länge ziehen würde, hätte man die Perfektion schlechthin. Wie er von seinen Kindern wusste, wurde das in Modemagazinen routinemäßig gemacht. Heutzutage lernten die Kinder das schon in der Schule.

In seinem Sinnieren wurde Gasperlmaier völlig überrumpelt davon, dass ihm die Frau plötzlich die Hand hinstreckte, um ihn lächelnd zu begrüßen. „Doktor Kohlross, Bezirkspolizeikommando", stellte sie sich vor. So perplex war Gasperlmaier, dass er nur einen Laut hervorbrachte, irgendwo zwischen einem unklaren Röcheln und einem vorsichtigen Grunzen, und dass sie schon dem Kahlß Friedrich die Hand schüttelte, als Gasperlmaier endlich seinen Namen herausbrachte und ins Leere hineinrief: „Gasperlmaier, Polizeiposten Altaussee!", worauf ihn der Kahlß Friedrich von der Seite her ein wenig seltsam anschaute.

Das Lächeln der Frau Doktor Kohlross hatte den Gasperlmaier so gefangen genommen, dass er nur die Augen mit ihren feinen Lachfältchen, ihre vollen, weichen Lippen und das rotbraune, lang und glatt über den Rücken fließende Haar mit seinen orangen Strähnen in sich noch nachwirken ließ, während er nach außen hin nicht mehr als einen durchaus leeren Gesichtsausdruck mit etwas blöde wirkendem Lächeln zustande brachte.

Dazu kam ihre Stimme: klar, kräftig, nicht ohne Autorität und Schärfe, aber auch mit einem auf Gasperlmaier äußerst erotisierend wirkenden Timbre. Augenblicklich stellte sich bei Gasperlmaier schlechtes Gewissen ein – das untrügliche Zeichen dafür war das Bild seiner Christine vor seinem inneren Auge, mit blitzenden Augen und warnend erhobenem Zeigefinger. Nach und nach bekam sich Gasperlmaier wieder unter Kontrolle, nicht aber ohne den Bewegungen der Frau Doktor Kohlross mit wachsamen Augen zu folgen.

Langsam schien sich das Sichern der vorhandenen Spuren – dem nur schwer zu verstehenden Gemurmel der Beamten nach – seinem Ende zu nähern, als ein weiteres Fahrzeug, diesmal ein schwarzer Geländewagen japanischer oder koreanischer Marke, mit eingeschaltetem Blaulicht auf dem Dach, eine verwegene Spur durch die Wiese zog. Da freut sich der Doktor Walter, dachte Gasperlmaier bei sich, dass er mit seinem Allradantrieb wieder einmal was anfangen kann, weil er gar so Gas gab in der Wiese, dass die Erdbrocken nur so flogen.

Die Frau Doktor Kohlross begrüßte den Arzt kurz, worauf er mitsamt ihr und ihren Stöckelschuhen im Pissoir verschwand. Gasperlmaier näherte sich langsam dem Kartonverschlag, um genauer beobachten zu können, was dahinter vorging.

Die Spurensicherer wurden von Frau Doktor Kohlross mit einer Armbewegung verscheucht, drückten sich durch die Öffnung nach draußen und verschwanden zu ihren Fahrzeugen, wohl um die lästigen Plastikanzüge loszuwerden.

Der Arzt beugte sich über die Leiche, drückte da und dort ins kalte Fleisch, schob ihr die Stutzen hinunter, worauf violette Flecken sichtbar wurden, öffnete die Augenlider und brummte ein wenig herum, bevor er die Leiche auf den Rücken drehte und vorsichtig Arme und Beine zu bewegen versuchte.

Wieder hatte Gasperlmaier nun Gelegenheit, dem Doktor Naglreiter ins Gesicht zu blicken. Irgendeinen Ausdruck konnte er dem nicht entnehmen, obwohl man doch in Kriminalromanen so oft lesen konnte, dass dem Opfer der Todesschmerz in die Züge gebrannt war. Auch kein anderer Gesichtsausdruck war feststellbar, also auch keine Verzückung, wie sie oft beschrieben wurde, wenn Opfer beim Liebesakt ihr Leben hatten lassen müssen. Was aber hier ohnehin nicht zur Diskussion stand. Der Doktor Naglreiter starrte leer und ausdruckslos zum Himmel empor und verursachte Gasperlmaier allein durch seine Anwesenheit Magenschmerzen.

„Wie lange ist er denn schon tot?", kam die übliche Frage der Frau Doktor Kohlross. Doktor Walter zuckte mit den Schultern. „Schwer zu sagen. Ein Gerichtsmediziner bin ich nicht. Aber so vier, fünf Stunden werden es wohl sein. Mindestens. Wenn er hier im Freien gelegen ist."

„Was heißt, wenn?" Eine tiefe, senkrechte Falte erschien über der Stirn der Frau Doktor. Sie war wohl, fiel Gasperlmaier ein, die erste Frau, die sich in das Pissoir des Altausseer Kirtags verirrt hatte, und war so ein gänzlich fremdartiger Anblick.

„Na ja, die Totenstarre hat schon teilweise eingesetzt. Wenn er allerdings hier gestorben wäre, gäbe es keine Leichenflecken an den Unterschenkeln, sehen Sie, hier?" Der Doktor wies auf hässliche bläuliche Verfärbungen an den Waden der Leiche. „Die Beine müssen bei Eintritt des Todes, und auch noch danach, hinuntergehangen haben, wahrscheinlich ist er gesessen. Ich würde sagen, der Tote ist einige Zeit, nachdem er gestorben ist, noch einmal bewegt worden. Möglicherweise erst vor ein, zwei Stunden."

Gasperlmaier schoss es siedend heiß bis in den Schädel hinein. Normal hielt er nicht viel von der Kunst des Doktor Walter, der schien ihm mehr von Autos und Golfschlägern zu verstehen als von Nieren, Hautausschlägen und unklaren Schmerzzuständen in den Eingeweiden, von denen Gasperlmaier plötzlich und heftig heimgesucht wurde. Diesmal allerdings, wusste Gasperlmaier, hatte der Doktor ins Schwarze getroffen.

„Die Spurensicherung meint auch, dass Fundort und Tatort nicht übereinstimmen. Sie haben viel zu wenig Blut für die Verletzung gefunden." Wie hatte Gasperlmaier nur im Traum annehmen können, sein Leichentransport werde unentdeckt bleiben. Gerade fielen ihm wieder die weiteren Beweise ein, die er zurückgelassen hatte: die blutige Bierbank im Gebüsch und wohl auch ein paar Blutspuren unter dem Tisch, wo, wie Gasperlmaier jetzt erst klar wurde, die Bank natürlich vermisst werden würde. Zu jedem Tisch gehörten zwei Bänke – und einem fehlte nun eine solche. Die Spurensicherer würden nicht ruhen, bevor sie nicht auch den letzten Winkel des Bierzelts nach Nasenhaaren und Hautschuppen des verblichenen Doktor Naglreiter abgesucht hatten, und Gasperlmaier hatte bei seiner Leichen- und Bankbeseitigung leichtsinnigerweise nicht einmal Handschuhe getragen!

Beim nächsten Leichenfund würde Gasperlmaier, das schwor er sich schon jetzt, jedenfalls still und heimlich verschwinden und sich krank melden, bis jemand anderer ihm dieses unangenehme Geschäft abgenommen haben würde.

„Sie haben also die Leiche gefunden?" Schlagartig wurde Gasperlmaier aus seinen Gedanken gerissen, als ihn die Frau Doktor Kohlross, aus dem Pissoir tretend, jäh ansprach, und ebenso jäh riss es den Angesprochenen so ordentlich, dass die Frau Doktor verwundert die Augenbrauen hochzog.

Gasperlmaier bejahte, übertrieben mit dem Kopf nickend, der ihm nicht mehr so recht gehorchen und still auf dem Hals sitzen bleiben wollte.

„Was wollten Sie denn im Pissoir?" Ganz sicher war sich Gasperlmaier, dass die Frau Doktor aus seinem hilflosen Gestikulieren auf eine Lüge schließen musste, dennoch bekam er es nicht unter Kontrolle. „Ich hab halt, weil ich ..." „Sie wollten es benützen?", sprang ihm die Frau Doktor bei. Gasperlmaier nickte, während er Hitze in seinem Kopf aufsteigen spürte, die gewöhnlich mit der Rötung seiner Ohren und seines Gesichts einherzugehen pflegte. „Und Sie haben seine Lage nicht verändert?" Gasperlmaier schüttelte energisch den Kopf und ließ dabei alle Hoffnung fahren, die Frau Doktor werde ihm glauben.

Abschätzig betrachtete sie Gasperlmaiers Zuckungen. „Ich glaub, wir setzen uns lieber kurz ins Zelt und Sie erklären mir noch einmal genau, wie die Situation war." Während Gasperlmaier, weiterhin nickend im Versuch, seine unkontrollierbaren Schädelbewegungen wenigstens zu dämpfen, sich hinter der Frau Doktor in Bewegung setzte, gab sie noch Anweisungen an die Uniformierten: „Alles absuchen, um das Zelt, drinnen, die Leute müssen weg. Spurensicherung ins Zelt."

Drinnen setzte sie sich Gasperlmaier gegenüber hin, dem es gelungen war, sich ein wenig besser unter Kontrolle zu bekommen. Die Frau Doktor zog aus seiner deutlich erkennbaren Erregung aber die falschen Schlüsse. „Ich weiß, es ist ein Schock, eine Leiche zu finden, die so zugerichtet ist. Auch für mich ist es immer noch nicht leicht. Manche müssen sich in solchen Situationen sogar übergeben."

Gasperlmaier ertappte sich dabei, wie er in das durchaus züchtige V des Ausschnitts der Kostümjacke der Frau Doktor stierte, in dem ein kleines Stück der Falte zu sehen war, die ihre Brüste voneinander trennte. Nicht aus Lüsternheit, auch nicht aus einfacher Freude an sichtbarer Schönheit hatte sich Gasperlmaier blickmäßig in die sichtbaren Brustansätze verbissen, das Problem war, dass er den Blickkontakt zu diesen klaren, alles wissenden, alles aus einem herausbohrenden Augen scheute. Er war sich völlig sicher, dass die Frau Doktor in seinen Augen wie in einem Buch lesen würde können, sobald er den Blick hob.

Der Frau Doktor Kohlross war nicht entgangen, welchen Einzelheiten Gasperlmaier seine Aufmerksamkeit widmete. „Hier heroben spielt die Musik!" Mit diesen Worten schob sie ihren rechten Zeigefinger unter Gasperlmaiers Kinn, um es so weit anzuheben, dass er ihrem Blick standzuhalten nun gezwungen war.

„Wie heißen S' denn eigentlich?" Offenbar hatte sie die erste Nennung seines Namens, die zu spät gekommen und ins Leere gerufen worden war, tatsächlich nicht mitbekommen. „Gasperlmaier!", brachte der Angesprochene hervor, so als ob es sein erstes Wort nach dem Aufwachen im Gefolge einer durchzechten Nacht gewesen wäre: heiser und mehr gekrächzt als gesprochen. Die Frau Doktor ging darüber hinweg und forderte Gasperlmaier neuerlich auf, ihr genau darzulegen, wie der Fund der Leiche des Herrn Doktor Naglreiter vor sich gegangen war.

Gasperlmaier gab, mit Händen und Armen rudernd, sich immer wieder räuspernd, seine eben zusammengereimte Lügengeschichte zum Besten. Sehr kompliziert war sie nicht: Er habe, wie immer, wenn er Streifendienst habe, das Bierzelt wie auch das Gelände darum herum kontrolliert, schließlich einen gewissen Drang verspürt und im Pissoir anstatt der erwünschten Erleichterung den Doktor Naglreiter gefunden. Dass er ihn nicht erkannt habe, sondern ihm der Kahlß Friedrich verraten habe, wer der Tote sei, beeilte er sich hinzuzufügen.

Ob er die Leiche berührt habe, wollte die Frau Doktor wissen. Scharf an ihrem rechten Ohr vorbeiblickend, hinter das sie gerade eine Haarsträhne geschoben hatte, log Gasperlmaier weiter, nein, keineswegs, er wisse, wie man sich in Angelegenheiten eines Leichenfunds zu verhalten habe. Gasperlmaier wurde der Kragen zu eng, aber er hütete sich davor, etwa einen Knopf zu öffnen oder mit den Fingern darunterzufahren, um sich mehr Atemluft zu verschaffen, hatte er doch zahllose Male in Kriminalfilmen der eher einfacheren Art gesehen, wie man auf diese Weise jemanden darstellte, dem beim Lügen das schlechte Gewissen hoch aufragend und kastenbreit im Weg steht.

Die Frau Doktor sah ihn auf eine Art und Weise an, die Gasperlmaier sagte, dass sie wusste, dass er ganz unverschämt log. Immer wieder ihren durchdringenden Blicken ausweichend, dabei tunlichst ihren Ausschnitt vermeidend, war Gasperlmaier nur noch Sekunden von einem Geständnis entfernt, als plötzlich ein lautes „Da ist was!" die Aufmerksamkeit der Frau Doktor auf sich zog. Noch im Aufstehen warf sie ihm einen vernichtenden Blick zu, der Gasperlmaier sagte: Mit dir bin ich noch lang nicht fertig, ich krieg dich schon noch.

Einer der Spurensicherer deutete auf einen kaum wahrnehmbaren Fleck unter dem Tisch, dem die von Gasperlmaier ins Gebüsch verbrachte Bank fehlte. Frau Doktor Kohlross kniete sich neben dem Spurensicherer hin, um den Fleck näher in Augenschein zu nehmen. Der deutete mit den Fingern auf verschiedene Stellen im Dreck unter dem Tisch. „Das ist Blut!", meinte er. Doktor Kohlross schwieg und zog die Schultern hoch.

„Kann man so nicht erkennen. Kratzt es zusammen, und ins Labor damit!"

„Übrigens, hier ist eine Bank verschwunden. Da sieht man ganz genau die Abdrücke von den Beinen, hier und hier. Außerdem ist das der einzige Tisch mit nur einer Bank. Wo ist die?" Der Scharfsinn der Frau Doktor Kohlross wurde sogleich von einem Ruf, der von außerhalb des Bierzelts kam, unter Beweis gestellt: „Wir haben da eine Bank gefunden!"

Während der Spurensicherer unter dem Tisch kauernd mit einer Spachtel Dreck zusammenkratzte und in ein bereitgehaltenes Plastiksäckchen füllte, mit einer Präzision und Umsicht, als handle es sich um wertvolle Überbleibsel einer versunkenen Kultur, verließ Frau Doktor Kohlross stöckelnd das Dämmerlicht des Bierzelts, Gasperlmaier aber blieb noch ein wenig sitzen, denn er war sich nicht gänzlich sicher, ob ihn seine Beine ob der ganzen Aufregung überhaupt weiter tragen würden. Schließlich gelang es ihm doch, sich zusammenzureißen, schließlich war er im Einsatz und konnte nicht einfach untätig hier sitzen bleiben. So erhob er sich schwerfällig von seiner Bank und folgte der Frau Doktor Kohlross aus dem Zelt.

Wenig überrascht sah er ein ganzes Grüppchen Beamter bei dem Gebüsch stehen, unter dem er die blutbesudelte Bank versteckt hatte. Er näherte sich mit zittrigen Knien und wollte die Spekulationen seiner Kollegen, wie die Bank wohl hierher gekommen sein könnte, gar nicht hören. Noch bevor er die Versammlung ganz erreicht hatte, drehte sich die Frau Doktor zu ihm um. „Wir haben die fehlende Bank gefunden. Sie ist voll Blut. Wollen Sie sie sehen?" Gasperlmaier schüttelte abwehrend Kopf und Hände und hoffte, dass man seine Verweigerung der Bankbegutachtung aufkommender Übelkeit, des Blutes wegen, zuschreiben würde.

„Jetzt müssen Sie mir aber schon genau erklären, was da heute früh vorgefallen ist!" Gasperlmaier entging die zunehmende Schärfe im Ton der Frau Doktor nicht. „Wie ich gesagt habe", entgegnete er trotzig, „nur die Bierfahrer sind kurz nach mir gekommen, die sind gleich ins Zelt, aber das war eigentlich erst, als ich den Kahlß Friedrich schon angerufen habe."

„Wer ist der Kahlß Friedrich?", fragte die Frau Doktor mit zunehmender Schärfe in der Stimme, wohl, weil ihr noch nicht erklärt worden war, wie der Postenkommandant in Altaussee hieß, und weil sie dachte, Gasperlmaier habe irgendwen, einen Saufkumpan vielleicht oder den Leichenbestatter, zuerst gerufen.

Nachdem das Missverständnis ausgeräumt war, erkundigte sie sich nach den Bierfahrern, und als Gasperlmaier in aller Unschuld erklärte, die habe er weggeschickt, weil sie ja doch nur unnötig am Tatort herumgelaufen seien, platzte ihr erstmals der Kragen.

„Ja, von was für Fachleuten bin ich denn hier umgeben? Der schickt mir möglicherweise wichtige Augenzeugen gleich wieder weg!", rief sie laut, gegen den Loser hin wild gestikulierend, der, obwohl sein Name ja ein Dialektbegriff für das Ohr war, ihr wohl kein Gehör schenkte.

Schnell hatte sie sich aber wieder unter Kontrolle: „Meine Herren, Bank und Spuren unter dem Tisch ins Labor, die Leiche kann weg. Wir gehen jetzt alle zunächst einmal auf den Posten, um uns Übersicht zu verschaffen. Allerdings dürfen wir nicht zu lange damit warten, das Wohnhaus der Familie aufzusuchen. Keine Pause vorläufig."

4

Auf der einen Seite konnte es Gasperlmaier noch gar nicht fassen, dass er jetzt sozusagen mit der Frau Doktor Kohlross ein Team bildete, wie er da so mehr hinter als neben ihr die paar Meter zum Haus der Familie Naglreiter zurücklegte. Andererseits wiederum war es naheliegend: Die Frau Doktor wusste, dass aus ihm wichtige Informationen herauszuholen waren, die er noch nicht preisgegeben hatte. Und genau deshalb hatte sie bei der Besprechung auf dem Polizeiposten darauf bestanden, dass man ihr einen ortskundigen Beamten zur Seite stellte, der die Leute, die Gegend und die Verhältnisse kannte und ihr dadurch bei den Ermittlungen Zeit zu sparen half.

Einen Fehler allerdings hatte die Frau Doktor schon gemacht, bei der Besprechung vorhin, und Gasperlmaier lächelte deswegen still in sich hinein, als er die Gartentür des Naglreiter'schen Anwesens öffnete. Die Frau Doktor hatte gemeint, es sei jetzt von vordringlicher Wichtigkeit, all jene Bierzeltbesucher zu befragen, die in der gestrigen Nacht am Tisch oder in der näheren Umgebung des Tisches gesessen waren, an dem der Herr Doktor Naglreiter sein, wie man nun wusste, vierundfünfzig Jahre währendes Leben ebenso unfreiwillig wie plötzlich beendet hatte.

Der Kahlß Friedrich hatte ob dieses Vorhabens nur schwer zu atmen begonnen und seine Pranken hilf- und ziellos durch die schlechte Luft des Polizeipostens rudern lassen: Das sei gänzlich unmöglich, Hunderte Leute, hatte er ihr darzulegen versucht, seien an diesen Tischen gesessen, gekommen und gegangen, teilweise angeheitert, ja sogar betrunken, sodass sich am Ende die wenigsten davon überhaupt noch erinnern mochten, wo und mit wem zusammen sie ihre Räusche erworben und schließlich mehr oder weniger lautstark nach Hause getragen hatten.

Schließlich hatte sich die Frau Doktor Kohlross nach umständlicheren Verhandlungen dazu bereit erklärt, zunächst einmal nur das Servierpersonal befragen zu lassen, um davon ausgehend vielleicht weitere Zeugen ausfindig zu machen, die Licht in die Angelegenheit bringen konnten.

Das Naglreiter'sche Anwesen, in dessen Vorgarten auf einem hübsch gekiesten Weg sich Gasperlmaier und die Frau Doktor jetzt befanden, war ein mit äußerster Präzision nachgebautes neues Altausseer Haus, bei dem sogar dafür Sorge getragen worden war, dass sich die sägefrischen Lärchenbretter an der Verkleidung der Veranda nicht im hellen Goldbraun eben gefällten Holzes, sondern bereits im edlen Grausilber der Verwitterung präsentierten. Am Ende, so dachte Gasperlmaier, hatte sich der Herr Doktor Naglreiter sogar Altholz kommen lassen, damit der Eindruck eines bereits angejahrten, ehrwürdigen Hauses auch gelänge. Wie ihre Schritte auf dem Weg knirschten, sah Gasperlmaier sich um, und er nahm einen umsichtig und fachmännisch gepflegten, an blühenden oder in verschiedenen Grüntönen vor sich hin sprießenden Pflanzen so reichen Garten wahr, dass er sich sicher war, dass die Frau des Doktor Naglreiter, oder gar er selbst oder seine Kinder, keinen Handgriff darin taten. Wer sich um diesen Garten kümmerte, dachte Gasperlmaier, brauchte sonst keine Beschäftigung mehr.

„Wo waren eigentlich Sie gestern Abend?", fragte die Frau Doktor Kohlross, während sie auf den Klingelknopf drückte, neben dem in fein geschwungener Schrift „Dr. Naglreiter" stand. Gerade hatte sich Gasperlmaier dafür gewappnet, einer Witwe, die von ihrer Witwenschaft noch nichts wusste, ebendiesen Sachverhalt darzulegen, er hatte sich auf Weinkrämpfe eingestellt, auf Heulen und Zähneknirschen, und mit einer ebenso banalen wie deplatzierten Frage hatte ihn nun die Frau Doktor Kohlross um seine ganze Konzentration gebracht. Er hoffte, dass nach einem kurzen Bartkratzen und einem ein wenig hinausgezogenen „Äh..." ohnehin die Tür geöffnet werden würde, sodass er seine Erklärungen würde hinausschieben können, doch im Haus blieb alles still.

„Ja, ich war natürlich auch im Bierzelt, ich bin ja bei der Feuerwehr, was glauben Sie denn?", entrang sich schließlich Gasperlmaiers Brust der längste Satz, den er der Frau Doktor gegenüber bisher zustande gebracht hatte. Sie zog nur die Augenbrauen hoch und die Andeutung eines Lächelns streifte wie ein zarter Windhauch ihr Gesicht. Gasperlmaier verstand die damit verbundene Aufforderung auch ohne ein weiteres Wort. „Nein, den Doktor Naglreiter habe ich nicht gesehen, weil ich ihn ja zu diesem Zeitpunkt auch noch nicht gekannt habe, da hätte ich gar nicht gewusst, dass ich ihn sehe, wenn ich ihn gesehen hätte", erläuterte Gasperlmaier ebenso logisch wie umständlich.

Im Haus blieb es nach wie vor still. Frau Doktor Kohlross drückte ihren sorgsam manikürten, lila lackierten Fingernagel neuerlich auf den Klingelknopf. „Wann sind Sie denn nach Hause gegangen?", bohrte sie weiter.

„Frau Doktor", bemühte sich Gasperlmaier, ihr Altausseer Verhältnisse näherzubringen, „ich hab heute um fünf Uhr auf müssen, weil ich ja den frühen Dienst gehabt habe. Und wenn schon einmal Kirtag ist, dann gehe ich auch nicht um zehn nach Hause, auch wenn ich früh aufstehen muss."

Verzweifelt stierte Gasperlmaier durch eine der vier kleinen Glasscheiben, die in die Haustür eingelassen waren, konnte aber nichts erkennen, weil es sich um die mehr undurchsichtige Art von Glas handelte, die man auch in Badezimmern findet und durch die man höchstens erkennen kann, ob dahinter Licht brannte oder nicht. Wieder hob die Frau Doktor fragend die Augenbrauen, Gasperlmaier kam sich vor wie ein Fisch, der sich am Haken wand, die Frau Doktor hatte eine Art, einem die Privatsphäre nur mit einem Zucken der Augenbrauen herauszureißen, dass einem angst und bange werden konnte. „Um zwei bin ich nach Hause", seufzte er schließlich.

Stille im Haus, die Frau Doktor drückte nachhaltig und ausdauernd auf den Klingelknopf. Fast hatte Gasperlmaier das Gefühl, dass auch die Klingel lauter, durchdringender und gequälter aufschrie, bloß weil die Frau Doktor wieder einmal die Augenbrauen gehoben hatte.

„Was haben S' denn getrunken?" Gasperlmaier betete darum, dass endlich, endlich jemand in diesem Haus aufwachen möge. „Schaun S', Frau Doktor, wenn man den ganzen Tag ..." – „... und die ganze Nacht ...", ergänzte Frau Doktor Kohlross ungefragt – „... also, wenn man da dabei ist und jeden kennt, und man hat auch was zu tun dabei, dann trinkt man schon so seine Bier." Fest entschlossen, keinerlei private Auskünfte mehr zu erteilen, verschränkte Gasperlmaier auch zum äußerlichen Zeichen seiner von nun an herrschenden Verschwiegenheit die Arme vor der Brust.

„Da können S' ja froh sein, dass ich hier heraufgefahren bin – bei dem Restalkohol, den Sie noch mit sich herumschleppen müssen." Nun lächelte die Frau Doktor, als hätte ihr Gasperlmaier ein besonders nettes Kompliment gemacht, der jedoch kam sich zur Rolle eines niedlichen, aber sonst wenig brauchbaren Haustiers herabgewürdigt vor.

In diesem Moment – nach einem neuerlichen Stakkatoläuten der Frau Doktor Kohlross – hörte man plötzlich ein Geräusch aus dem Haus. Ein unwirsches „Ja, verdammt noch einmal!" schien aus dem oberen Stockwerk herunterzuklingen. Ein Fenster links über Gasperlmaier öffnete sich und ein junger Mann mit nacktem Oberkörper und wirren, dunklen Haaren beugte sich daraus hervor, um zu sehen, wer da vor der Haustür stand.

„Was issn los?", nuschelte er mit zusammengekniffenen Augen, die das Licht der Sonne an diesem herrlichen Montagmorgen noch nicht zu schätzen wussten, und Gasperlmaier zog den einzig möglichen Schluss: Auch der junge Herr da oben war der Faszination des Altausseer Bierzelts gestern Abend erlegen und hatte wohl ebenso lang wie ausgiebig dem Gösser-Bier zugesprochen.

Die Frau Doktor zückte ihre Marke und verwies gleichzeitig auf die Unform Gasperlmaiers. „Kriminalpolizei. Machen Sie bitte die Tür auf."

Der junge Mann zögerte. „Kriminalpolizei? Hören Sie, ich bin nicht g'fahren! Wenn das jemand behaupt', dann ..."

„Mich interessiert momentan nicht, wer wann wohin gefahren ist", unterbrach ihn die Frau Doktor Kohlross. „Bitte öffnen Sie die Tür. Ich habe eine wesentliche Mitteilung für die Gattin des Herrn Doktor Naglreiter und vielleicht auch für Sie, wenn Sie zur Familie gehören."

Verwirrt nickte der junge Mann und sein Oberkörper zog sich aus dem Fenster zurück. Frau Doktor Kohlross grinste Gasperlmaier an. „Und wenn sich heute herausstellen sollte, dass es irgendeinen ungeklärten Sachschaden oder Unfall mit Fahrerflucht gegeben hat, dann würde ich mir diesen jungen Mann später noch genauer anschauen."

Drinnen hörte man nackte Füße auf Holzstufen klatschen und sich die Treppe herunter nähern, und nach kurzem Schlüsselgeschepper öffnete sich die Tür. Der junge Mann überragte Gasperlmaier um einen halben Kopf und trug nun ein schwarzes T-Shirt mit einem Drachenkopf darauf sowie eine ausgebeulte, blau geblümte Pyjamahose.

„Bitte!" Mit einer entsprechenden Geste bedeutete er den beiden Polizeibeamten einzutreten, machte aber drinnen keinerlei Anstalten, sie weiter als bis ins Vorhaus vordringen zu lassen.

„Herr Naglreiter, nehme ich an?", leitete Frau Doktor Kohlross die Unterhaltung ein, der junge Mann aber nickte nur mit verschwollenen Augen: „Stefan Naglreiter. Der Sohn." Gasperlmaier ließ seine Blicke umherschweifen. Sehr groß war das Vorhaus nicht, wie es ja dem Baustil hier entsprach. Die übrigen Gemeinsamkeiten mit Häusern, die er kannte, hielten sich aber in Grenzen. Der Boden war von rotbraunen, recht unebenen Keramikkacheln bedeckt, und an den Wänden hingen richtige, gemalte Bilder, auf denen offenbar Familienmitglieder zu sehen waren. Auf einem meinte Gasperlmaier den Kopf eines Buben zu erkennen, der dem Stefan Naglreiter ähnlich war. Daneben befand sich ein blonder Mädchenkopf.

„Könnten wir bitte die Frau Naglreiter, also Ihre Mutter, sprechen?"

„Ich weiß nicht, wenn sie die Tür nicht aufg'macht hat?" Stefan ließ den Satz ausklingen, als wolle er damit andeuten, dass seine Mutter möglicherweise nicht im Haus sei. Gasperlmaier zuckte innerlich zusammen, weil ihm der Tonfall, in dem der junge Mann antwortete, die Gänsehaut über den Rücken laufen ließ. Es war diese typische Sprechweise des Wiener Bürgertums, die man jetzt immer häufiger auch im Fernsehen hören konnte, wenn Wiener Jugendliche zu Wort kamen. Die Christine nannte es „Simma-gangen-hamma-gmacht-Soziolekt" und behauptete, es sei weder Hochsprache noch Dialekt, sondern sprachlicher Ausdruck einer völligen kulturellen Entwurzelung. Es war ja sogar schon so weit, dass die Kinder selbst in Aussee von „einer Cola" sprachen, wenn sie glaubten, sich fein ausdrücken zu müssen. Und in Wien, hatte Gasperlmaier kürzlich in der Zeitung gelesen, bekamen achtzig Prozent der Kinder keinen Fünfer mehr, sondern eine Fünf.

Frau Doktor Kohlross blieb gelassen und freundlich. „Dann sehen Sie bitte nach, ob Ihre Mutter im Haus ist. Es ist wirklich sehr wichtig."

Wieder beließ es der Sohn bei einem Nicken, schlich die Stiegen hinauf, worauf Gasperlmaier ein zunächst verhaltenes, nach einigen Sekunden kräftigeres Klopfen an einer Tür hörte. „Mama, Papa?", hörte Gasperlmaier den Sohn rufen, worauf Frau Doktor Kohlross ohne viele Umstände ebenfalls die Stiegen hinaufstieg und Gasperlmaier bedeutete, ihr zu folgen.

Stefan hatte schon die Tür zum Schlafzimmer seiner Eltern geöffnet. „Sie sind nicht hier. Und die Betten sind unbenutzt!" Nun schien er wacher als vorher, zumindest hatte er seine Augen weiter geöffnet, als er das bisher zustande gebracht hatte. Die Frau Doktor Kohlross nickte nur und warf einen kurzen Blick in das Zimmer.

„Herr Naglreiter, ich habe Ihnen eine sehr traurige Mitteilung zu machen", kam die Frau Doktor nun zum eigentlichen Thema des Besuchs. „Ihr Vater, Herr Doktor Naglreiter, ist heute Morgen tot aufgefunden worden. Es besteht begründeter Verdacht, dass Fremdeinwirkung vorliegt."

Dem Naglreiter junior blieb der Mund offen stehen. „Hä? Nicht wirklich, oder?"

Die Frau Doktor Kohlross war diese Art von Reaktion offenbar gewohnt, sie fasste den Stefan am Arm und zog ihn zur Treppe. „Wir sollten uns jetzt wirklich wo hinsetzen." An ihrem Arm stolperte er die Stufen hinunter, während Gasperlmaier folgte. Nicht ohne betrübt festzustellen, dass sowohl seine als auch die Schuhe der Frau Doktor auf dem hellen Teppich, der die Stufen bedeckte, Schmutzspuren hinterlassen hatten, die Souvenirs von der Bierzeltwiese sein mussten. Die Evi würde sich freuen, wenn sie hier jemals noch putzen sollte.

Stefan führte die beiden in die Küche, die mit dem Wohnzimmer verbunden war und in der ein großer Esstisch stand, der einem Tisch in einer bäuerlichen Stube oder einem Wirtshaus ähnelte. Gasperlmaier vermutete, es könnte sogar ein echter Bauerntisch sein, wenn sich der Doktor Naglreiter sogar die Mühe mit den Lärchenbrettern an der Veranda gemacht hatte. Geld hatte hier offenbar keine Rolle gespielt.

Stefan ging zur Abwasch, holte ein Glas aus dem Schrank darüber und ließ es voll Wasser laufen, das er in wenigen Zügen hinunterstürzte. Dann erst nahm er am Tisch Platz, an den sich Gasperlmaier und die Frau Doktor Kohlross inzwischen gesetzt hatten. Den Kopf in die Hände gestützt hörte er sich an, was ihm die Frau Doktor Kohlross an Einzelheiten über den Tod seines Vaters erzählte. Gasperlmaier fiel auf, dass er wenig Reaktion zeigte, er schien manchmal gar nicht zuzuhören, Fragen stellte er keine.

„Herr Naglreiter, wo ist Ihre Mutter? Wann haben Sie Ihre Eltern zum letzten Mal gesehen?"

Der Angesprochene stierte der Frau Doktor Kohlross ins Gesicht, die nicht einmal mit der Wimper zuckte. Auch die Augenbrauen blieben diesmal unten.

„Keine Ahnung!", war Stefans Antwort, von einer unklaren Geste mit dem rechten Arm begleitet. „Wir waren gestern am Kirtag, alle, meine Schwester auch, und die Alten waren gar nicht mehr da, wie ich gefrühstückt hab. Ich weiß gar nicht, ob ich sie gestern überhaupt gesehen hab." Nach kurzem Nachdenken – die

Frau Doktor Kohlross hob die Augenbrauen, diesmal meinte Gasperlmaier, das Zucken um ihre Mundwinkel sei eher verärgert als amüsiert – fuhr er fort: „Der Papa hat mich noch einmal angerufen, so um zwei, drei am Nachmittag." Gasperlmaier fiel auf, dass er das Wort „Papa" auf der zweiten Silbe betonte. Eine Marotte, wie Gasperlmaier fand, die eingebildet und affektiert klang und typisch für die Wiener sein mochte.

Weswegen der Vater angerufen hatte, wollte Frau Doktor Kohlross wissen, worauf Stefan ein verächtliches Zischen entfuhr. „Weswegen Väter halt so anrufen: Nicht so viel saufen, nicht besoffen fahren, nicht so viel Geld ausgeben und so weiter. Dabei hat der es nötig gehabt, so daherzureden!"

Frau Doktor Kohlross zog die Augenbrauen nun so hoch, wie Gasperlmaier sie noch nie gesehen hatte. Zudem atmete sie tief durch, was ihre Kostümjacke oben auseinander und ihre Brüste ein wenig höher den Ausschnitt hinauftrieb, was Stefan nicht wahrzunehmen schien, Gasperlmaier jedoch, der der Frau Doktor gegenübersaß, einiges Wohlbehagen bereitete.

Sich selbst zur Ordnung rufend, löste Gasperlmaier widerstrebend den Blick von den Brustansätzen der Frau Doktor und wandte sich wieder dem Stefan zu, der zwar seinen Kopf etwas angehoben hatte, aber noch weit von direktem Blickkontakt mit seinen Gesprächspartnern entfernt war. Gasperlmaier vermochte weder Trauer noch Schmerz in seinem Gesicht zu lesen, auch keine sonderlich große Überraschung, doch gleichzeitig wusste er, dass es so leicht nicht war, aus Gesichtern eindeutige Antworten auf Fragen herauszulesen, vor allem nicht, was seine eigene Fähigkeit dahingehend betraf. Seine Christine war da ein ganz anderes Kaliber, für sie war er – und waren auch ihre Kinder – ein offenes Buch, was das Lesen des Gesichtsausdrucks betraf. Möglicherweise war auch die Frau Doktor Kohlross wesentlich begabter in dieser Kunst als er, denn bevor sie ihre nächste Frage stellte, begannen ihre Augenbrauen schon wieder leicht, aber wahrnehmbar zu zucken. „Herr Naglreiter, wo genau haben Sie sich denn heute Nacht aufgehalten, und damit meine ich eher den zweiten Teil der Nacht?"

Stefan Naglreiter verstand nicht sofort oder heuchelte zumindest Verständnislosigkeit. „Ich?", versuchte er Zeit zu gewinnen. „Was glauben Sie wohl, wo ich war?"

Die Augen der Frau Doktor Kohlross verdunkelten sich, sodass ihre scharfen Blicke wie Pfeile auf den übernächtigen Halbwaisen zu schießen schienen. „Herr Naglreiter, bitte!", wurde ihre Stimme jetzt etwas lauter. „Meine Arbeitszeit kostet Geld, und abgesehen davon müssen wir so schnell wie möglich arbeiten, denn je länger sich eine Ermittlung hinzieht, desto schwieriger wird sie und desto unwahrscheinlicher ein Erfolg. Darf ich jetzt also um Auskunft bitten? Oder ist Ihnen eine Vorladung zum Bezirkskommando lieber?"

Mit einem solchen Ausbruch hatte Stefan Naglreiter nicht gerechnet, er nickte eingeschüchtert, begleitet von beschwichtigenden Handbewegungen. „Natürlich war ich auch im Bierzelt. Bis um drei, ungefähr. Dann bin ich mit dem ..." Unsicher unterbrach er sich und ließ einen kurzen Blick zwischen Gasperlmaier und der Frau Doktor hin und her gehen. „... heimgegangen", fügte er wenig überzeugend hinzu.

„Ja natürlich. Aber in Wirklichkeit sind Sie mit jemandem ins Auto gestiegen – ob als Fahrer oder Beifahrer, lassen wir für den Augenblick dahingestellt – und haben einen Unfall verursacht und Fahrerflucht begangen. Darf ich davon ausgehen, dass ich im Recht bin?"

Die Frau Doktor schien von dem Burschen ebenso genervt wie gelangweilt zu sein. Der nickte nur ergeben und legte seine Hände übereinander auf die Tischplatte. „Wenn Sie eh schon alles wissen ..."

Frau Doktor Kohlross setzte gleich nach: „Wissen Sie irgendetwas darüber, wo sich Ihr Vater gestern Abend aufgehalten hat, ob er mit Ihrer Mutter zusammen war, wo sich Ihre Mutter derzeit aufhält? Wo sich Ihre Schwester aufhält?"

Bevor die Frau Doktor Naglreiters Schwester erwähnt hatte, war dessen Reaktion lediglich auf ein Kopfschütteln beschränkt gewesen, während sein Augenkontakt wieder eher der Tischplatte als seinen Gesprächspartnern galt. Als von seiner Schwester die Rede war, hob er den Kopf und wollte antworten, wurde aber einer Antwort entbunden, da Schritte auf der Treppe hörbar wurden und gleich darauf die Tür aufging. Ein sehr hübsches, sehr junges und sehr blondes Mädchen trat ins Zimmer und blickte überrascht auf die Gruppe, die vor ihr saß. „Was ist denn hier los? Bist du schon wieder besoffen gefahren? Ist das Auto hin? Deines? Das vom Papa? Ist wer verletzt? Du bist so ein Idiot!"

Der Wortschwall, fand Gasperlmaier, ließ auf mehreres gleichzeitig schließen. Einmal war da die Reihenfolge: Nach Sachschaden wurde vor Personenschaden gefragt, ein Indiz dafür, wo die Prioritäten in dieser Familie lagen. Zum anderen war für Naglreiters schöne Schwester die Kombination Bruder-Kirtag-Polizei offenbar logisch einwandfrei mit alkoholisiertem Fahren und nachfolgendem Unfall mit Fahrerflucht verbunden, was wiederum recht weitreichende Schlüsse über einerseits die menschlichen Qualitäten des Bruders, andererseits aber auch über das Verhältnis der beiden zueinander zuließ.

Gasperlmaier konnte nicht umhin, sich nicht nur über die menschlichen Qualitäten des Naglreiter junior, sondern auch über die beeindruckend hervortretenden physischen Qualitäten seiner Schwester ein Urteil zu bilden. Der Kahlß Friedrich hatte nicht übertrieben: Das Dekolleté der jungen Naglreiter musste im Dirndl mehr als spektakulär ausfallen. So viel verriet auch der Umstand, dass sie jetzt nur Jeans und ein weißes T-shirt trug, ohne einen BH darunter, wie Gasperlmaier mit Befriedigung feststellte. Sie hatte um diese Tageszeit wohl nicht mit Besuch gerechnet.

Gasperlmaier dachte an seine Christine und was sie ihm über Würde und Entwürdigung der Frau und über das Starren auf Brüste ganz allgemein beigebracht hatte, bemühte sich um Reue und einen neutralen, desinteressierten Blick, während die Frau Doktor die junge Naglreiter bat, sich zu setzen.

„Sie sind die Tochter des Herrn Doktor Naglreiter?", fragte sie, mit einer Stimme, so sanft, dass selbst ein einigermaßen sensibler Haushund gemerkt hätte, was passiert war.

Die Tochter sprang wieder auf. „Was ist mit ihm?" Ein hysterischer Nebenton schwang in ihrer Stimme mit, ein Ton, wie Gasperlmaier ihn fürchtete, denn er wusste nicht mit Frauen umzugehen, die von ihren Gefühlen überwältigt zu werden drohten.

Auch die Frau Doktor stand jetzt auf, legte einen Arm um die Schultern der Tochter, die deutlich größer war als sie, strich ihr beruhigend über den Oberarm, während das Fräulein Naglreiter das Gesicht in den Händen verbarg und zu schluchzen begann. Gasperlmaier war Zeuge einer unglaublichen Leistung an präzisester nonverbaler Kommunikation geworden: Die Tochter wusste, dass ihr Vater tot war, und die Frau Doktor wusste, dass sie keine Worte mehr darüber verlieren musste, weil die Tochter es ohnehin wusste. Für Gasperlmaier ein weiterer Beweis dafür, dass Frauen über kommunikative Fähigkeiten verfügten, die wesentlich weiter reichten, als Männer sich das vorzustellen vermochten, und die so mysteriös waren wie der Gesang der Buckelwale.

Der Frau Doktor gelang es, die schluchzende Tochter wieder auf die Bank zu drücken, wo sie die Ellbogen auf den Tisch stützte und keine Anstalten machte, mit dem Schluchzen in ihre vors Gesicht gehaltenen Händen aufzuhören.

„Papa ist tot, Judith", versuchte sich Naglreiter junior in männlicher Kommunikationstechnik, was jetzt wieder Gasperlmaier an dessen Verstand zweifeln ließ, während er sich selbst zugute halten durfte, Frauen besser zu verstehen als ein Angehöriger einer jüngeren, bereits im Zeitalter der Emanzipation sozialisierten Generation – wenn er schon nicht verstand, was sie einander mitteilten.

Dennoch heulte Judith laut auf, was Gasperlmaier wieder in Zweifel stürzte: Hatte sie vorhin doch nicht mitbekommen, dass ihr Vater verstorben war? Oder hatte die Tatsache, in hörbare und verständliche Worte gekleidet, eine neue, höhere Woge des Schmerzes ausgelöst? Gasperlmaier war ratlos.

Recht plötzlich hörte Judith auf zu heulen, nahm die Hände vom Gesicht und wandte sich der Frau Doktor zu: „Erzählen Sie mir alles."

Danach, fiel Gasperlmaier auf, hatte Stefan nicht gefragt. Die wenigen Einzelheiten, die die Frau Doktor preisgegeben hatte, schienen ihm genügt zu haben. Frau Doktor Kohlross nickte, sparte aber mit Details. Aus ermittlungstechnischen Gründen, wie Gasperlmaier vermutete. So zumindest begründete die Polizei dürftige Informationen an die Öffentlichkeit, wenn im Fernsehen berichtet wurde.

„Ihr Vater wurde heute Morgen in der Nähe des Bierzelts tot aufgefunden. Wahrscheinlich ist er einem

Gewaltverbrechen zum Opfer gefallen. Wir sind erst am Anfang der Ermittlungen, ich bin vom Fundort direkt hierhergekommen." Sorgsam vermied die Frau Doktor Wörter wie „Tod", „erstechen", „Leiche" und dergleichen, wohl, um die angegriffene Psyche der geschockten Tochter nicht weiter zu belasten. „Wissen Sie vielleicht, wo Ihre Mutter ist?", fügte sie hinzu.

„Wie?" Judith wandte ihr von vergossenen Tränen glänzendes Gesicht erneut ihrer Gesprächspartnerin zu. „Ist die nicht zu Hause?" Fast gleichzeitig schüttelten Stefan, die Frau Doktor und Gasperlmaier ihre Köpfe. Gasperlmaier hatte sich fast verpflichtet gefühlt, wenigstens in körpersprachlicher Form endlich einen Beitrag zur Konversation zu leisten. „Das darf ja wohl nicht sein, dass sie jetzt schon bei diesem Affen übernachtet!" Judiths Trauer war in Wut umgeschlagen, doch nur Sekunden später begann sie wiederum zu weinen, stützte ihr Gesicht in die Arme, diese auf den Tisch und schien unansprechbar. Gasperlmaier wurde es unwohl. Ob sie die beiden überhaupt allein lassen konnten? Den verkaterten Sohn und seine sichtlich gebrochene Schwester? Erstmals suchte die Frau Doktor Blickkontakt mit ihm, und das Heben ihrer Augenbrauen konnte nun zahlreiche verschiedene Bedeutungen haben. Gasperlmaier begann sie im Geiste zu sortieren.

Einmal mochte die Bedeutung des Augenbrauenhebens sein, dass sich die Frau Doktor darüber wunderte, dass die Frau Naglreiter offenbar ein Liebesverhältnis unterhalten hatte, das ihren Kindern kein Geheimnis gewesen zu sein schien. Zum anderen machte sie sich wohl Gedanken darüber, was dahinterstecken mochte, dass Judith den Liebhaber als „Affen" bezeichnete, was zumindest auf grundlegende Auffassungsdifferenzen zwischen Mutter und Tochter schließen ließ. Zum Dritten stellten sich natürlich Gasperlmaier wie offenbar auch der Frau Doktor einige weitere Fragen: Wer war der „Affe"? Wo war die Frau des Mordopfers wirklich? Hatte der Doktor Naglreiter vom Vorhandensein des Liebhabers ebenso gewusst?

Sogleich schoss auch die Frau Doktor Kohlross klar und messerscharf einige Fragen ab, wohl eher an Stefan als an Judith gerichtet, die es weiterhin vorzog, hinter dem Vorhang ihrer langen Haare zu wimmern, während die Frau Doktor nicht aufhörte, ihr über den Oberarm zu streichen. „Kennen Sie den Herrn, von dem Judith gerade gesprochen hat? Hat Ihr Vater von dem Verhältnis gewusst?"

Stefan nickte die Tischplatte an, ja, er bequemte sich sogar zu einer Antwort: „Der Herr, wie Sie ihn nennen, heißt Marcel Gaisrucker und ist der Paragleitlehrer meiner Mutter. Wir haben alle von dem Verhältnis gewusst. Meine Eltern haben in den letzten Jahren ..." Er brach ab, nicht ohne die resignierende Geste mit der Hand, die Gasperlmaier schon von ihm kannte, wiederholt zu haben.

Gasperlmaier riss es bei der Nennung des Namens Marcel Gaisrucker. Den Marcel, den kannte er, der war schon öfters mit seinem Sohn Christoph zu ihnen nach Hause gekommen. Nicht, dass Gasperlmaier diese Besuche besonders begrüßt hätte – seiner Ansicht nach war der Marcel ein Hallodri, der die Schulausbildung geschmissen hatte, häufig besoffen und manchmal eingeraucht war, wie der Christoph es nannte, und im Übrigen ständig hinter den Touristinnen her war, also alles in allem ein übler Einfluss auf seinen Sohn zu werden drohte. Seines Wissens war der Marcel wenig über zwanzig Jahre alt, etwa im Alter des Stefan Naglreiter. Gasperlmaier fand es an der Zeit, sich einzumischen: „Den Gaisrucker, den kenne ich. Ein wenig sympathischer Mensch."

Stefan Naglreiter schnaubte. „Kann man sagen!"

Gasperlmaier setzte nach: „Er ist, ich meine, sehr jung, gegenüber ..."

Nun schniefte Judith wieder laut auf: „Ja, glauben Sie denn, wir sind begeistert darüber, dass sich unsere Mutter von einem vögeln lässt, der ihr Sohn sein könnte? Würde Ihnen das gefallen, wenn Ihre Mutter einen fünfundzwanzig Jahre jüngeren Liebhaber hätte?"

Gasperlmaier war ein wenig unklar, ob er oder die Frau Doktor Kohlross angesprochen worden waren, fühlte aber wenig Motivation zu antworten, denn der Gedanke an seine Mutter ließ eine Nähe zum Begriff „Liebhaber" in seinem Gehirn gar nicht aufkommen, sosehr er sich auch bemühte, durch verzweifeltes Verzwirbeln seiner Finger eine Verbindung zwischen linker und rechter Gehirnhälfte herzustellen. Seine Mutter kannte er nur im Dirndl, mit einem um den Kopf gerollten Zopf, niemals hatte sie irgendetwas getan, gesagt oder getragen, das Gasperlmaier mit dem Begriff „Erotik" auch nur im Entferntesten in Zusammenhang bringen konnte.

Auch die Frau Doktor Kohlross verzichtete auf eine Antwort und erhob sich stattdessen. „Dürfte ich mich, bevor wir gehen, noch schnell ein wenig umsehen? Ich kann das nur, wenn Sie einverstanden sind. Aber es könnte uns helfen."

Judith reagierte nur, indem sie ausdruckslos den Kopf hob, Stefan schwang seinen rechten Arm weit aus und sagte: „Bitte!"

Die Frau Doktor Kohlross zog aus ihrer Handtasche einen kleinen Karton, der ganz dünne Gummihandschuhe enthielt, wie Gasperlmaier sie sonst nur bei den Wurstverkäuferinnen im Supermarkt sah. Ihm war allerdings nicht klar, wozu die den Wurstverkäuferinnen dienen sollten – schließlich griffen sie ja alles mit diesen Handschuhen an, und so würden da dran genauso viele Keime haften wie sonst an ihren nackten Fingern. Schließlich hatten ja die Fernsehköche in den Kochshows auch überall ihre Finger dran und drin, bis auf einen, den Gasperlmaier mit schwarzen Handschuhen werken gesehen hatte, und das hatte mehr als unappetitlich ausgesehen. Bei der Frau Doktor war ihm allerdings schon klar, warum sie die Handschuhe überzog: Weder wollte sie Spuren hinterlassen noch eventuell vorhandene zerstören.

„Wo hat denn Ihr Vater persönliche Sachen aufbewahrt?"

Zunächst zuckte Stefan nur mit den Schultern, bequemte sich aber schließlich doch zu einer Antwort. „So groß ist das Haus ja nicht. Im Schlafzimmer, denke ich, da steht ja auch sein Schreibtisch."

„Begleiten Sie mich hinauf." Gasperlmaier war sich unsicher, ob sie beide, den Stefan und ihn, gemeint hatte. Als die Frau Doktor und Stefan sich in Bewegung setzten, Gasperlmaier aber nachdenkend verharrte, schuf sie Klarheit: „Sie auch, Gasperlmaier."

Im Schlafzimmer warf die Frau Doktor zunächst einen Blick auf die sehr lange Kleiderschrankwand, öffnete eine Tür nach der anderen und fand nur Unmengen von Frauenkleidern vor. Die vorletzte und letzte Tür gaben den Blick auf Herrensachen frei, Gasperlmaier konnte einen Stapel Polohemden, Kartons mit Socken und Unterwäsche, Sakkos und Trachtenanzüge ausnehmen. Alles war dermaßen penibel geordnet, dass Gasperlmaier sich vornahm, die Evi zu fragen, ob sich die Naglreiters etwa auch die Wäsche von ihr waschen und einräumen ließen, denn den Hausbesitzern traute er so einen Aufwand bei häuslichen Tätigkeiten gar nicht zu.

„Hatte hier außer der Familie jemand Zutritt?", fragte die Frau Doktor Stefan, der im Türrahmen stehen geblieben war und sich nun daran lehnte.

„Nein", antwortete dieser.

„Und die Wäsche räumen Ihre Eltern selbst ein?" Die Frau Doktor hatte wohl an Ähnliches wie Gasperlmaier gedacht.

„Ja, ja", versicherte Stefan, „Sie lassen alles waschen und bügeln, aber an ihre Schränke lassen sie niemanden."

Womit die Frage an die Evi sich wohl erübrigt, dachte Gasperlmaier. Die Frau Doktor Kohlross ließ ihre behandschuhte rechte Hand unter einen Stapel Hemden gleiten, sodass sie den Boden des Fachs bis in die Ecken und nach hinten erfühlen konnte. Im ersten Fach fand sie nichts, im zweiten wurde ein Rascheln hörbar und sie zog ein Playboy-Heft unter dem Stapel hervor, begutachtete es kurz und hob die Augenbrauen.

Stefan kicherte. „Wissen Sie, warum er das versteckt hat? Weil die Mama sich immer furchtbar darüber aufregt, dass er sich solche Hefte anschaut. Er hat behauptet, das wäre wegen der interessanten Artikel und um seine Englischkenntnisse zu verbessern."

Tatsächlich konnte Gasperlmaier erkennen, dass es sich um eine englische Ausgabe handelte – und dass eine verführerische Dunkelhaarige in Unterwäsche dem Betrachter ihren Hintern zeigte, während sie kokett über die Schulter blinzelte. Allzu schnell ließ die Frau Doktor das Heft wieder unter dem Hemdenstapel verschwinden. Zumindest wollte sie das, allerdings stieß sie beim Hineinschieben auf Widerstand, obwohl sie den Hemdenstapel vorsichtig hochgehoben hatte. Zu Gasperlmaier gewandt, hob sie wiederum ihre Augenbrauen und reichte Gasperlmaier das Heft, der nun nicht umhin konnte, den Hintern der Brünetten etwas genauer in Augenschein zu nehmen. Ihre rechte Brust war auch zu sehen, allerdings bedeckt von einem Spitzen-BH in einer Farbe, die Gasperlmaier an eine österreichische Qualitätszeitung erinnerte. Die Frau Doktor fuhr nun noch einmal mit der Hand unter den Hemdenstapel, aber sie reichte – obwohl Gasperlmaier mit Wohlgefallen betrachtete, wie sie sich streckte – nicht so weit nach hinten, dass sie zu fassen bekam, wonach sie suchte.

„Gasperlmaier!" Aus seinen Betrachtungen geschreckt wurde er nicht nur durch die scharfe Anrede seitens der Frau Doktor, sondern auch durch den Latexhandschuh, den sie ihm vors Gesicht und genau auf den Hintern der Brünetten klatschte. „Ich bin zu klein. Könnten Sie ... anstatt?"

Gasperlmaier beeilte sich, ihr das Heft zurückzureichen, nicht ohne einen Hintergedanken daran zu verschwenden, wie wohl der Hintern der Frau Doktor in solch einem String-Tanga aussehen würde. Er rief sich zur Ordnung, weil er, wie gewöhnlich in solchen Situationen, das Bild seiner Christine mit drohend erhobenem Zeigefinger vor seinem inneren Auge sah. Vorsichtig zog er den Handschuh über, langte unter die Hemden und fühlte, dass hier offenbar etwas sehr Kleines mit Klebstreifen festgemacht war. „Da ist was angeklebt – darf ich?" Gasperlmaier suchte Zustimmung in den Gesichtern sowohl der Frau Doktor als auch des Stefan Naglreiter. Beide nickten – die Frau Doktor in gespannter Erwartung, Stefan gleichgültig. Gasperlmaier bekam das Ende des Klebebands zu fassen, gleichzeitig aber kippte der Hemdenstapel um und die gefalteten Hemden flatterten zu Boden. Ein fliederfarbenes blieb am Kopf der Frau Doktor Kohlross hängen, während Gasperlmaier das Band vollends vom Boden des Schrankfachs zog. Was zum Vorschein kam, war eine kleine blaue Speicherkarte, wie sie in Kameras und Handys verwendet wurde. Inzwischen hatte sich die Frau Doktor Kohlross von dem Hemd befreit und es achtlos zu Boden gleiten lassen. Gasperlmaier stand inmitten eines Bergs ehemals gefalteter und frisch gebügelter Herrenhemden.

„Schau, schau!" Die Frau Doktor war begeistert, zog ein kleines Plastiksäckchen aus ihrer Handtasche und hielt es Gasperlmaier hin. „Da hinein damit. Was der Herr Doktor Naglreiter darauf wohl gespeichert hat? Familienfotos?" Sie wedelte Stefan mit dem Säckchen vor der Nase herum und gab sich die Antwort selbst: „Sicher nicht. Wer klebt seine Familienfotos unter seine Hemden in den Schrank? Sie reichte Gasperlmaier das Säckchen. „Passen Sie gut darauf auf. Wir sehen uns das dann am Posten an." Gasperlmaier verstaute das Säckchen folgsam in der rechten Außentasche seiner Uniformjacke und achtete darauf, dass die Klappe wieder sauber über der Taschenöffnung zu liegen kam.

Die Frau Dokor deutete auf das Notebook, das zugeklappt auf dem Schreibtisch vor dem Fenster stand, von dem aus man bis zum See hinunterblicken konnte. „Haben Sie etwas dagegen, wenn wir den Computer für unsere Ermittlungen mitnehmen?"

Stefan Naglreiter zuckte nur gelangweilt die Schultern.

„Gasperlmaier." Mit einer Geste machte ihm die Frau Doktor klar, dass er das Gerät an sich nehmen sollte. Er zog verschiedene Stecker aus den Anschlüssen und nahm das Notebook an sich. „Das Netzgerät auch, bitte." Gasperlmaier setzte seine Last wieder ab und sah ratlos auf die verschiedenen Kabelenden, die nun auf dem Schreibtisch herumlagen. Netzgerät? Welches Kabel das wohl sein mochte? Gasperlmaier benützte immer nur Computer, die schon angesteckt waren. Frau Doktor Kohlross war zum Nachtkästchen auf der Seite des Bettes gegangen, die dem Schrank mit Doktor Naglreiters Kleidern am nächsten lag, und öffnete die Schubladen der Reihe nach. Gasperlmaier dämmerte, dass das gesuchte

Kabel jenes sein musste, das zum Stromanschluss des Computers führte. Er bückte sich unter den Tisch und konnte es nun, erleichtert, identifizieren. Er nahm beides – Gerät und Kabel – an sich und sah sich um. Die Frau Doktor war mit ihrer Runde fertig und zog sich gerade die Handschuhe von den Fingern.

„Dann werden wir diesem Herrn Gaisrucker schnellstens einen Besuch abstatten, stelle ich mir vor. Ich möchte Sie ersuchen, mit niemandem über den Inhalt unseres Gesprächs zu reden, niemanden per Handy zu informieren, schon gar nicht den Herrn Gaisrucker."

Hintereinander gingen sie die Stiegen hinunter, wo sie Judith, nach wie vor ausdruckslos vor sich hin starrend, auf dem Sofa vorfanden.

„Allerdings" – die Frau Doktor schien eine Idee zu haben – „können Sie noch versuchen, Ihre Mutter am Handy zu erreichen?" Judith schien plötzlich zu erwachen und stieg in den ersten Stock hinauf. Zurück kam sie mit einem dieser weißen, modischen Handys, die ganz flach waren und nach denen sich Gasperlmaiers Kinder bislang vergeblich vor Sehnsucht verzehrten. Judith lauschte dem Freizeichen, schüttelte aber bald den Kopf. „Sie meldet sich nicht." Schon beim letzten Wort begannen die Tränen wieder zu fließen.

„Versuchen Sie es noch ein paarmal, wir melden uns wieder."

Gasperlmaier fand, man könne die heulende Schönheit nicht so einfach allein unter der Obhut ihres desinteressierten Bruders zurücklassen. „Sollen wir Ihnen vielleicht jemanden von der Krisenintervention vom Roten Kreuz schicken? Damit Sie jemanden zum Reden haben?"

Frau Doktor Kohlross war erstaunt über die Fürsorge und die lange Rede Gasperlmaiers und zog, wiederum fragend, die Augenbrauen hoch. Judith aber schüttelte den Kopf: „Geht schon."

„Bitte bleiben Sie zu Hause und halten Sie sich zu unserer Verfügung. Auf Wiedersehen." Die Frau Doktor schien es nun wirklich sehr eilig damit zu haben, den Marcel zu erwischen.

5

Kaum hatte sie die Haustür hinter sich ins Schloss gezogen, begann sie Gasperlmaier ins Vertrauen zu ziehen. „Wenn wir Glück haben, dann ist der Fall schon gelöst, bevor er noch richtig begonnen hat. Könnte doch sein, dass der Gaisrucker und der Doktor Naglreiter in Streit geraten sind, ein Messer hat eh jeder in der Lederhose, und schon ist es geschehen. Hat er halt Pech gehabt, der Doktor, dass er in dieser Nacht der Letzte am Pissoir war und ihn niemand gefunden hat, bevor er verblutet ist.

Gasperlmaier kraulte sich nachdenklich am Kinn. „Ja, schon. Aber der Marcel ..." Gasperlmaier konnte sich nicht vorstellen, dass dieser Windhund, so viel er auch ausgefressen haben mochte, jemanden aus Eifersucht im Streit abstach. Der war doch einer, der am Montag schon die Nächste im Bett hatte, wenn die vom Sonntag ihre Sachen zusammengepackt hatte. Eifersucht, so dachte Gasperlmaier, war dem fremd. Und das erklärte er auch der Frau Doktor.

„Sehen Sie, Gasperlmaier, darum habe ich Sie mitgenommen. Kaum taucht ein neuer Verdächtiger auf – Sie kennen ihn und können mir Hintergrundinformation geben." Völlig überraschend klopfte sie ihm auf die Schulter, was in Gasperlmaier ein angenehmes Rauschen der Hormone, welcher auch immer, auslöste. Das hätte er sich nicht gedacht, dass eine völlig unbedeutende Handbewegung dieser Frau ihn so berühren könnte. „Was glauben Sie denn, was auf der Speicherkarte drauf ist?", wollte Gasperlmaier jetzt wissen.

Vorsichtig in die Hauptstraße einbiegend, gleichzeitig die Achseln zuckend, antwortete die Frau Doktor: „Jedenfalls etwas, das er vor seiner Familie, vielleicht auch vor Mitarbeitern oder Konkurrenten, geheim halten wollte. Können ja auch Daten drauf sein, Dokumente, Verträge. Vielleicht hat er auch Pornovideos darauf gespeichert, was weiß ich. Jedenfalls etwas, das uns interessieren muss."

Gasperlmaier war nicht wohl bei dem Gedanken, mit der Frau Doktor zusammen auf dem Polizeiposten eventuell Pornovideos anschauen zu müssen.

Inzwischen waren sie gegenüber dem Hotel „Villa Salis" angekommen, das für Gasperlmaier wie für jeden anderen Altausseer immer noch das „Hotel Kitzer" war, wo die Mutter des Gasperlmaier als junge Frau die Kuchen gebacken und die Torten dekoriert hatte. Hier war Endstation – die Straße war gesperrt, denn die Kirtagsstände waren ja vom Tatort Bierzelt nicht betroffen und durchaus gut besucht – auch hier konnte man notfalls das eine oder andere Bier und vorzügliche Schnäpse genießen. Gasperlmaier hatte erst gestern den Stand eines Schnapsbrenners aus dem Oberösterreichischen entdeckt, ein pensionierter Lehrer mit einem klapprigen VW-Bus, der nicht nur hervorragenden Schnaps brannte, sondern auch viele Geschichten um den Schnaps herum zu erzählen wusste, sodass Gasperlmaier eine um die andere Kostprobe hatte zu sich nehmen müssen, um den Lehrer nicht beim Reden zu unterbrechen.

Da der Gaisrucker Marcel zu Hause bei seiner Mutter wohnte, die ein Haus mitten im Ortszentrum besaß, mussten sie den Rest des Weges zwischen den Kirtagsständen zu Fuß zurücklegen. Da und dort schnappte Gasperlmaier auf, dass der Mord im Pissoir das Gespräch des Tages zu sein schien, manch einer warf Gasperlmaier und seiner Begleitung vielsagende Blicke zu, der eine oder andere grüßte oder zog sogar seinen Ausseerhut vor der Frau Doktor. Gasperlmaier war die viele Aufmerksamkeit zuwider, er versuchte sich mit ein wenig Abstand im Windschatten der Frau Doktor zu halten, doch sie drehte sich zu ihm um: „Gasperlmaier, wo bleiben S' denn?"

Er beeilte sich, wieder an die Seite der Frau Doktor zu schlüpfen, als er einen Stand erblickte, in dem ein Riesenlaib warmer Leberkäse hinter einer Glasvitrine vor sich hin dampfte. Sofort lief ihm das Wasser im Mund zusammen, er hatte ja seit dem Frühstück keine Gelegenheit gehabt, etwas zu sich zu nehmen, und es ging schon auf Mittag zu. Zwar schenkte die Frau an dem Stand offenbar nur Dosenbier – Dosenbier! – aus, aber in der Not fraß bekanntlich sogar der Teufel Fliegen.

„Frau Doktor, wenn Sie vielleicht einen Hunger hätten?", lenkte Gasperlmaier vorsichtig die Aufmerksamkeit der Frau Doktor auf den Leberkäsestand.

„Gasperlmaier, Sie haben Hunger und Sie wollen eine Leberkäsesemmel. Kaufen Sie sich eine. Ich kann noch ohne auskommen." Es war schrecklich und zermürbend, wie schnell und gründlich die Frau Doktor einen durchschaute, wahrscheinlich war sie für den Beruf der Kriminalbeamtin wirklich geboren. Missmutig, denn der Appetit war ihm vergangen, bestellte sich Gasperlmaier eine Leberkäsesemmel mit Senf und Pfefferoni. Eigentlich hätte er große Lust darauf gehabt, sie wenigstens mit einem Dosenbier hinunterzuspülen, doch der bohrenden Blicke wegen, die er in seinem Nacken fühlte, unterließ er es. Stattdessen kaufte er für die Frau Doktor ein Mineralwasser, das war er ihr schuldig, wie er glaubte. Die Frau Doktor bedankte sich lächelnd, als er ihr die Wasserflasche reichte, und Gasperlmaier fühlte sich sofort um vieles besser. Warum bloß war er in so kurzer Zeit so abhängig von den Launen dieser Frau geworden, fragte er sich.

An seiner Semmel kauend legte Gasperlmaier, den Weg zeigend und die Frau Doktor führend, die wenigen Schritte zum Haus der Gaisruckers zurück, in dessen Erdgeschoß als Zeuge eines schiefgegangenen Unternehmens des Marcel Gaisrucker eine leere Auslagenscheibe vor sich hin verstaubte, auf der verschiedene Aufkleber von Firmen, die Zubehör für Gleitschirmflieger anboten, zerbröselten. Der Marcel hatte sich vor ein, zwei Jahren eingebildet, mit dem Verkauf von Gleitschirmen und deren Zubehör das große Geschäft machen zu können und seine Mutter überredet, das Erdgeschoß des Hauses zu einem Geschäft umbauen zu dürfen. Jetzt, nachdem er damit pleite gegangen war, logierte der Marcel halt privat in seinem Ladenlokal.

„Nicht an der Haustür läuten, der Marcel wohnt im Geschäft", beeilte sich Gasperlmaier, der Frau Doktor den richtigen Weg zu weisen. Tatsächlich fand sich neben der Ladentür eine mit Klebeband festgemachte Klingel, von der ein loses Kabel durch einen Spalt in der offenbar nicht sehr dicht schließenden Tür führte. Nach dem Drücken des Klingelknopfs erklang nicht etwa durchdringendes Geschepper wie bei Gasperlmaier zu Hause, sondern eine Melodie, die er zu erkennen glaubte – womöglich aus einer Fernsehserie. Wie schon bei den Naglreiters rührte sich auch diesmal nichts hinter der Tür – stattdessen ging ein Fenster auf, aus dem sich der Kopf einer Frau schob. Gasperlmaier nickte nach oben. „Grüß dich, Gerti. Wir wollen zum Marcel, ist er daheim?" Etwas dünn und verhärmt sah sie aus, die Gaisrucker Gerti, fand Gasperlmaier, aber immer noch fesch, eigentlich. Damals, in der Hauptschule, hatte sie ihm gut gefallen, er glaubte sich zu erinnern, dass sie einander bei einer Tanzveranstaltung der katholischen Jugend sogar ein wenig näher gekommen waren, aber das war wohl schon dreißig Jahre her.

„Hat er wieder was ang'stellt, der Marcel?" Misstrauisch musterte die Gaisrucker Gerti den Gasperlmaier mit der eleganten Dame neben sich, worauf sich Gasperlmaier verpflichtet fühlte, diese vorzustellen: „Das ist die Frau Doktor Kohlross vom Bezirkspolizeikommando.

Wir möchten den Marcel nur was fragen – ob er vielleicht was gesehen hat, du weißt eh, wegen dem Mord im Bierzelt heute Nacht."

„Daheim ist er. Aber ob ihr ihn was fragen könnt's, das möchte ich bezweifeln, so besoffen, wie der gestern war." Ohne weiteren Kommentar schloss sie das Fenster mit einem lauten Knall, so, als ob sie versuchte, dadurch die Eskapaden ihres Sohnes aus ihrem Leben hinauszuhalten.

Hinter der Tür rührte sich noch immer nichts, obwohl die Frau Doktor die Melodie der Gaisrucker'schen Klingel noch mehrmals vorgespielt hatte. „Sagen S', Gasperlmaier, was erzählen Sie denn da der Frau Gaisrucker von einem Mord im Bierzelt? Ich hab mir gedacht, Sie haben den Herrn Doktor Naglreiter im Klo gefunden?"

Gasperlmaier schoss ein Hormonstoß prickelnd durch den ganzen Körper bis in Finger- und Zehenspitzen, und zum zweiten Mal an diesem Tag wünschte er sich inständig, dass die Tür, vor der sie warteten, aufgehen möge, sodass er einer Antwort enthoben wäre. Gerade begann er sich stotternd und mit den Armen rudernd eine Ausrede zurechtzuzimmern, als hinter der Auslagenscheibe ein Gepolter einsetzte, jemand hustete und dann ganz erbärmlich fluchte. „Wer stört?", meldete sich eine Reibeisenstimme durch die geschlossene Geschäftstür. Der Frau Doktor Kohlross schien jetzt die Geduld mit verkaterten Kirtagsbesuchern endgültig auszugehen. „Kriminalpolizei! Öffnen Sie!", rief sie nun ebenso barsch durch die Tür zurück, wie es dahinter hervorgeklungen hatte.

Ein Schlüssel bewegte sich scheppernd im Schloss, und als sich die Tür öffnete, stand der Gaisrucker Marcel vor ihnen, nur mit seiner Lederhose bekleidet. Er war zwar ein Hallodri, dachte Gasperlmaier bei sich, aber man konnte schon sehen, was die Frauen an ihm fanden. Schlank und durchtrainiert war er, ganz ohne Haare auf der Brust, wie das heute modern war, sein Haupthaar trug er schulterlang, und so ein kantiges, unrasiertes Gesicht zeigte er den beiden, wie man es heutzutage auch häufig in Modeschauen sehen konnte. Die Frau Doktor, so schien es Gasperlmaier, war offenbar ebenso überrascht wie beeindruckt, denn alle Barschheit schien verschwunden, als sie dem Marcel ihre Marke zeigte und höflich fragte: „Herr Gaisrucker? Können wir kurz zu Ihnen hineinkommen?" Der Marcel lächelte und vollführte mit der rechten Hand einen Schwung, wie man ihn von Kammerdienern aus alten Filmen kannte, die Besuch bei ihrer Herrschaft vorließen. Dazu verbeugte er sich galant. Gasperlmaier fragte sich, ob das zu der täglichen Routine gehörte, mit der er sich seine Bettgenossinnen besorgte, oder ob ihm die Frau Doktor wirklich Respekt abnötigte.

„Bitte entschuldigen Sie, dass nicht aufgeräumt ist, gnädige Frau."

Gasperlmaier fand das ein wenig dick aufgetragen, denn aufzuräumen hätte es in dem Raum nicht viel gegeben: Direkt hinter der mit schwarzer Folie verklebten Auslagenscheibe stand ein Doppelbett mit einem Messinggestell, in dem eine etwas zerraufte Blondine den Zipfel der Bettdecke vor ihren, wie Gasperlmaier sofort erkannte, unbeträchtlichen Busen hielt, an der Wand gegenüber stand ein Fernseher auf einer wackeligen Kommode, daneben und darunter auf dem Boden verstreut ein Haufen DVDs, hauptsächlich mit Actionfilmen, wie Gasperlmaier mit Kennerblick feststellte. Dahinter hing ein großes Transparent, das für Gleitschirme der Firma „Alpine Extreme Sky" warb.

„Stören wir?", fragte die Frau Doktor, augenbrauenhebend, mit Blick auf die Dame im Bett.

„Wir waren in der Tat gerade ... beschäftigt", meinte der Marcel, sich am Kopf kratzend. Die Blonde im Bett schien verwirrt. „Marcel, was ist denn? Wer sind die? Hast was angestellt?"

Gasperlmaier konnte nicht umhin, festzustellen, dass die Blonde tatsächlich ein wenig desorientiert war. Hatte sie an Gasperlmaiers Uniform doch offenbar erkannt, wer er war, was ihre dritte Frage verriet, so führte sich doch damit ihre zweite Frage ad absurdum.

„Leider kann ich Ihnen nichts zum Hinsetzen anbieten", flötete Marcel, „außer vielleicht das Bett?"

„Herr Gaisrucker, das erscheint mir nun doch ein wenig unpassend. Wir müssen uns mit Ihnen unterhalten, und dazu würde ich es vorziehen, wenn Sie ein Hemd anziehen würden und der ... Dame" – Gasperlmaier entging nicht, dass sie das Wort „Dame" mit einem leicht verächtlichen Unterton anfügte – „Gelegenheit geben würden, sich anzuziehen. Auch an sie hätten wir nämlich ein paar Fragen. Aber zuerst unter vier" – sie wandte ihren Blick Gasperlmaier zu und korrigierte sich – „sechs Augen."

Gasperlmaier war nicht entgangen, dass die Frau Doktor, die beim Anblick des Marcel ein wenig eingeknickt zu sein schien, zu ihrer gewohnten Schärfe zurückgefunden hatte. Sehr lang wirkte der Schmäh des Gaisrucker Marcel bei einer Frau wie ihr wohl nicht. „Wir könnten vielleicht oben ...?", begann die Frau Doktor fragend, aber der Marcel winkte gleich ab: „Nicht bei meiner Mutter, nein, ich habe da noch ..." Ohne den Satz zu vollenden, bedeutete er den beiden, ihm durch die einzige Tür im Ladenlokal zu folgen, die nach hinten führte. In einem schmalen, finsteren Gang öffnete er eine Tür zu seiner Linken. „... ein Büro!" Stolz deutete er durch die Türöffnung. Als Gasperlmaier hinter der Frau Doktor eintrat, fand er sich in einem Chaos aus

Aktenordnern, halb eingestürzten Regalen, Altpapier und mehreren Stühlen wieder, die schon bessere Zeiten gesehen hatten. Auf einem wackeligen Tisch aus Metallbeinen unter einer Hartfaserplatte stand ein PC, daneben ein altertümlicher Röhrenbildschirm nebst einem überquellenden Aschenbecher. Gasperlmaier wunderte es nicht, dass die geschäftlichen Aktivitäten des Gaisrucker Marcel zu einem ebenso schnellen wie gründlichen Ende gelangt waren.

Grinsend bot Marcel den beiden Sitzgelegenheiten an, denen man sich, wie Gasperlmaier vermutete, nur mit allergrößter Umsicht anvertrauen durfte. Die Frau Doktor Kohlross hingegen stürzte, den Atem anhaltend, zum Fenster und öffnete es weit. Erst dann holte sie wieder tief Luft. Gasperlmaier bewunderte erneut, was mit ihrem Ausschnitt und ihren Brüsten dabei geschah. Der Marcel, bemerkte er aus einem Augenwinkel, übrigens auch.

Vorsichtig ließ sich Frau Doktor Kohlross auf dem Stuhl nieder, den Gasperlmaier für den hielt, der noch am meisten Vertrauen verdiente. Gasperlmaier blieb stehen, der Marcel aber schnappte eilig nach einem Sessel und setzte sich der Frau Doktor gegenüber hin, allzu sicher schien er nicht auf den Beinen zu sein.

Die Frau Doktor deutete auf Marcels Brust: „Hemd!"
„Ach so, ja." Der Angesprochene schnellte wieder in die Höhe, verschwand in seinem Ladenlokal und kehrte mit einem grauen T-Shirt über der Brust zurück, das nicht gut roch. Die Frau Doktor begann: „Herr Gaisrucker, heute Morgen ist der Herr Doktor Naglreiter tot aufgefunden worden." Der Marcel schoss wieder aus seinem Sessel, dass das Altpapier dahinter nur so aufstob. „Was? Ich hab damit nichts zu tun! Ich hab geschlafen, die ganze Nacht, und bevor Sie gekommen sind, haben wir ..." Die Frau Doktor winkte ab, um ihm zu bedeu-

ten, dass keine genaue Auskunft darüber vonnöten sei, was er mit der mageren Blondine getrieben hatte. Die ganze Nacht, dachte Gasperlmaier bei sich, war wohl ein wenig übertrieben, so wie der Marcel aussah. Der sank nun wieder auf den Sessel. „Ich, ich …" Weiter kam er nicht. „Was, ich?", fragte die Frau Doktor, ein wenig weiter in Richtung Stuhlkante nach vor rutschend. Der Marcel zog es vor, zu schweigen und die Hände vor seinem schmierigen Lederhosentürl zu falten. „Ja?", setzte die Frau Doktor nach, und Gasperlmaier beobachtete den Marcel und meinte ihn dabei zu ertappen, wie er der Frau Doktor unverschämt in den Ausschnitt starrte. Stumm blieb er aber weiterhin. „Ich war's?", setzte die Frau Doktor nach. „Gasperlmaier, die Handschellen!"

Die Frau Doktor hatte offenbar nicht vor, mit dem Bürschchen viel Federlesens zu machen. Gasperlmaier, überrascht vom Ansinnen der Frau Doktor, erschrak. Handschellen führte er gewöhnlich nicht mit sich, begann aber pflichtschuldigst in seinen Uniformtaschen zu wühlen. Das hätte er nicht tun zu brauchen, denn der Marcel begann sofort zu reden wie ein Buch. „Ich natürlich nicht, ich hab den nicht umgebracht, ich hab den gestern nicht einmal gesehen, ich war die ganze Zeit im Bierzelt, da können Sie fragen, wen Sie wollen, ich bring doch keinen um!"

Mit einer Geste versuchte die Frau Doktor den Marcel zu beschwichtigen. „Ist es richtig, dass die Frau Doktor Naglreiter bei Ihnen bereits mehrere Kurse im Gleitschirmfliegen absolviert hat?" „Ah!", sagte der nur – Gasperlmaier dachte sich, der Marcel meint wohl, jetzt gehe es nur mehr um seine Beziehung zu der Frau Doktor Naglreiter, nicht mehr um seine mögliche Verstrickung in einen Mordfall – und setzte wieder sein arrogant-zynisches Grinsen auf, das Gasperlmaier schon von mehreren Begegnungen kannte, auch bei ihm zu Hause, wenn sich der Marcel vor ihm verbeugt und „Schönen guten Tag, Herr Oberinspektor!" gewünscht hatte. Gasperlmaier hatte darauf nie geantwortet. Über sich lustig machen konnte er sich selber, da brauchte er den Gaisrucker nicht dazu. Der Marcel nickte nun eifrig, und die Frau Doktor setzte nach: „Und Sie sind eine Affäre, eine sexuelle Beziehung zu ihr eingegangen?" Der Marcel hob ratlos die Hände: „Beziehung würde ich das nicht nennen, ich hab sie halt ein paarmal ge..." Er unterbrach sich gerade noch rechtzeitig, weil er wohl gemerkt hatte, wie sich die Miene der Frau Doktor Kohlross verfinsterte. „Ich meine, wir hatten ein paarmal Sex miteinander. Ihr Alter, der Doktor Naglreiter, der hat ja die Sophie nicht mehr..." Breiter wurde das Grinsen des Marcel. „Und die war ganz schön, die hat ganz ordentlich..." Der Blickkontakt mit Frau Doktor Kohlross unterbrach ihn jäh.

„Haben Sie gestern irgendwann die Frau Doktor oder den Herrn Doktor Naglreiter gesehen, haben Sie mit einem von beiden oder beiden gesprochen, haben Sie telefoniert, gab es irgendeinen Kontakt zwischen Ihnen und einem der Naglreiters?" Gasperlmaier meinte, bei Marcel ein kurzes Zögern zu bemerken, ein leichtes Flackern in den Augen, ein Ausweichen. Dieser hob abwehrend die Hände: „Ich hab's Ihnen ja schon gesagt, ich war die ganze Zeit im Bierzelt, und die Ines" – er wies mit dem Finger nach draußen, in die Richtung, wo seine Bekanntschaft womöglich immer noch im Bett auf die Fortsetzung der von Frau Doktor Kohlross und Gasperlmaier so unsanft unterbrochenen Beschäftigung wartete – „die war bei mir, die ganze Nacht, die können Sie fragen."

Plötzlich waren vor dem Raum Schritte zu hören, und die eben Angesprochene stand im Türrahmen. Immer noch ein wenig zerrauft, wie Gasperlmaier fand, aber angesichts der zur Verfügung stehenden Infrastruktur hatte sie sich ganz ordentlich hergerichtet. Gasperlmaier fiel auf, dass sie ein originales Ausseer Dirndl trug, mit rosa Rock, blauer Schürze, grünem Leib und weißer Bluse, und dass er mit der Vermutung, dass es mit ihrem Busen nicht weit her war, schon richtig gelegen war. Dazu trug sie Schuhe mit sehr hohen Absätzen, die nach Gasperlmaiers Meinung nicht recht zum Dirndl und schon gar nicht zum tiefen Boden im Bierzelt passen wollten. Entsprechend waren die Absätze auch schlammverkrustet. „Frau Kommissar!", begann sie ein wenig schrill und atemlos, „ich bin zwar die ganze Nacht mit ihm beisammen gewesen. Aber nur deswegen, weil er sofort eingeschlafen ist in seinem Rausch, kaum dass wir hier waren, und ich mir sogar Sorgen gemacht habe, dass er nicht mehr aufwacht, so besoffen, wie er war. Und ich hab auch gehört, was er Ihnen da über eine gewisse Sophie erzählt hat. Und ich möchte Ihnen auch sagen, dass er heute Morgen eh keinen hochgekriegt hat, weil es ihm noch viel zu schlecht gegangen ist. Wo ist das Klo?" Ansatzlos und ohne ihre Tirade zu unterbrechen, hatte sie sich Marcel zugewandt. Der deutete nur auf eine Tür gegenüber jener, in der die Ines gerade stand.

Die verschwand hinter der Tür, kurz darauf hörte man es dahinter plätschern, was Gasperlmaier gar nicht hören wollte, und er hoffte, entweder die Frau Doktor oder der Marcel würden jetzt was sagen und nicht der Erleichterung der Ines hinter der Klotür aufmerksam lauschen. Doch schon erklang die Spülung, die Ines kam wieder heraus, fragte „Waschbecken?", worauf der Marcel nur den Kopf schütteln konnte. Schon wollte die Ines weg, sagte „Dann tschüss!" und verschwand wieder im Ladenlokal, als die Frau Doktor aufsprang. „Warten Sie einen Moment! Gasperlmaier, passen Sie auf den hier auf!" Und schon war sie der Ines hinterher und Gasperlmaier saß allein mit dem Marcel in dieser Ruine von einem Büro.

Gasperlmaier tat so, als interessiere er sich für die Reste von Gleitschirmplakaten und den Kalender vom vorvorigen Jahr, der über dem Computer an der Wand hing, um dem Marcel nicht ins Gesicht sehen oder mit ihm reden zu müssen. Der Marcel fing aber selber zu reden an. „Herr Oberinspektor, Sie glauben mir das aber schon, dass ich den Doktor Naglreiter nicht umgebracht habe? Wir kennen uns doch? Ich bin doch mit dem Christoph befreundet? Bitte glauben Sie mir doch!"

Gasperlmaier hatte das Gefühl, dass der Marcel gar nicht mehr zu reden aufhören würde, wenn er ihn nicht unterbrach. „Was ich glaube, Marcel, spielt gar keine Rolle. Und wenn die Frau Doktor Naglreiter wieder auftaucht..."

„Die ist gar kein Doktor", unterbrach ihn der Marcel, „die hat bloß auf dem Standesamt promoviert, die war vorher seine Sekretärin."

„Wenn die Frau Naglreiter also wieder auftaucht", setzte Gasperlmaier noch einmal an, „dann ..." Er wusste nicht genau, was dann sein würde, und schon gar nicht, was dem Marcel dann passieren oder nicht passieren würde. „Man soll sich halt keine solchen Sachen anfangen!", wich er ins Allgemeingültige aus und hob dabei resignierend beide Hände. Dass sich der Marcel hier praktisch als Freund der Familie aufführte, war dem Gasperlmaier eigentlich gar nicht recht.

Gott sei Dank kam die Frau Doktor nun zurück, ohne die Ines, und sie forderte Gasperlmaier gleich auf, mit ihr zu kommen. „Und Sie, Herr Gaisrucker, Sie kommen heute Nachmittag auf den Posten, gewaschen und ordentlich angezogen, damit wir Ihre Aussage zu Protokoll nehmen können. Und halten Sie sich zu unserer Verfügung, das heißt, teilen Sie uns mit, wann wir Sie wo finden, bis diese Untersuchung abgeschlossen ist." Man merkte ihr an, dass sie nicht mehr viel für den Marcel übrig hatte. Zumal er ja für die einfache Lösung, auf die die Frau Doktor vor dem Besuch bei ihm gehofft hatte, offenbar nicht zu gebrauchen war.

Als sie aus dem tristen Wohnbereich des Gaisrucker Marcel draußen waren, informierte die Frau Doktor Gasperlmaier: „Die Ines hat seine Aussagen im Großen und Ganzen bestätigt. Er war mit ihr zusammen, und sie hat uns ein paar weitere Zeugen genannt, die das bestätigen können. Sie hat auf mich einen vertrauenswürdigen Eindruck gemacht." Gasperlmaier nickte und die Frau Doktor fuhr fort: „Es ist allerdings nicht völlig auszuschließen, dass er irgendwann im Lauf der Nacht beim Gang auf das Klo dem Doktor Naglreiter begegnet ist und mit ihm gestritten hat. Sehr wahrscheinlich ist das allerdings nicht, wenn man den Todeszeitpunkt bedenkt und die Tatsache, dass der Naglreiter wohl der Letzte am Klo gewesen ist. Obwohl es andererseits natürlich auch möglich ist, dass der eine oder andere Besoffene einfach umgedreht und seine Notdurft anderswo verrichtet hat, als ihm die Leiche im Weg war. Solche Leute melden sich in der Regel nicht bei uns." Gasperlmaier nickte wiederum und schwieg, ohne den dringenden Wunsch zu verspüren, die Frau Doktor über ihren Irrtum aufzuklären.

6

Sie kamen an der Stelle vorbei, wo es von der Straße aus einen Zugang zum Bierzelt gab. Verwundert deutete Gasperlmaier auf die Stelle, wo er etliche Stunden zuvor selbst ein Absperrband zwischen einem Zaun und einer Straßenlaterne doppelt gezogen und ordentlich verknüpft hatte. Nur mehr Reste des Bandes flatterten am Laternenmast. Es entfuhr ihm ein lautes „Öha!", worauf die Frau Doktor schmunzelnd antwortete: „Ja, wir haben das Zelt wieder freigeben können, die Spurensicherung war doch schneller fertig, als wir zunächst angenommen haben. Da gab es keinen Grund mehr, die Schließung aufrechtzuerhalten."

Gasperlmaier musste einen sehr sehnsüchtigen, nicht misszudeutenden Blick auf das Bierzelt geworfen haben, denn die Frau Doktor schmunzelte. Was war ihr Gesicht doch für eine faszinierende Landschaft, wenn sie lachte, dachte Gasperlmaier bei sich.

„Wir machen jetzt Mittagspause. Ich sehe ja, wie Sie sich nach Ihrem Bierzelt sehnen. Und ich hab jetzt auch einen Hunger." Sie fasste den überraschten Gasperlmaier am Arm und zog ihn förmlich zum Bierzelt hinüber.

Fast alle Tische, die vor dem Bierzelt in der Sonne standen, waren ganz oder teilweise besetzt, eine Szene, dachte Gasperlmaier, fast wie aus einem Heimatfilm, denn die Lederhosen, Dirndln und Gamsbärte überwogen die Gäste in Zivilkleidung bei weitem. An einem Tisch gewahrte Gasperlmaier eine blaue Polizeiuniform in einer kaum zu übersehenden Größe, der Kahlß Friedrich verbrachte wohl auch gerade seine Mittagspause bei einem Grillhendl und einer Halben. Gasperlmaier selbst hatte die graue Uniform der Gendarmerie, die sie bis vor wenigen Jahren alle getragen hatten, um vieles besser gefallen, aber ihn hatte ja niemand gefragt. Gasperlmaier zeigte auf den Kahlß, jetzt war es ihm ein wenig peinlich, dass er am Arm der Frau Doktor hing, und er hoffte, dass der Kahlß Friedrich nicht herschaute, aber da ließ ihn die Frau Doktor auch schon los. „Da sitzt ja Ihr Postenkommandant!" Zielstrebig steuerte sie auf den Tisch zu, an dem neben dem Kahlß noch ein schlanker Herr mit grauen Schläfen in Lederhose, blaukariertem Hemd und grünem Gilet saß.

„Grüß' Sie, Frau Doktor, servus, Gasperlmaier. Setzt's euch doch her zu uns." Der Friedrich wies mit seiner Pranke, die dabei nicht einmal den Bierkrug losließ, auf die freien Plätze neben sich und dem gegenüber sitzenden Mann. „Das ist unser Herr Pfarrer. Habt's schon was rausgefunden?"

Gasperlmaier nahm neben dem Friedrich Platz, die Frau Doktor setzte sich neben den Herrn Pfarrer, musterte diesen aber skeptisch. „Ich glaub, lieber Herr Kahlß, dass dies nicht der geeignete Ort ist, um über Ermittlungsergebnisse zu sprechen."

Gasperlmaier stellte fest, dass das Gespräch an den Tischen rundherum nahezu erstorben war, während sich neugierige Blicke von allen Seiten auf sie richteten. Der Pfarrer brach das Schweigen, indem er seinen Hut lüftete und neben sich auf die Bank legte. „In Gegenwart einer Dame sollte man seinen Hut nicht aufbehalten, nicht einmal am Kirtag. Außer", und dabei wies er auf die Kappen der beiden Uniformierten, „man muss sich als Repräsentant der Staatsgewalt ausweisen, gell, Kahlß?" Der Angesprochene griff sich an den Schild seiner Kappe, wie um sich zu vergewissern, dass sie auch noch da sei, und vollführte eine hilflose Geste mit der Hand. Der Pfarrer ließ sich von der Bemerkung der Frau Doktor aber nicht abschrecken. „Habt's ihr den Mörder vielleicht schon?" Weder der Friedrich noch Gasperlmaier antworteten, nur die Frau Doktor schickte dem Pfarrer einen bösen Blick.

„Soll ich Ihnen vielleicht ein Grillhendl holen, Frau Doktor?", bot Gasperlmaier an, denn die Situation am Tisch war ihm doch ein wenig zu bedrückend geworden. Übers Wetter wollte man nicht reden, und über die Sache, die alle beschäftigte, durfte man nicht. Ein Dilemma. Die Frau Doktor nickte ihm freundlich zu. Gasperlmaier erhob sich und stellte sich in die lange Schlange der Hungrigen, die bereits kurz nach dem Eingang zum Bierzelt begann. „Du, Gasperlmaier!" Von hinten tippte ihm einer auf die Schulter. Gasperlmaier drehte sich um, es war der Amesreiter Sepp, der auch bei der Feuerwehr war und, wie Gasperlmaier feststellte, wohl schon mehr Bier getrunken hatte, als um die Mittagszeit empfehlenswert war. Seine Augen waren ein wenig glasig, er schaffte es nicht, den Blickkontakt zu Gasperlmaier zu halten, weil sein Kopf wie auch das Gestell, an dem er befestigt war, bereits schwankten wie ein Schilfrohr in leichter Brise. „Habt's ihr den Mörder schon? Oder hast die ganze Zeit gebraucht, um mit der feschen Kommissarin anzubandeln?" Gasperlmaier würdigte den Sepp nicht einmal einer Antwort. Langsam begann ihm der Appetit auf ein Grillhendl zu vergehen, als ihm eine Kellnerin entgegenkam, die nicht nur ein äußerst bemerkenswertes Dekolleté, sondern auch ein Tablett voller Bierkrüge mit sich herumtrug. „Nehmen S' Ihnen eines, Herr Inspektor, damit Sie sich wenigstens nicht beim Bier auch noch anstellen müssen." Endlich eine verständige, mitleidige Seele, die nicht dumm fragte, sondern den ermittelnden Behörden in ihrer Not hilfreich zur Seite sprang.

Alle weiteren Versuche der Kontaktaufnahme, die ihm von den voll besetzten Tischen in der verrauchten, abgestandenen Luft des Zeltes entgegenschallten, versuchte Gasperlmaier von sich abprallen zu lassen. Die harmlosesten davon waren noch „Na, Sherlock Holmes?" oder „Nicht Hendl fressen, Mörder fangen!". Gasperlmaier war die Herabwürdigung der Exekutive durch das von ihr beschützte Volk durchaus gewohnt. Als er aber bereits recht weit vorne in der Reihe stand, während sein Bier des lang andauernden Anstellens wegen bereits wieder zur Neige ging, stand ein langer Bursch an einem Tisch neben ihm schwankend auf und grölte ihm entgegen: „Hätt'st ihn nicht gleich umbringen müssen, den Naglreiter, bloß weil er deine Alte nagelt!", wofür er von den Zechgenossen an seinem und den umliegenden Tischen brüllendes Gelächter erntete. Gasperlmaier trat, nun doch deutlich aus der Ruhe gebracht, aus der Schlange auf den Burschen zu, hob seinen Bierkrug und schüttete ihm den darin verbliebenen Rest ins Gesicht. „Und du haltst jetzt deine vorlaute Pappen, sonst sperr ich dich das nächste Mal gleich eine Nacht ein, wenn ich dich auch nur mit einem halben Promille zu viel erwische!", fauchte ihn Gasperlmaier an. Schlagartig wurde es ruhig an dem Tisch. Gasperlmaier zog sich in die Schlange zurück. Dem Begossenen troff das Bier vom Kinn auf sein Hemd, langsam ließ er sich auf die Bank niedersinken. Gasperlmaier hatte diesmal die Lacher auf seiner Seite. „Na, des hätt'st dir nicht gedacht, dass die Polizei auch einmal zurückschlägt?", grinste der Banknachbar des Beamtenbeleidigers.

Gasperlmaier stierte auf den Rücken seines Vordermanns, zornesrot ob der Beleidigung seiner Frau, wütend über die allgemeine Aufmerksamkeit. Gasperlmaier hoffte, dass der Vorfall keine weiteren Kreise ziehen würde. Wurde bekannt, dass er sich in Uniform fast in einen Raufhandel eingelassen hatte, würde er dem Kahlß Friedrich, der Frau Doktor und letztendlich auch seiner Frau einiges zu erklären haben. Missmutig nahm er die beiden Grillhendln für sich und die Frau Doktor in Empfang, drehte sich um und machte sich auf den Weg durchs ganze Zelt zum Ausgang, sich der vielen Blicke bewusst, die ihm folgten.

Nicht nur die Miene des Gasperlmaier hatte sich verfinstert, als er draußen ankam, sondern auch vor die Sonne hatte sich eine dicke Wolke geschoben. Die Frau Doktor schien leicht zu frösteln, als Gasperlmaier das Grillhendl vor sie hinstellte, zumindest hatte sie gerade ihre Kostümjacke ein wenig fester um den Oberkörper gezogen. Der Kahlß Friedrich schob dem Gasperlmaier eine weitere Halbe Bier hin. „Damit du dich nicht noch einmal anstellen musst!" Gasperlmaier begann das Federvieh mit seinen Fingern zu zerlegen. Die Frau Doktor schaute ein wenig verdutzt, einerseits, weil er mit einer solchen Wut an den Knochen des unschuldigen Vogels zerrte, andererseits, weil er ihr keinerlei Werkzeug mitgebracht hatte, mit dem sie dem Grillhendl hätte zu Leibe rücken können. „Isst man das hier mit den Fingern?" Der Kahlß Friedrich nickte nur. „Ja freilich. Wir schauen, dass die Preise vernünftig bleiben." Zaghaft zupfte die Frau Doktor an ihrem Mittagessen herum, wohl um sich ihr nicht ganz weißes Kostüm nicht mit hässlichen Fettspritzern zu verunzieren. Gasperlmaier brütete vor sich hin, unsicher, ob er den Vorfall im Bierzelt für sich behalten sollte oder nicht.

Der Pfarrer indessen versuchte nochmals, das Gespräch auf den Tod des Doktor Naglreiter zu bringen. „Schad ist es um ihn, ein angesehener Mann war er, der Doktor Naglreiter. Auf so eine Art aus dem Leben gerissen zu werden." Seufzend schüttelte er den Kopf, so, als ob ihm der Verlust des Doktor Naglreiter persönlich nahegehen würde. Aber des Pfarrers Pflicht und Schuldigkeit, dachte Gasperlmaier bei sich, war es doch auch, vom Leid seiner Gemeindemitglieder betroffen zu sein oder Betroffenheit zumindest gekonnt zu heucheln, das gehörte eben zu seinem Berufsbild.

Obwohl die Leute an den umliegenden Tischen ihre Gespräche wieder aufgenommen hatten, blieben die Polizisten einsilbig. Gasperlmaier bearbeitete weiterhin sein Hendl und war schon fast fertig damit, ebenso wie mit seiner zweiten Halben Bier. Die Frau Doktor zupfte nach wie vor mit einem etwas angewiderten Gesichtsausdruck an ihrem Gummiadler herum und hatte noch nicht viel weitergebracht, wie auch ihr Cola noch fast voll war. Der Kahlß Friedrich hielt sich an seinem mittlerweile leeren Bierkrug fest und starrte dumpf vor sich hin, während der Pfarrer auf der Bank herumzappelte, dass sogar die Frau Doktor neben ihm ein wenig in Schwingung versetzt wurde. Gasperlmaier sah sie leicht auf und ab wippen, was ihn angesichts der geringen Verzögerung, mit der ihre Brüste dem Wippen des übrigen Körpers nachfolgten, ein wenig schwindlig machte.

„Aber ein Hundling war er schon, der Naglreiter!", setzte der Pfarrer mit der Einleitung zu Hintergrundinformationen fort, die er nicht für sich behalten konnte oder wollte. „Der hat nicht nur mit seiner eigenen Frau, der war ein ganz schöner ..."

Gasperlmaier blickte auf, ebenso die Frau Doktor. Was wollte denn der Pfarrer mit seinen Andeutungen in Halbsätzen sagen? Der hat's gerade nötig, dachte Gasperlmaier, denn der ganze Ort wusste, dass der Pfarrer seit Jahren ein Verhältnis mit einer Lehrerin hatte, einer Kollegin und guten Freundin von Gasperlmaiers Frau. Und er hielt damit auch nicht hinter dem Berg. Sogar bei mehr oder weniger offiziellen Anlässen im Kirchenjahr hatte er durchblicken lassen, dass er den Zölibat nicht leben könne und wolle. Und der hielt es jetzt für angebracht, Gerüchte über das Mordopfer in Umlauf zu bringen?

„Wissen Sie was Genaueres?", wandte sie sich halblaut dem Pfarrer zu, der aber nur mit den Schultern zuckte und seine Blicke im Ausschnitt der Frau Doktor verweilen ließ. Gasperlmaier fiel auf, dass sie die Beine übereinandergeschlagen hatte und vor allem dem Pfarrer einen guten Ausblick auf ihre wohlgeformten Schenkel bot.

„Herr ...", setzte die Frau Doktor nun noch einmal an, mit einem fragenden Unterton in der Stimme, den der Pfarrer verstand.

„Ainhirn heiß' ich, Johannes Ainhirn, und ich hab auch eines", grinste er übers ganze Gesicht, sichtlich stolz darauf, den Witz wieder einmal an die Frau gebracht zu haben.

Die Frau Doktor überhörte den schlechten Witz und blieb sachlich. „Herr Ainhirn, wenn Sie irgendwelche Informationen über Beziehungen des Getöteten haben, dann müssen Sie uns die auch mitteilen. Wenn Sie nicht gerade in der Beichte davon erfahren haben."

Der Pfarrer wand sich. „Man hört halt viel, als Pfarrer, nicht wahr, und dem Doktor Naglreiter ist schon nachgesagt worden, dass er kein Kostverächter war."

Die Frau Doktor hob die Augenbrauen. Gasperlmaier kannte das mittlerweile schon, und insgeheim freute es ihn, dass sie den Pfarrer jetzt nicht mehr vom Haken lassen würde. „Wer, Herr Pfarrer, hat ihm was nachgesagt? Einzelheiten, bitte." Das „wer" und „was" hob sie dabei durch Betonung hervor. So leise die Frau Doktor auch gesprochen hatte, so gab es doch wieder neugierige Blicke von den Nachbartischen, die den Geistlichen einer Antwort enthoben. „Hier doch nicht!", flüsterte er nun, Entrüstung heuchelnd, der Frau Doktor zu, nicht ohne die Gelegenheit zu benutzen, ihr näher zu rücken und dabei Ausschnitt wie Schenkel ausgiebig in Augenschein zu nehmen, wie es Gasperlmaier schien. Wenn hier einer kein Kostverächter, sondern vielmehr ein rechter Lustmolch war, dachte Gasperlmaier bei sich, dann der Pfarrer selber. Dem schaute die Lüsternheit ja schon bei den Nasenlöchern heraus.

Auch der Frau Doktor schienen die Blicke des Pfarrers zunehmend unangenehm zu werden. „Herr Ainhirn", sagte sie, von ihm abrückend, „wenn Sie Aussagen machen können, dann kommen Sie auf den Posten, dort können wir in Ruhe reden." Sie setzte ihre Beine nebeneinander unter den Tisch und zog den Rock nach unten. Diese Signale schien sogar der Pfarrer zu verstehen und wandte sich nun wieder seinem Gegenüber, dem Kahlß Friedrich, zu, der die ganze Unterhaltung ohne jede nach außen sichtbare Reaktion an sich vorüberziehen hatte lassen. Gasperlmaier dachte, dass es vielleicht günstig sein würde, mit der Evi, die bei den Naglreiters putzte, ein längeres und detaillierteres Gespräch über die Familie Naglreiter zu führen. Möglicherweise wusste oder ahnte sie Dinge, die der Pfarrer nur andeuten hatte wollen oder können.

Die Frau Doktor schob den Pappteller mit den Hühnerresten von sich und hielt ratlos ihre Finger vor die Augen, die von Hühnerfett und Grillgewürz verschmiert waren. Schlagartig fiel Gasperlmaier ein, dass er ja die zwei Feuchttüchlein, die er mit den Grillhendln erhalten hatte, in seine Uniformtasche gesteckt hatte, und er beeilte sich, eines davon herauszuholen, um der Frau Doktor hilfreich zur Seite zu springen.

Ungelenk mit seinen fettigen Fingern in der Jacke kramend, riss er das Päckchen heraus, und dabei flog das Plastiksäckchen mit der Naglreiter'schen Speicherkarte in hohem Bogen auf den Tisch. Interessiert wandten sich die Blicke des Kahlß Friedrich und des Pfarrers dem Beweisstück zu, nach dem Gasperlmaier errötend und dennoch flink griff, um es wieder in seine Jackentasche zu stecken. „Habt's leicht da ein Beweismittel?", erkundigte sich der Pfarrer interessiert. „Habt's leicht beim Naglreiter schon was gefunden? Verträge? Dokumente? Testamente? Pornos?" Gasperlmaier verwunderte es, dass der Pfarrer so schnell und messerscharf schlussfolgerte, was sich auf einer solchen Speicherkarte befinden mochte und wo Gasperlmaier sie aufgefunden haben konnte. Der Mann war wirklich eine Landplage. Wieso nur hatten sie ausgerechnet auf ihn treffen müssen?

Mit einem kurzen Wink und dem schon vertrauten Heben der Augenbrauen bedeutete die Frau Doktor den beiden Polizisten, dass die Mittagspause nun beendet sei. Fast brüsk drängte sie sich zwischen den Bänken hindurch und schlug, sobald sie freie Bahn hatte, trotz ihrer Stöckelschuhe ein Tempo an, dass ihr Gasperlmaier kaum und der Kahlß Friedrich gar nicht folgen konnte. Als Gasperlmaier keuchend an ihre Seite gelangte, hatten sie die Hauptstraße mit den Kirtagsständen fast schon erreicht. „Wird Zeit, dass wir die Witwe auftreiben!", meinte die Frau Doktor, bevor sie klappernd auf die Asphaltstraße einbog.

7

Eine beeindruckend aufregende Erscheinung war sie schon, die Frau Naglreiter, dachte Gasperlmaier bei sich. Warum sich der Doktor Naglreiter, wenn man dem Pfarrer Glauben schenken durfte, von einer Affäre zur nächsten weitergehantelt haben sollte, das war Gasperlmaiers Verständnis nicht zugänglich. Auch sie war, natürlich, im Ausseer Dirndl, das ihr fast bis zu den Knöcheln reichte, und auch sie hatte, Gasperlmaier übersah es nicht, Schuhe mit sehr hohen Absätzen dazu an, solche, wie die Ines sie getragen hatte. Die hier waren aber sicher wesentlich teurer gewesen, das konnte sogar ein Mann wie Gasperlmaier erkennen, der an sich einen weiten Bogen um Auslagen mit darin zur Schau gestellten Schuhen zu schlagen pflegte. Gasperlmaier blieb aber dennoch bei seiner Meinung: Stöckelschuhe hatten unterhalb eines Dirndls nichts verloren. Auch das Dirndl schien eines von einer der bekannten Nobelmarken zu sein, nicht selbst geschneidert, wie es viele Frauen im Ausseerland noch konnten, nicht zuletzt seine Christine. Wie ein Strahlenkranz lagen die langen, blond gefärbten Haare der Frau Naglreiter jetzt im Wasser, und mit den Schuhen würde auch nicht mehr viel anzufangen sein, wo sie womöglich stundenlang im See getrieben hatten.

Gasperlmaier saß zusammen mit der Frau Doktor Kohlross, dem Kahlß Friedrich und dem Gruber Kajetan von der Freiwilligen Feuerwehr Altaussee in einer Motorzille, die sie zu der Stelle hinausgefahren hatte, an der eine völlig aufgelöste Familie in einem Elektroboot die Leiche der Frau Naglreiter im Altausseer See treibend aufgefunden hatte.

„Sollte sie nicht eigentlich untergegangen sein?", wandte sich Gasperlmaier ein wenig ratlos an die Frau Doktor Kohlross, während der Kajetan die Zille näher an die Frau Naglreiter heransteuerte, deren linker Schuh sich gerade, wohl durch den Wellengang, der vom Boot ausgelöst wurde, von ihrer Ferse zu lösen begann.

„Verdammt noch einmal!" Die Frau Doktor war dem nahe, was der Gasperlmaier gern als fuchsteufelswild bezeichnete. „Was weiß denn ich, warum sie nicht untergegangen ist? Wollen Sie sie fragen? Oder ihr vielleicht einen Strafzettel schreiben, weil sie sich nicht wie eine vorschriftsmäßige Wasserleiche aufführt? Ich hab jetzt schon die zweite Leiche, keinerlei klare Spur, und der zweite Mord passiert auch noch quasi vor meinen Augen! Was glauben Sie denn, was mir meine Vorgesetzten erzählen werden!"

Gasperlmaier konnte nicht umhin, die Frau Doktor fast andächtig anzustarren, denn im Zorn war ihr Gesicht am Ende noch ausdrucksstärker, das Funkeln in ihren Augen noch leuchtender als sonst. Gasperlmaier schrak zwar ein wenig zurück – aber eigentlich sollte er sich von der Tirade der Frau Doktor nicht wirklich betroffen fühlen, dachte er bei sich, denn er war ja bloß so etwas wie ein ortskundiger Begleiter und Fremdenführer, die Ermittlungen waren, näher betrachtet, seine Sache nicht.

Der Kajetan drehte kurz den Motor hoch, um nicht mit der Leiche zusammenzustoßen. Langsam umrundete das Boot die Frau Naglreiter. Gasperlmaier war jetzt ihrem Kopf ganz nahe, fast schien das fächerartig sich ausbreitende Haar vom Rand des Bootes verweht zu werden. „Stopp!", schrie die Frau Doktor und streckte dem Kajetan ihre Handfläche entgegen, „so bleiben Sie doch stehen!" Der Kajetan brummte bloß, dass man eine Zille nicht wie ein Moped auf den Meter zum Stillstand bringen könne, manövrierte aber dennoch geschickt, sodass sich die Bootsseite, über die sich die Frau Doktor Kohlross nun beugte, um den Leichnam genauer zu besehen, nicht allzu weit davon entfernte.

„Sehen Sie das?", fragte sie, „sehen Sie das?" Sie deutete mit ausgestrecktem Finger auf den Kopf der Frau Naglreiter. Im gleichen Moment schien es Gasperlmaier, als würde sie das Gleichgewicht verlieren und ins Wasser stürzen, und er warf sich, einem plötzlichen Impuls folgend, über die Frau Doktor und hielt sie an den Schultern fest, um sie daran zu hindern, der im See treibenden Leiche Gesellschaft leisten zu müssen. Das Boot neigte sich gefährlich auf die Seite, während Gasperlmaiers Brust nun mehr oder weniger auf dem Hintern der Frau Doktor zu liegen kam. Sein Knie war zwischen ihren Oberschenkeln gelandet, sodass ihr Rock ungehörig weit hochgerutscht war. „Gasperlmaier!", kreischte die Frau Doktor. Der Angesprochene begann sich vorsichtig zurückzuziehen, wobei er weniger aus Lüsternheit als aus Ungeschick die Frau Doktor an weit intimeren Stellen berührte, als ihm eigentlich lieb war. Der Kahlß Friedrich schüttelte resigniert seinen mächtigen Schädel und schnaufte wie ein Dampfross, während sich der Kajetan bemühte, mit Steuerruder und Motor das Boot halbwegs stabil zu halten.

Nur wenige Sekunden hatte der Vorfall gedauert, und schon saßen die Frau Doktor Kohlross wie auch Gasperlmaier wieder auf den Plätzen, die sie zuvor eingenommen hatten. Gasperlmaier rückte seine Uniformjacke zurecht. „Sagen Sie einmal!", stieß die Frau Doktor hervor und strich sich ein paar Haarsträhnen hinter die Ohren zurück. „Was ist Ihnen denn eingefallen?"

Gasperlmaier erklärte ihr umständlich und unter Hervorbringung einiger hilfloser Gesten, dass er der Meinung gewesen sei, sie sei kurz davor gewesen, ins Wasser zu fallen. „Gar kein dran Denken!", fiel ihm die Frau Doktor ins Wort. „Schau ich so dämlich aus, dass ich mich nicht in einem Boot halten kann? Oder meinen Sie vielleicht, Frauen sind generell so ungeschickt, dass man sich zu ihrem Schutz gleich am besten auf sie draufwirft?" Immer noch atmete sie heftig. Gasperlmaier zuckte mit verschiedenen Körperteilen herum, ohne dass ihm eine schlagfertige Antwort einfallen wollte. Endlich besann er sich, dass eine Entschuldigung der Angelegenheit vielleicht die Spitze und Dramatik nehmen könnte.

„Entschuldigung, Frau Doktor, ich ..." Unter wiederum hilflosem Achselzucken ließ Gasperlmaier den Satz versickern. Er tappte heute von einer Peinlichkeit in die nächste, und die allergrößte seiner Dummheiten, die Verbringung der Naglreiter'schen Leiche in das Pissoir, die hatte er noch nicht einmal eingestanden. Nun war die Möglichkeit zu einem Geständnis durch die neuerliche Peinlichkeit in weite Ferne gerückt, er hatte der Frau Doktor erst einmal seine Qualitäten unter Beweis zu stellen. Wenigstens, so sagte sich Gasperlmaier, hatte nicht er selbst die Leiche der Frau Naglreiter aufgefunden, berührt oder verräumt, womöglich hätte er auch da alles falsch gemacht. Gasperlmaier dachte daran, was er seiner Christine heute Abend alles beichten würde müssen. Es würde ein längeres Gespräch werden, fürchtete er, mit Erklärungsbedarf ebenso wie Erklärungsnotstand.

Die Frau Doktor wies den Kajetan an, neuerlich näher an die Leiche heranzusteuern. „Sehen Sie das, Kahlß?" Wieso sprach sie jetzt den Friedrich an? War der für die Ermittlungen plötzlich bedeutender geworden als er, Gasperlmaier, selbst? „Da, am Kopf, da ist ein Büschel Haare angeklebt, da klebt auch Blut. Ich wette, die ist erschlagen worden, bevor man sie ins Wasser geschmissen hat."

Gasperlmaier begann sich zu fragen, wer es wohl darauf abgesehen haben könnte, die Naglreiter'sche Familie auszurotten. Er dachte an die beiden Kinder und setzte gerade an, die Frau Doktor zu fragen, ob es nicht vernünftig wäre, die beiden unter Polizeischutz zu stellen, als ihr Handy läutete. Gerade als sie es aus ihrer Handtasche gefischt und aufgeklappt hatte, sah Gasperlmaier, dass sich eine weitere Zille der Feuerwehr der Stelle näherte, an der sie neben der – malerisch schönen – Wasserleiche der Frau Naglreiter dahintrieben. Es mussten jene Feuerwehrleute sein, die den Auftrag hatten, die Leiche zu bergen. Die Frau Doktor lauschte währenddessen aufmerksam einer Stimme aus ihrem Handy, und Gasperlmaiers Interesse begann zu erwachen und sich zu räkeln, als er „Ja? Wirklich?", „Geh, gibt's doch nicht!", „Darf ja nicht wahr sein!" und ähnliche Formen des Ausdrucks von Überraschung hörte.

Als die Zille so nahe gekommen war, dass deren Führer den Motor auf Standgas drosselte, klappte die Frau Doktor ihr Handy zusammen. „Der Herr Doktor Naglreiter hat, wie ich soeben erfahren habe, seine Finger tief im Ostgeschäft drinnen gehabt, er war für mehrere Firmen aus Russland, Moldawien und der Ukraine tätig. Was er genau für diese Firmen gemacht hat, wird recherchiert." Sie sah Gasperlmaier an. „Möglicherweise werden sie uns den Fall wegnehmen, wenn da mehr dahintersteckt."

Gasperlmaiers Kinnlade klappte hinunter. Erstens, weil ihn die Frau Doktor mit ihrem „uns" als elementaren Bestandteil in ihre Ermittlungen aufgenommen hatte, zweitens wegen der Erwähnung einiger osteuropäischer Staaten, in denen der gewöhnliche Mitteleuropäer häufig und gern die Heimat des leibhaftigen Gottseibeiuns in Form vorbildlich organisierten Verbrechens ausmacht. „Die Russenmafia? In Altaussee?" Die Frau Doktor zuckte die Schultern und hob die Augenbrauen. „Was weiß ich? Aber warum sollte die Russenmafia den Naglreiters ins Wochenende nachfahren? Und warum sollten sie die Frau Naglreiter, die ja wohl nichts mit den Geschäften ihres Ehemanns zu tun hatte, umbringen? Kommt mir komisch vor."

Gasperlmaier sah seine Chance gekommen. „Noch dazu, wo wir ja noch gar nicht wissen, ob die Frau Naglreiter nicht schon vor ihrem Mann umgebracht worden ist, ich meine, wenn es eine Warnung an ihn hätte sein sollen, dann hätten sie ihn ja nicht auch gleich ..."

Die Frau Doktor Kohlross wies mit dem Finger auf Gasperlmaiers Brust und sagte: „Bingo! Das habe ich mir gerade auch gedacht. Trotzdem, Gasperlmaier: Sie müssen mir herausfinden, ob hier in der Gegend – und damit meine ich alles bis Gmunden hinaus – irgendwo Russen abgestiegen sind oder Moldawier oder Ukrainer. Wir suchen natürlich nur nach Männern, Auftragskiller machen keine Familienurlaube."

Von der anderen Zille schrie ein Mann in Feuerwehruniform herüber: „Sollen wir sie jetzt einladen?"

„Ja!", rief die Frau Doktor zurück. „Aber möglichst wenig berühren, im Boot liegen lassen, bis der Gerichtsmediziner da ist." Gasperlmaier fragte sich, wie sich die Frau Doktor vorstellte, dass man eine Leiche aus dem Wasser ziehen sollte, indem man sie „wenig berührte".

Offenbar wollte die Frau Doktor nicht unbedingt mit ansehen, wie die Leiche der Frau Naglreiter in die Zille gewuchtet wurde, denn sie gab dem Kajetan Anweisung, zum Seehotel zurückzufahren, wo ihre kleine Bootstour ihren Ausgang genommen hatte. Während der Fahrt dachte sie, Gasperlmaier zugewandt, laut nach: „Überlegen wir einmal. Wenn es jemanden gibt, der beide umgebracht hat, wer kommt dafür in Frage? Von denen, die wir schon kennen. Doch nur die beiden Kinder und der Marcel Gaisrucker! Die Tochter scheidet aus. Bleiben der Stefan und der Marcel. Der Stefan hat ein Motiv: Geld. Andererseits – er wird nicht seine sprudelnde Geldquelle – seinen Vater – umbringen. Der Marcel könnte mit beiden in Streit geraten sein. Aber sein Alibi scheint dicht zu sein, ich bin mir sicher, wenn wir ihn genauer überprüfen, wird es noch dichter. Andererseits – wir wissen ja noch gar nicht, wann die Frau erschlagen worden ist. Da kann man auch den Marcel nicht von vornherein ausschließen." Die Frau Doktor, so schien es Gasperlmaier, war nun ganz in ihrem Element, sie war voller Enthusiasmus und Engagement, die Verzweiflung, die ihr vor wenigen Minuten wegen der zweiten Leiche noch anzusehen gewesen war, war Tatkraft und Entschlossenheit gewichen – und das machte sie, fand Gasperlmaier, unwiderstehlich anziehend. Vor allem, weil der Ausschnitt ihrer Kostümjacke weit auseinandergeklafft war, als sie sich während ihrer Ansprache weit zu Gasperlmaier vorgebeugt hatte.

„Was meinen Sie denn, Gasperlmaier, Sie müssen doch mehr darüber wissen, wer hier in Altaussee mit wem ins Bett steigt, das scheint ja in diesem Fall eine Rolle zu spielen. Zum Beispiel haben wir nicht die geringste Ahnung, mit wem der Doktor Naglreiter Beziehungen unterhalten haben könnte!"

„Wie?" Gasperlmaier fühlte sich ertappt und schrak auf. Gerade hatte er, als sie vom Bett sprach, darüber zu sinnieren begonnen, wie es wohl wäre, mit der Frau Doktor, und hatte sich in dem Moment, als er direkt angesprochen wurde, selbst zur Ordnung gerufen und seine Nase in den Fahrtwind gerichtet gehabt, um durch die Kühlung drohenden Anfechtungen zu entgehen.

„Ich, ich ..." Sein eigenes Gestammel machte Gasperlmaier noch unsicherer, und blitzartig listete er sich selbst innerlich seine Fehlleistungen vom heutigen Tag auf, seine Leichenverbringung, dann die Szene im Bierzelt, wo er so unbeherrscht reagiert hatte, weiters den völlig unnötigen Überfall auf die Frau Doktor im Boot, und auch das trug nicht dazu bei, ihm rasche und sinnvolle verbale Reaktionen auf die Zunge zu legen, im Gegenteil, er beließ es bei einem hilflosen Achselzucken. Der

Kahlß Friedrich, ebenso ein Adressat der Vermutungen und Überlegungen der Frau Doktor, schnaufte nur weiterhin laut hörbar vor sich hin, begleitet von einem Rudern mit den Pranken, das auch nicht viel mehr aussagte als Gasperlmaiers von unschlüssigem Zucken begleitetes Gemurmel.

Die Zille glitt langsam auf den Steg unterhalb des Seehotels zu, der Kajetan drosselte den Motor und ließ das Boot sanft auf den schmalen Kiesstrand gleiten. Gasperlmaier beeilte sich, der Frau Doktor beim Aussteigen die Hand zu reichen, um seine Ungeschicklichkeit von vorhin vergessen zu machen, achtete dabei zu wenig darauf, wo er hintrat, und stand schon mit einem Bein knöcheltief im Wasser. Augenbrauenhebend sah die Frau Doktor an ihm hinunter, bis zu seinem im Wasser stehenden Schuh. „Gasperlmaier, ich glaube, ich habe Ihnen schon mehrmals eindeutig klargemacht, dass ich viele Dinge allein kann, die ein Altausseer Polizist einer Frau offenbar nicht zutraut."

Gasperlmaiers Fluch verließ seine Lippen nicht, kehrte um, landete in seinem Magen und löste dort krampfartige Zustände aus, als gerade die zweite Zille mit der Leiche der Frau Naglreiter neben jene glitt, die Gasperlmaier soeben verlassen hatte. Der Körper war mit einer Plane zugedeckt, aus der, wie Gasperlmaier nicht übersehen konnte, der linke Schuh hervorragte, der sich schon im Wasser zu verabschieden gedroht hatte. Womöglich hatten die Feuerwehrleute der Toten den Schuh wieder anziehen müssen.

Ein Mann mit Glatze und Kugelbauch, der kaum größer als die Frau Doktor war, trat auf Gasperlmaier zu, der gerade seinen nassen Schuh aus dem Wasser gezogen hatte und missmutig betrachtete. „Sie, Herr Inspektor, wer leitet denn hier die Ermittlungen?" Gasperlmaier wies auf die Frau Doktor Kohlross, die soeben in die

Zille gestiegen war, in der die Frau Naglreiter lag. Der Mann folgte Gasperlmaiers Fingerzeig. Während Gasperlmaier, der es für seine Pflicht hielt, Unbefugte vom Leichnam fernzuhalten, hinter dem Mann einherschritt, quietschte und quatschte sein linker Schuh. Ein grauenhaftes Gefühl war es, mit nassen Socken in nassen Schuhen zu stecken, dachte Gasperlmaier bei sich, selbst im Sommer, wo es warm war und wenigstens keine gesundheitlichen Folgen zu befürchten waren.

Ohne sich darum zu kümmern, dass sich die Frau Doktor Kohlross über die Leiche gebeugt und die Plane angehoben hatte, ihm also den Rücken zuwandte, streckte ihr der kleine Mann die Hand hin: „Doktor Kapaun, Gerichtsmedizin, aus Salzburg." Aus Gasperlmaiers Perspektive sah es so aus, als habe er vor, ihrem Hintern die Hand zu reichen. Die Frau Doktor richtete sich auf und wandte sich um. „Ist aber schnell gegangen. Warum aus Salzburg? Haben wir in der Steiermark niemanden?" „Niemanden, der so nahe und rasch verfügbar war. Ich war gerade in Bad Ischl, man hat mich aus Graz angerufen." Doktor Kapaun hatte eine seltsam hohe Stimme, fand Gasperlmaier. Außerdem sah er mit seiner Figur überaus eigenartig aus, obwohl man dieselbe in einen durchaus gut geschnittenen dunklen Anzug gefüllt hatte. Ein kleiner Kopf thronte auf kurzem Hals über einem nahezu kugelförmigen Torso, der wiederum auf dünnen Beinen ruhte.

Doktor Kapaun stieg nun ebenfalls über die Bordwand der Zille, um sich den schmalen Platz neben der Leiche mit der Frau Doktor zu teilen. Sie hob die Plane an. „Interessant", meinte Doktor Kapaun. „Wissen Sie übrigens, was ein Kapaun ist?" Die Frau Doktor sah den Arzt völlig verständnislos an, so, als ob er sie gerade gefragt hätte, ob sie an Außerirdische glaube. Ohne eine Antwort abzuwarten, sprach er weiter: „Ein Kapaun ist ein kastrierter Hahn. Ist übrigens in Österreich nicht erlaubt. Delikatesse. Bitte nicht vom Namen auf die Eigenschaften schließen." Der Doktor lachte laut und meckernd auf. Die Stimme des Doktors, dachte Gasperlmaier, ließ wohl eher den Schluss zu, dass er außer dem Namen noch etliches mehr mit dem Vogel gemein hatte. Die Frau Doktor starrte weiter, die Augenbrauen wanderten in Höhen, wo Gasperlmaier sie noch nie gesehen hatte. Sie sah aus, als überlege sie, den Doktor Kapaun sofort in die Psychiatrie überstellen zu lassen. „Sehen Sie sich bitte die Leiche an, und sagen Sie mir dazu, was Sie können." Gasperlmaier spürte das Eis in ihrer Stimme.

Immer noch kichernd streifte Doktor Kapaun zwei Latexhandschuhe über, beugte sich über die Leiche, schlug die Plane zur Seite und drehte vorsichtig den Kopf der Frau Naglreiter zur Seite. Auch Gasperlmaier, der auf dem Kies des Ufers stehen geblieben war und gerade überlegte, ob die Situation es erlaubte, den Schuh und den Socken auszuziehen und den Socken wenigstens durch Auswinden wieder etwas tragbarer zu machen, konnte sehen, dass sich über dem rechten Ohr eine blutige Stelle befand, an der die Haare verklebt waren. „Sie hat hier wohl einen Schlag abbekommen, ob der Schädel gebrochen ist, kann man so kaum sagen. Ebenso, ob sie ertrunken oder tot ins Wasser geworfen worden ist. Natürlich kann sie auch besoffen ins Wasser gestürzt sein und sich den Schädel angeschlagen haben. Vielleicht hat sie auch Drogen genommen, wer weiß? Oder vielleicht ist sie im Liebesrausch von einem Felsen ..."

„Danke, es reicht!" Gasperlmaier sah der Frau Doktor an, wie viel Mühe es sie kostete, sich zu beherrschen. „Mich interessieren nur die Tatsachen!", fauchte sie den Doktor Kapaun an. Ächzend richtete der sich auf und zuckte mit den Schultern. „Humor ist wohl nicht gerade Ihre starke Seite, Frau Kollegin?", meinte er grinsend, während sich die Angesprochene kopfschüttelnd von ihm abwandte.

Plötzlich hörte Gasperlmaier hinter sich einen Schrei. „Jesses Marant Josef! Die Frau Doktor!" Gasperlmaier, der eben seinen Schuh ausgezogen hatte, drehte sich, den Schuh in der Hand, um und sah die Evi, die Schwägerin vom Kahlß Friedrich, vor sich stehen und vor Entsetzen die Hand vor den Mund halten. Schon liefen ihr die Tränen über die Backen und Gasperlmaier hörte, wie mehrere Neugierige, die sich hinter der Absperrung angesammelt hatten, noch im Davonrennen die Neuigkeit lauthals unter die Leute brachten: „Die Frau Doktor Naglreiter haben's auch umbracht!"

Der kurze Aufruhr war natürlich nicht unbemerkt an der Frau Doktor und dem Gerichtsmediziner vorbeigegangen, die jetzt beide aufrecht in der Zille standen, nachdem der Mediziner die Plane wieder über die Leiche gebreitet hatte, um weiterer Aufregung vorzubeugen. Sie stiegen aus dem Boot und Gasperlmaier musste sich jetzt schnell entscheiden: Schuh gleich wieder an oder Socken aus und auswinden. Als ihn der Blick der Frau Doktor Kohlross traf, fühlte er sich gleich wieder eingeschüchtert und peinlich berührt, sodass er schnell seinen Schuh wieder über den nassen Socken zog und eine Masche band.

Mittlerweile hatte sich der Kahlß Friedrich neben seine Schwägerin gestellt und den Arm um ihre Schultern gelegt. Die Frau Doktor trat zu Gasperlmaier, während der Doktor Kapaun auf sie einredete: „Kennen Sie den, Frau Doktor? Treffen sich zwei Pathologen. Sagt der eine, du, gestern hab ich eine Frau seziert ..." Ein Blick von einer solchen Schärfe traf den Unglücklichen, wie ihn Gasperlmaier selbst bei der Frau Doktor noch nicht gesehen hatte. „Bevor Sie eine Peinlichkeit begehen, Herr Doktor", unterbrach sie ihn, „sagen Sie mir lieber, ob Sie noch irgendwelche Informationen für mich haben und wann ich mit einem ersten Bericht rechnen kann." Doktor Kapaun aber schien ihr nicht zugehört zu haben und fuhr ungerührt und mit beiden Händen seine Ausführungen unterstreichend fort: „... die hatte solche Brüste ..."

Gasperlmaier sah das Gewitter kommen, so gut kannte er die Frau Doktor schon, und zog instinktiv den Kopf ein. Dem Doktor Kapaun blieb das nächste Wort im Hals stecken, als ihn die Frau Doktor anfauchte: „Halten Sie jetzt endlich ihr Schandmaul, Sie Sexist!"

Gasperlmaier schwankte zwischen mehreren Gefühlsebenen. Wie ihm die Frau Doktor gefiel, wenn sie wütend war! Und wie unangemessen es doch war, dass er sich ständig und unverschämt genau für ihr Gesicht, ihre Launen und nicht zuletzt ihre Beine und ihren Ausschnitt interessierte. Auf keinen Fall wollte er, dass sie so über ihn dachte wie über den unglücklichen Doktor Kapaun, der jetzt ein Rückzugsgefecht lieferte. Kopfschüttelnd machte er sich auf den Weg zu seinem Auto. „Sie werden's auch noch billiger geben, Frau Doktor! Fremdeinwirkung ist jedenfalls wahrscheinlich. Sie wird sich nicht selber ein Ruder über den Schädel gezogen haben! Bericht morgen!" Und schon war er weg.

„Was für ein unmöglicher Mensch. Nicht zu fassen, mit wem man sich alles abgeben muss. Und so etwas will Mediziner sein!" Immer noch entrüstet, hatte die Frau Doktor Kohlross die Arme in die Seiten gestemmt.

„Da drüben steht die Evi", versuchte Gasperlmaier abzulenken, „die Schwägerin vom Kahlß. Sie hat beim Doktor Naglreiter geputzt." Gasperlmaier nahm die Frau Doktor am Oberarm, um sie zur Evi zu führen, die weiterhin vor sich hin rotzte und heulte. Im selben Moment durchfuhr ihn der Gedanke, dass er schon wieder einen Fehler gemacht hatte: Die Frau Doktor konnte ungeleitet und selbstständig zur Evi hinfinden. Vor lauter Schreck wagte Gasperlmaier nicht mehr loszulassen und packte ein wenig fester zu. Ganz gegen seine Erwartungen ließ sich die Frau Doktor willig zur Evi führen, der der Friedrich gerade umständlich ein neues Taschentuch aus einer Packung zog. Seine Finger waren für eine feinmotorisch so anspruchsvolle Tätigkeit einfach nicht geeignet.

„Sie können jetzt loslassen", sagte die Frau Doktor mit einem amüsierten Zwinkern, als Gasperlmaier keine Anstalten dazu machte, obwohl sie der Evi und dem Kahlß Friedrich gegenüberstanden. Gasperlmaier, wie elektrisiert, gehorchte. Fast schien es ihm, als könne er in Gegenwart dieser Frau gar nichts mehr richtig machen. Gedanken an Hexen, die er sich sofort und vollständig selbst verbat, geisterten durch seinen Kopf. Obwohl, dachte er bei sich, die Haare und die Augen und die Gesamtausstrahlung? Jedenfalls, dachte Gasperlmaier, musste er höllisch aufpassen, dass sie nicht zumindest ihn verhexte.

„Das ist die Evi", schnaufte der Kahlß Friedrich und wies mit seinem dicken Zeigefinger auf die verheulte Gestalt – natürlich im Ausseer Dirndl.

„Guten Tag." Die Frau Doktor streckte ihr die Hand hin. „Frau ...?"

„Kitzer heiß ich, Eva Kitzer. Entschuldigen S'..." Und schon flossen wieder die Tränen. Gasperlmaier fragte sich, ob das Verhältnis zwischen den Naglreiters und der Evi wirklich so innig gewesen sein konnte, dass sie jetzt ein solches Theater machen musste, aber dann erinnerte er sich daran, dass die Evi auch bei jeder Hochzeit, bei jeder Taufe und schon gar bei jeder Beerdigung gleich nach dem Beginn der Zeremonie zu schniefen begann und darin eine nahezu unschlagbare Ausdauer bewies.

„Frau Kitzer", begann die Frau Doktor vorsichtig, „in welchem Verhältnis sind Sie denn zur Frau Naglreiter gestanden?"

Die Evi blickte verständnislos auf: „Wie meinen S' denn das? Ich hab doch mit der kein Verhältnis ... Es ist halt nur, dass die gnädige Frau ... so eine arme Frau!" Gasperlmaier merkte, dass die Evi weitersprechen wollte, aber die Worte gingen in einem Singen und Rotzaufziehen unter, sodass keiner der Anwesenden etwas verstand.

„Ich meine, sind Sie mit ihr gut ausgekommen?", versuchte es die Frau Doktor von neuem. Jetzt zuckte die Evi die Schultern und ließ die Hand mit dem verrotzten Taschentuch sinken. „Ja, mei!", sagte sie, „wie man halt mit den Wienern so auskommt. Schikaniert hat's mich nicht, aber recht kleinlich war sie schon, und ein bissl geizig. Wegen jeder Viertelstunde, die ich einmal früher gegangen bin, hat sie gleich zu rechnen angefangen. Obwohl, für die Stunde hat sie ..." Die Evi blickte zu ihrem Schwager hinüber. „Friedrich, ist das jetzt für mich recht blöd, du weißt es ja eh, so wirklich angemeldet ..." Sie beließ ihre Aussage, wie man das nicht nur in Altaussee in schwierigen Situationen macht, unvollständig.

„Frau Kitzer, wir interessieren uns hier nicht für Schwarzarbeit, wenn Sie das meinen."

„Ja, ist das gleich Schwarzarbeit, wenn man, nicht ganz angemeldet, wem ein bissl hilft?", fragte die Evi zögerlich. Gasperlmaier wünschte sich, die Debatte um Nebensächlichkeiten würde ein Ende nehmen.

„Frau Kitzer, und wie sind Sie denn mit dem Herrn Doktor Naglreiter ausgekommen?"

Der Blick der Evi wurde finster, so finster, wie Gasperlmaier ihn noch nie gesehen hatte. „Der war eine Drecksau, war der!" Die Frau Doktor Kohlross wartete ein wenig, ob die Evi nicht weiterreden würde, aber sie sagte nichts mehr. Der Friedrich gab ihr ein neues Taschentuch, mit dem sie sich die leuchtend rote Nase putzte.

„Warum war er denn eine Drecksau?", hakte die Frau Doktor sanft und geduldig nach. Die Evi blieb zunächst stumm, dann aber sah ihr Gasperlmaier an, dass sich etwas in ihr aufzustauen begann, das bald würde herausmüssen. Fast wollte der Evi schon der Kopf platzen, schien es Gasperlmaier, als sie losschrie: „Der hat sogar mir unter den Rock gegriffen, der alte Saubartl! Der hat ja vor nichts zurückgeschreckt! Und das hätten Sie einmal sehen sollen, wie der die Natalie angeschaut hat, als sie mir einmal geholfen hat, die Vorhänge nach dem Waschen wieder aufhängen! Dauernd ist er da herumscharwenzelt und hat ihr auf den Hintern geglotzt! Und blöd gefragt! Ob sie einen Freund hat? Und sie ist doch so hübsch, das gibt's ja gar nicht, dass sie keinen hat! Und so weiter! Ich bin ja froh, dass der hin ist!"

Jetzt war der Luftballon leer, die Evi verstummte, der Kahlß Friedrich schlug vor Schreck seine Riesenpratze vor den Mund, und auch dem Gasperlmaier hatte es die Sprache verschlagen.

„Frau Kitzer, ich muss Sie jetzt noch einmal ganz sachlich fragen, wir können das auch ohne die beiden Herren machen." Die Evi winkte ab. „Die können das ruhig hören. Ist ja wahr." Die Energie war aus ihrer Stimme gewichen, sie war jetzt ganz flach und kleinlaut. „Hat der Herr Doktor Naglreiter Sie und Ihre Tochter sexuell belästigt?" Die Evi wiederholte ratlos: „Sexuell belästigt?" Die Frau Doktor schaltete schnell, der Begriff schien der Evi nicht geläufig. „Haben Sie das Gefühl gehabt, dass er von Ihnen und Ihrer Tochter was wollte, und war das gegen Ihren Willen?" Leider hatte sich die Frau Doktor wieder etwas im Ton vergriffen. Die Evi hatte sie zwar verstanden, aber falsch: „Ja, glauben Sie denn, ich hätte den an mich hingelassen, den schiachen alten Rammler? Und glauben Sie, meine Tochter hat es Not, dass sie sich von dem anbraten lasst?", heulte sie die Frau Doktor an, die nun ihre Ratlosigkeit – durch Anheben ihrer Augenbrauen – deutlich machte.

„Frau Kitzer, das habe ich natürlich nicht gemeint!", versuchte sie zu beruhigen. Gasperlmaier zog sie vorsichtig am Ärmel. Gemeinsam traten sie ein paar Schritte von der Evi und dem Kahlß Friedrich weg. „Ich glaub, das mit der Evi, das machen besser der Friedrich und ich. Ich hab das Gefühl, ihr zwei versteht's euch nicht richtig."

„Da könnten Sie recht haben, Gasperlmaier", gestand die Frau Doktor resigniert ein. „Ich wollte Sie eigentlich nicht unmittelbar in die Ermittlungen einbinden, aber so ..." Auch sie zog es vor, diesmal ihren Satz unvollendet zu lassen.

8

So kam es, dass der Kahlß Friedrich und der Gasperlmaier ohne die Frau Doktor am späten Nachmittag in der Stube der Evi saßen, wo sie sich den Speck in feine, schmale Streifen schnitten, weil er so besser schmeckte, und die Speckstreifen samt dem Brot, das ihnen die Evi hingestellt hatte, mit einem Gösser-Bier aus der Flasche hinunterspülten.

Ein wenig schwierig war die Situation für den Gasperlmaier schon, denn der Kahlß Friedrich war von sich aus nicht der Gesprächigste, und die Evi hantierte ständig mit einem finsteren Gesicht bei der Abwasch herum, sodass Gasperlmaier während des Speckessens und Biertrinkens bisher nicht den rechten Augenblick gefunden hatte, um endlich zum Thema Naglreiter zu kommen.

„Wollt's einen Schnaps?", fragte die Evi, und der Kahlß Friedrich nickte behäbig, während Gasperlmaier zögerte. Das Angebot der Evi hatte nicht wirklich einladend geklungen. So sprach man hierzulande, wenn man Hockenbleiber, die nicht und nicht heimfinden wollten, aus der Stube hinauskomplimentieren wollte. Gasperlmaier wurde einer Antwort enthoben. Die Evi knallte ihnen die Stamperl vor die Nase und ließ sie volllaufen. Es war jetzt nicht etwa so, dass Gasperlmaier den Obstler der Evi normalerweise verschmäht hätte, aber er saß schon beim zweiten Bier, und er war sich nicht gänzlich sicher, ob er und der Kahlß mit der Evi noch ein präzises, sachlich ergiebiges Gespräch würden führen können, wenn sie jetzt anfingen zu schnapseln. Auf der anderen Seite: Vielleicht konnte der Obstler die Zunge der Evi ein wenig lösen.

„Wennst einen mittrinkst?", fragte Gasperlmaier, und endlich ließ sich die Evi auf einen Sessel dem Gasperlmaier gegenüber hinsinken. „Ich brauch jetzt sowieso einen. Das war heute alles viel zu viel für mich. Die arme Frau!" Schon fürchtete Gasperlmaier, jetzt würde die Evi wieder eine tränenreiche Klage anstimmen wie vorhin beim Bootssteg, aber sie sagte nur „Prost!", hob ihr Stamperl und stürzte den gut eingeschenkten Schnaps in einem Zug hinunter. Gasperlmaier tat es ihr nach, der Friedrich sowieso.

In diesem Moment öffnete sich die Küchentür und herein schaute die Natalie. Ein wirklich sauber herangewachsenes Dirndl war sie, die Natalie. Ein Dirndl allerdings trug sie nicht, sie hatte Jeans an, mit Löchern drinnen und schwarzen Patzen drauf. Die Evi hatte sich schon bitterlich darüber beklagt, dass die Firmpatin der Natalie ihr zum Geburtstag so eine Designerjean geschenkt hatte. „Wenn's nicht zerrissen sind, kosten's neunzig Euro, zerrissen kosten's hundert und mit Teerflecken drauf hundertzwanzig!", hatte die Evi gejammert, und es war auch noch keine drei Monate her, erinnerte sich Gasperlmaier, dass es im Hause Kitzer einen Riesenstreit gegeben hatte, weil sich die Natalie ein Nabelpiercing eingebildet und ihre Eltern so lang terrorisiert hatte, bis sie nachgegeben hatten. Der Kahlß Friedrich hatte dem Gasperlmaier ausgiebig darüber berichtet. Die Natalie hatte gedroht, sie würde es sich von einem Pfuscher stechen lassen, wenn sie ihr das Piercing nicht erlaubten, und wenn man ihr den Nabel verbieten würde, dann würde sie sich so eins machen lassen wie die Höller Sabrina, ihre Freundin aus Bad Aussee, die ein Loch in der Nasenscheidewand hatte und darin ein schwarzes Gebilde trug, das aussah, als würden ihr zwei eingetrocknete Nasenrammel zu den Nasenlöchern heraushängen.

Obenherum trug die Natalie ein erstens einmal so kurzes Leiberl, dass Gasperlmaier gar nicht umhin konnte, das Piercing in seiner ganzen Pracht bewundern zu müssen. Und zweitens war das Leiberl so eng, dass Gasperlmaier keine Fantasie dazu brauchte, um festzustellen, dass sie, seit er sie das letzte Mal gesehen hatte, sicherlich wieder um eine BH-Größe gewachsen war. Gasperlmaier verbat sich seine Gedanken: Dir wird es einmal ergehen wie dem Naglreiter, sagte er im Stillen zu sich. Zuerst beobachtest und genießt du nur mit Kennerblick, schließlich erleidest du in deiner Faszination einen völligen Kontrollverlust und greifst irgendwo hin, wo deine Pfoten nichts verloren haben, und am Ende rammt dir dann deine eigene Frau ein Messer in den Bauch, weil es mit dir nicht mehr zum Aushalten ist.

Heute schaute die Natalie aber ausgesprochen angewidert drein, als sie die drei am Küchentisch sitzen sah. Als sie zunächst stumm blieb, fuhr sie die Evi gleich ein wenig schroff an: „Grüßen kannst nicht?", worauf die Natalie nicht antwortete, noch eine Nuance angewiderter dreinschaute, zur Abwasch ging und sich ein Glas Wasser herunterließ. „Und die Höller Sabrina hat jetzt ein Tattoo!", informierte sie trotzig eher den Wasserhahn als das Trio am Tisch. „Nur ihr seid's so gemein!" Plötzlich schossen ihr die Tränen in die Augen. „Keine hat so rückständige Eltern wie ich!" Und schon war sie wieder draußen bei der Tür und stampfte die Stiegen hinauf, in ihr Zimmer, wie Gasperlmaier vermutete. Sogar für eine Pubertierende ein recht extravagantes Benehmen, dachte Gasperlmaier bei sich. Gleichzeitig war er froh, dass sein Sohn, der Christoph, ohne viel Aufhebens durch die Pubertät sozusagen hindurchgeschlüpft war, während seine Tochter Katharina, fünfzehn Jahre alt, derzeit bei einer Freundin der Christine in Cornwall weilte und so Gasperlmaiers Nerven gezwungenermaßen schon seit drei Wochen schonte.

Die Evi schüttelte verzweifelt den Kopf, selber schon wieder den Tränen nahe. „Ich weiß es nicht, ich weiß es nicht, was ich mit ihr tu!" Der Kahlß Friedrich legte ihr beruhigend seine Pranke auf die Schulter. „Wird schon werden. Die Pubertät halt. In der Schule ist doch alles in Ordnung, oder?" „Schon!", antwortete die Evi, dann flossen wieder die Tränen. Jetzt, dachte Gasperlmaier, ist es eh schon wurscht, und schenkte die drei Stamperl noch einmal voll. Jetzt, dachte er, würde er halt der Frau Doktor morgen Früh ohne konkrete Details gegenübertreten müssen. Und das in seiner ersten selbstständigen Ermittlertätigkeit. Aufgespielt hatte er sich auch noch, dass er und der Kahlß mit der Evi sicher besser umgehen würden können. Da saßen sie nun, die Evi hatte noch kein Wort zum Fall gesagt, und Gasperlmaier spürte förmlich, wie seine Konzentrations- und Koordinationsfähigkeit mehr und mehr dem einsetzenden Alkoholrausch zum Opfer fielen.

Da plötzlich fing die Evi zu erzählen an, und Gasperlmaier und der Friedrich brauchten gar nichts zu fragen, sie hätten sich nur mehr oder weniger genau merken müssen, was die Evi hervorsprudelte, was zumindest ihm, Gasperlmaier, schon schwerfiel.

„Angefangen hat es mit dem Doktor Naglreiter im Frühjahr. Zuerst ist es mir ja nicht aufgefallen, aber plötzlich war er immer wieder im Zimmer, wenn ich etwas gemacht hab. Und eigenartige Komplimente hat er mir gemacht. Wie hervorragend mir mein Dirndl steht. Und dass es doch ganz was anderes sei, wenn eine gestandene Altausseerin in so einem Dirndl vor einem stehe. Und zuerst hab ich mir ja wirklich nichts dabei gedacht. Aber es ist mir dann doch unangenehm gewesen, weil ich ihn dabei erwischt hab, wie er mir auf den Hintern starrt, wenn ich mich wo drübergebeugt hab, oder wie er versucht hat, mir in den Ausschnitt zu schauen."

„Siehst du", unterbrach sie nun der Kahlß Friedrich, „das ist, was die Frau Doktor mit sexuelle Belästigung gemeint hat. Hat er was von dir wollen?"

Die Evi nahm einen Schluck von dem Schnaps, den Gasperlmaier eingeschenkt hatte. „Was weiß denn ich. Vielleicht wollte er nur schauen. Und ich war so blöd, mir hat es am Anfang sogar noch gefallen. Der Georg, der schaut mich ja nicht einmal mehr richtig an." Der Georg, das war der Mann von der Evi, der Bruder vom Friedrich, aber körperlich sein ganzes Gegenteil, lang, hager und etwas ausgemergelt schlich der durch die Gegend. Der Georg war einer der letzten Bergmänner in Altaussee, denn obwohl das Salzbergwerk vor dem Zusperren gerettet worden war, kam es mit einer ganz kleinen Belegschaft aus.

Dass sich der Georg mit Familiennamen Kitzer schrieb, während sein leiblicher Bruder als Kahlß Friedrich durch Altaussee patrouillierte, lag daran, dass ihre Mutter den Friedrich ledig zur Welt gebracht und ihm den Namen gelassen hatte, was im Salzkammergut durchaus nichts Ungewöhnliches war, auch damals vor mehr als einem halben Jahrhundert nicht, als der Friedrich das Licht der Welt erblickt hatte.

Siehst du, dachte sich Gasperlmaier, das hätten wir ohne den Schnaps niemals erfahren, denn über ihren Mann hätte die Evi niemals etwas erzählt, wenn sie ganz nüchtern gewesen wäre.

Die Evi leerte ihr Stamperl. „Und dann hat er einmal die Natalie gesehen, ich blöde Gans hab sie noch ewig sekkiert, dass sie mir beim Putzen helfen soll. Und das auch nur, weil sie immer gejammert hat, dass sie kein Geld hat und dass sie einen Job braucht. Nur, immer wenn ihr dann klar geworden ist, dass man bei einem Job zuerst arbeitet und nicht nur das Geld abholt, da hat es sich wieder gespießt. Und dann, beim Vorhängewaschen, da hat der Doktor Naglreiter die Natalie gesehen, ihr seht's ja selbst, wie sie sich herrichtet, da ist es ja kein Wunder, wenn so einem alten Bock das Wasser im Mund zusammenläuft. Und dann kommt er mit seinen blöden Fragen, und ob die Natalie nicht einmal kommen will, in ihrem Swimmingpool baden. Ich hab natürlich gleich gesagt, dass das nicht in Frage kommt, aber die Natalie, die dumme Gurken, die hat über das ganze Gesicht gestrahlt, weil sie gemeint hat, das ist weiß Gott was für eine Ehre, von den reichen Leuten eingeladen zu werden. Und dann ist auch noch der Stefan dazugekommen, der hat sie auch von oben bis unten gemustert wie ein Stück Vieh. Und als wir an dem Abend fertig waren, hab ich ihr das Geld für die Arbeit gegeben, und ich habe ihr verboten, dass sie dort jemals wieder hingeht, und ihr könnt's euch gar nicht vorstellen, was sie mir deswegen wieder für ein Theater gemacht hat. Ich versteh sie nicht! Und ich gönn ihr nichts! Und alle dürfen alles, und sie darf nichts! Und so weiter."

Gasperlmaier hörte, wie draußen wieder jemand die Stiege herunterkam. Er hatte das Gefühl, dass er dringend mit der Natalie reden musste, wenn er der Frau Doktor morgen ein paar Ergebnisse präsentieren wollte. Schon war er bei der Tür hinaus und passte die Natalie ab, bevor sie durch die Haustür verschwinden konnte. Gasperlmaier hielt sie am Arm zurück. „Natalie, ich muss mit dir ein paar Worte reden." Die Natalie riss sich los. „Was willst denn? Ich will nicht mit dir reden!" Gasperlmaier flüsterte: „Ist es dir lieber, wenn du morgen mit dem Polizeiauto abgeholt wirst und eine Aussage auf dem Posten machst?" Wenn die Natalie nicht so blass geschminkt gewesen wäre, dachte Gasperlmaier, dann wäre ihr jetzt tatsächlich alle Farbe aus dem Gesicht gewichen. Mit offenem Mund starrte sie ihn an. Das mit dem Polizeiauto und dem Posten hatte Gasperlmaier schon oft in Kriminalfilmen gesehen, dafür brauchte es gar keinen Fortbildungskurs. Dass es tatsächlich wirken würde, hatte sich Gasperlmaier gar nicht gedacht.

Er zog die Natalie vor die Haustür und setzte sich mit ihr auf die Stufen.

„Wie hast du denn den Doktor Naglreiter gefunden?", fragte Gasperlmaier. „Wie, gefunden? Ich hab gedacht, du hast ihn gefunden, heute in der Früh?" Die Natalie stellte sich blöd und starrte den Gasperlmaier finster und bockig an. Gasperlmaier präzisierte: „Ich meine, was du für eine Meinung von ihm gehabt hast."

„Wie jetzt?" Diese Taktik kannte Gasperlmaier von seinen eigenen Kindern. Oft fragten sie einfach zurück, um einer Antwort auszuweichen oder um Zeit zu gewinnen.

„Deine Mama meint, dass der Doktor Naglreiter dich irgendwie komisch angeschaut hat, als ob er was von dir wollen hätte. Wie ihr beim Vorhängeaufhängen wart. Und der Stefan auch."

Die Natalie sprang wieder auf. „So ein Blödsinn!", schrie sie Gasperlmaier an, „von denen hat keiner was von mir wollen. Und der Stefan schon gar nicht, der wollt' bloß nett sein. Der ist voll lieb. Und die Mama, die sieht sowieso überall Gespenster!"

Schon machte sie Anstalten, über den Kiesweg zum Gartentor zu verschwinden. Gasperlmaier rief ihr nach: „Setz dich wieder hin! Denk ans Polizeiauto!" Folgsam kam die Natalie die drei Schritte zurück und hockte sich, sprungbereit, wieder auf die Stufen. Den Blick zu Boden gerichtet, fielen ihre langen Haare vor das Gesicht, sodass Gasperlmaier ihre Augen nicht sehen konnte.

„Hast du einen von denen, den Doktor Naglreiter oder den Stefan, später noch einmal gesehen, oder mit einem von ihnen gesprochen?" Die Natalie schüttelte nur den Kopf, ohne den Mund aufzumachen.

„Natalie, die Naglreiters haben dich eingeladen. Zum Schwimmen. Bist du einmal hingegangen?" Wieder schüttelte die Natalie den Kopf. „Boot fahren war ich ein paarmal mit ihm. Die haben ja ein Boot. Eine Plätte."

„Weißt, Natalie, das können wir nachprüfen. Den Stefan können wir fragen, und das werden wir auch, und du weißt ja eh, dass da bei uns ständig alle Leute beim Fenster herausschauen, vor allem die Pensionisten. Wenn du also dort warst ...?" Gasperlmaier stellte seine Frage, ohne den Satz vollenden zu müssen. Die Natalie hob den Kopf und sah ihm ins Gesicht. „War ich halt dort! Na und? Ist das verboten? Willst du mich dafür verhaften? Was ist denn das für ein Paragraf, jemanden besuchen?" Gasperlmaier hatte das Gefühl, dass das Gespräch schwierig werden würde. „Also warst dort. Warst auch schwimmen, im Pool?"

„Ist das jetzt auch ein Verbrechen? Darf ich jetzt auch nicht mehr schwimmen? Soll ich mich vielleicht verschleiern? Oder ein Dings, wie heißt das, eine Burka tragen, so wie die Musliminnen?" Der Ton der Natalie war gereizt und aggressiv, wie Gasperlmaier das von gelegentlichen Auseinandersetzungen mit seinen eigenen Kindern kannte.

„Weißt, Natalie", setzte Gasperlmaier fort, „die in Wien glauben eh, dass der Doktor Naglreiter seine Finger im Geschäft mit der Ostmafia gehabt hat, dass er deswegen irgendwie einem russischen Oligarchen oder so in den Weg geraten ist, aber auf der anderen Seite – es wird auch so viel geredet über die Naglreiters, dass er Verhältnisse gehabt hat und dass sie auch ..."

„Verdammt noch einmal!" Wieder sprang die Natalie auf. Gasperlmaier musste ohne das geringste Vergnügen feststellen, dass der Natalie beim Hinhocken die Hose tief über den Hintern hinuntergerutscht war und dass sie darunter so ein Höschen trug, das nur ein Schnürl durch den Popo hatte. Gasperlmaier hätte es nicht gefallen, wenn seine Tochter so im Bierzelt gesessen wäre – wo man praktisch den halben Hintern sehen konnte und nur ein bisschen Vorstellungskraft brauchte, um sich auszumalen, wo das mit Glitzersternchen besetzte Schnürl hin verschwand, und so viel Vorstellungskraft, meinte Gasperlmaier, haben sogar die Besoffenen im Bierzelt noch. Und die kommen da noch auf ganz andere Gedanken. Aber er konnte doch nicht der Natalie sagen, dass sie sich gefälligst eine andere Unterhose anziehen soll, wenn nicht einmal ihre Mutter das schaffte.

Unwillkürlich musste Gasperlmaier daran denken, wie sich so ein Bub in der Schule fühlen musste, wenn da vor ihm ein halber Hintern aus der Hose herausragte, aus dem ein Glitzerschnürl herausführte, das dann auch noch in ein paar Glitzersternchen endete, da war es kein Wunder, dass sie sich nicht konzentrieren konnten und einen Fünfer nach dem anderen schrieben. Und für die Lehrer, dachte sich Gasperlmaier, konnte das auch nicht einfach sein, wenn du dich über ein Heft beugst, weil dich eine was fragt, und schon hüpft dir ein Busen mehr oder weniger ungefragt ins Gesicht, wo du dann sogar genau lesen kannst, von welcher Marke der BH ist, so weit hinein siehst du da.

„Ihr glaubt's ja alle, dass ich nichts anderes zu tun hab, als mit jedem ins Bett zu hüpfen, der mich nur anschaut? Was seid's denn ihr für Menschen? Denkt's ihr vielleicht überhaupt nie an was anderes?"

Gasperlmaier fühlte sich auf dem falschen Fuß erwischt. Wie ein Film zogen seine heutigen Verfehlungen an ihm vorbei, die Blicke nach den Beinen, dem Ausschnitt der Frau Doktor, das Hinfallen auf ihren Hintern, die teils wohl auch begehrlichen Blicke auf die magere Ines im Bett des Gaisrucker Marcel, sein Wohlgefallen an dem überaus üppigen Dekolleté der Kellnerin, die ihm in der Schlange im Bierzelt eine Halbe in die Hand gedrückt hatte, und er musste sich sagen, dass die Natalie nicht unrecht hatte.

„Nein, Natalie, hast recht, das ist jetzt falsch herausgekommen", beeilte er sich sich zu entschuldigen. „Ich hab nur gemeint, dass du vielleicht irgendwelche Informationen hast, die uns helfen könnten, draufzukommen, mit wem der Doktor Naglreiter seine ... seine ..." Gasperlmaier wollte nicht der rechte Ausdruck zur Beschreibung dessen einfallen, was der Doktor Naglreiter getrieben haben mochte. Die Natalie verstand ihn auch so.

Sie sank auf die Stufen nieder, legte ihre Arme auf die Knie, den Kopf darauf und begann zu schluchzen. Gasperlmaier überlegte, ob es gescheit war, seinen Arm um ihre Schulter zu legen, aber noch bevor er zu einer endgültigen Entscheidung gelangte, während sein Arm hilflos vor und zurück zuckte, begann die Natalie zu reden.

„Der Stefan liebt mich!", schluchzte sie in ihre Arme hinein, „und er nimmt mich nach Wien mit, wenn ich achtzehn bin. Und dann können sie mir daheim alle den Buckel hinunterrutschen!"

Da war der Gasperlmaier baff. Einerseits tat ihm das Mädel ja leid. Dass ein Wiener Student mit einem Hintergrund wie der Naglreiter Stefan eine sechzehnjährige Schülerin aus Altaussee „liebte", wie die Natalie meinte, und dass er sie nach Wien mitnehmen würde, das konnte ja doch nur in der Fantasie einer Pubertierenden passieren. Da hatte sich wohl, dachte Gasperlmaier bei sich, der Stefan mit ein paar unglaubwürdigen Schmeicheleien und ein paar Cocktails einen netten Abend verschafft. Gasperlmaier mochte die Gedanken an diesen netten Abend gar nicht zu Ende denken.

„Natalie." Jetzt landete der Arm des Gasperlmaier doch väterlich auf der Schulter des Mädchens. „Ich versprech dir – wenn du uns was sagst, über deine Beziehung zum Stefan, dann darf die Polizei das auf keinen Fall an deine Eltern weitergeben. Und sagen wirst du es sowieso müssen, und die Frau Kommissar, die Frau Doktor Kohlross, die ist furchtbar nett, vor der brauchst du keine Angst zu haben."

„Du glaubst doch nicht im Ernst, dass ich mit der Polizei über meine Liebe rede!", fauchte die Natalie den Gasperlmaier an, und als sie wiederum aufsprang, hielt der sie am Arm zurück.

„Glaub mir's doch, Kinderl!", flehte Gasperlmaier, „dem kommst du nicht aus!" Die Natalie riss sich los. „Lass mich aus!" Aus Angst, es könnte ein Aufruhr entstehen, der drinnen in der Stube zu hören sein würde oder gar eine neugierige Nachbarin ans Fenster rief, ließ Gasperlmaier los. Die Natalie sah ihn starr an, ohne wegzulaufen, wie er es vermutet hatte. „Sag mir nur noch eins, Natalie. Hast du mit dem Stefan ...?" Die Natalie lief zum Gartentor und verschwand in der untergehenden Sonne. Keine Antwort, dachte sich Gasperlmaier, ist in diesem Fall eine mehr als deutliche Antwort.

Unangenehm wurde die ganze Sache dem Gasperlmaier, höchst unangenehm. Die Angelegenheit begann ihre Fühler in seinen Freundeskreis, am Ende gar in seine Familie auszustrecken. Da hatte anscheinend die Nichte von seinem Postenkommandanten irgendetwas laufen mit diesem Hallodri von einem plötzlich zum Vollwaisen gewordenen Studenten aus Wien. Da war ein anderer Hallodri wie der Gaisrucker Marcel, der in seinem Haus ein und aus zu gehen schien, ein Liebhaber eines der Mordopfer. Und da wurde schließlich seine Frau öffentlich beschuldigt, mit dem anderen Mordopfer eine Affäre unterhalten zu haben. Nicht, dass er das geglaubt hätte – aber da waren doch diese nagenden Zweifel, die ihm Magenschmerzen verursachten. Und zu guter Letzt hatte er auch noch eine ganz unangenehme Beichte vor sich, weil er doch der Frau Doktor Kohlross gestehen musste, dass er die Leiche vom

Bierzelt ins Pissoir geschleppt hatte – völlig überflüssig noch dazu, wie sich bald darauf herausgestellt hatte. Unangenehm und höchst unübersichtlich wurde das alles für den Gasperlmaier, der, in seine Gedanken vertieft, wieder auf die Stufe vor dem Kitzer'schen Haus hingesunken war. Das Gespräch mit seiner Christine würde lang und sicherlich auch nicht allzu erfreulich ausfallen. Gasperlmaier schlug all das auf den Magen, der wie ein fester Klumpen in seinem Leib saß und weit über sein eigentliches Gewicht hinaus von der Schwerkraft nach unten gedrückt zu werden schien.

„Kommst jetzt erst? Und rufst nicht einmal an?" Sehr herzlich war der Empfang nicht, der Gasperlmaier zuteil wurde, als er durch die Küchentür trat, mit dem festen Vorsatz, freundliche Stimmung zu verbreiten. „Der Christoph hat schon gegessen. Ich hab auf dich gewartet." Ein vorwurfsvoller Blick traf Gasperlmaier aus den graugrünen Augen, die ihm schon damals so gefallen hatten, als die Christine sich entschlossen hatte, nach der Matura die Pädagogische Akademie in Salzburg zu besuchen und Lehrerin zu werden. Gasperlmaier begann gerade innerlich an einer Entschuldigung zu feilen, als die Christine schon viel versöhnlicher fragte: „Magst ein Bier zum Essen?" Gasperlmaier fand es nicht klug, sich jetzt in Einzelheiten über die Biere und Schnäpse zu verlieren, die er bei der Evi konsumiert hatte, und nickte nur ergeben. „Bitte!"

„Setz dich einfach hin!", sagte die Christine zu ihm, „immerhin hast du heute einen langen Tag gehabt. Ich hab ja noch Ferien." In günstigen Jahren fiel der Schulbeginn nicht auf den ersten, sondern auf den zweiten Montag im September. Das ermöglichte es den Schulkindern, ebenso natürlich ihren Lehrerinnen und Lehrern, ausgiebig am Kirtag teilzunehmen. So war es auch heuer gewesen. Die Christine stellte einen Teller vor Gasperlmaier hin, auf dem sich ein kleines Häufchen Spaghetti mit irgendeinem klein geschnittenen Gemüse drinnen befand, gekrönt von einem Saiblingsfilet mit knusprig braun gebratener Haut. Die Christine, dachte Gasperlmaier bei sich, war zwar eine begnadete Köchin, und was sie auf den Tisch brachte, schmeckte meist so gut, dass Gasperlmaier nach jedem einzelnen Bissen innerlich Gott dafür dankte, dass diese Frau sein Werben erhört hatte. Aber in der Regel gab es zu wenige von diesen Bissen, die göttlichen Gerichte kamen in recht bescheidenen Portionen daher und hoben sich zu Gasperlmaiers Leidwesen ziemlich krass von dem ab, was er bei seiner Mutter als deftige Hausmannskost kennen und schätzen gelernt hatte. Da waren die Schnitzel schon einmal über den Tellerrand gehangen, und es hatte immer noch eine Scheibe Schweinsbraten und noch einen Knödel gegeben, wenn Gasperlmaier seinen Teller leergeputzt hatte.

Als die Christine bemerkte, dass Gasperlmaier seinen Sailbling ohne rechte Begeisterung musterte, ermahnte sie ihn: „Kost doch erst einmal. Und denk daran, dass du ohne meine Kost wahrscheinlich schon so fett wärst wie der Kahlß Friedrich."

Gasperlmaier begann den Saibling gleich viel attraktiver zu finden, als die Christine sein Kinn zwischen ihre Finger nahm, zu sich herumdrehte und ihm einen zarten, feuchten Kuss auf die Lippen drückte. Gasperlmaier schätzte sich glücklich, dass seine Frau nach mehr als zwanzig Ehejahren immer noch so küsste, wie sie eben küsste, mit Gefühl und Leidenschaft, und nicht einfach nur gedankenlos zuschnappte.

Die Christine schenkte ihm ein Lächeln und ein Leichtbier in ihre Gläser ein, fein säuberlich aufgeteilt zwischen ihnen beiden, und schnitt sich ein Stück von ihrem Saibling ab. Gasperlmaier widmete sich ebenfalls seinem Abendessen und musste sich eingestehen, dass der Fisch und auch die Nudeln darunter hervorragend schmeckten. Er beeilte sich, das der Christine zu versichern. Sie schenkte ihm dafür ein strahlendes Lächeln, das Gasperlmaier sämtliche Ausschnitte und Beine der Altausseer Damenwelt, denen er heute ausgesetzt gewesen war, vergessen ließ.

Eine schöne Frau war sie, die Christine, dachte Gasperlmaier bei sich, und das mit ihren bald fünfundvierzig Jahren. Wenn sie im Sommer am Altausseer See lagen,

Gasperlmaier nach dem Schwimmen aus dem Wasser kam und die Christine mit ihrem Buch auf dem Bauch liegen sah, mit ihren wohlgerundeten Hüften, der schlanken Taille und der glatten Haut an den Oberschenkeln, da gratulierte sich Gasperlmaier immer wieder selbst zu seiner Frau, vor allem, wenn er sich ein wenig umsah, was da sonst auf dem Badeplatz an birnen- und apfelförmigen Körpern, an schlaffen Hintern und aus der Form geratenen Brüsten durch die Gegend geschlenkert wurde. Und recht hatte sie, die Christine, ohne sie wäre der Gasperlmaier bei Bier und Schweinsbratl am Ende völlig versumpert. Einen Narren schalt er sich selbst, dass er den Fisch heute so skeptisch gemustert hatte, wo er doch wirklich ganz einmalig schmeckte. „Safran ist da drinnen. Sehr teuer", informierte ihn die Christine. „Dafür gibt's eben weniger."

Gasperlmaier hatte es gar nicht glauben können, dass sich die Christine für ihn interessierte, als sie aus Salzburg nach Altaussee zurückgekommen war. Als wilde Henn' hatte sie im Dorf gegolten, rote Haare hatte sie damals gehabt und seltsame Kleider und Röcke aus Indien und Afghanistan getragen, mit Spiegeln darauf sogar. Selten waren solche Mädchen damals gewesen, die in der Stadt studiert hatten und dann wieder zurückkamen. Nichts war damals gewesen mit Dirndl und Tracht und Volksmusik und Bierzelt. Die Christine hatte von Jazz geredet, war immer wieder zu Konzerten von Gruppen mit seltsam klingenden Namen nach Bad Aussee oder Ischl gefahren, und Gasperlmaier hatte sie lange im Stillen mit ein wenig Ehrfurcht, aber auch großem Respekt aus sicherer Distanz mehr beobachtet als geliebt. Sie hatte ja auch einen fürchterlichen Ruf gehabt: In der Volksschule hatte sie mit modernen Unterrichtsmethoden die Mütter auf die Palme gebracht, die mit kooperativem offenem Lernen und anderen neumodischen

Ansichten, mit denen die junge Lehrerin daherkam und von denen man in Altaussee nie etwas gehört hatte, überhaupt nichts anzufangen wussten, vor allem, wenn ihre Kinder dann mit seltsamen Zeichnungen heimkamen, die die Beziehungen innerhalb der Familien symbolisch darstellen sollten, anstatt dass sie brav Szenen aus der biblischen Geschichte abgemalt hätten, wie das seinerzeit üblich gewesen war. Verdenken hatte Gasperlmaier es ihnen nicht können, war doch in diesen Zeichnungen schon einmal eine Mutter als Spinne oder ein Vater als rosaroter Zuchteber dargestellt gewesen.

Die Christine war es gewesen, die mit dem damals blutjungen Gendarmen immer wieder Gespräche angefangen hatte, wenn sie einander zufällig in einem Wirtshaus begegnet waren. Schließlich hatte sie den unbeholfenen Gasperlmaier sogar höchstselbst und eigenhändig verführt, und schließlich hatte er sich rettungslos in die weder unauffällige noch angepasste junge Frau verliebt.

„Warum gerade ich?", hatte er sie später manchmal gefragt, weil er sich einfach nicht erklären konnte, warum eine Frau wie die Christine sich ausgerechnet einen Altausseer Gendarmen ohne weiten Horizont, große Erfahrung oder reichhaltige Bildung ausgesucht hatte. „Weil du berechenbar warst, mein Lieber!", hatte die Christine geantwortet. „Ich hab gleich gewusst, das ist einer, auf den man sich verlassen kann, der bei dir bleibt, der nicht sein ganzes Geld im Wirtshaus lässt, der sein Geld heimbringt und es nicht für teure Motorräder oder Autos verplempert." Sie sei sich auch sicher gewesen, hatte sie damals gemeint, dass der Gasperlmaier einer wäre, der nicht vor lauter Feuerwehr und Fußballverein und Bergrettung und Skiclub die Familie ganz aus den Augen verliert. Und so, dachte Gasperlmeier, war es ja auch schließlich gekommen, sonst wäre die Christine ja schließlich nicht mehr bei ihm. Dennoch hatte er manchmal Angst, dass sie sich einen interessanteren Menschen finden würde, die Sorge, dass er ihren Ansprüchen nicht gerecht wurde, vor allem in geistiger Hinsicht, nagte doch ein wenig an ihm, denn gelegentlich schwärmte sie ihm von Künstlern vor, die nicht ungern zu Lesungen und Vernissagen ins Ausseerland kamen, ihre langen Haare hinter die Ohren strichen und mit sanfter Stimme Sätze mit vielen Fremdwörtern von sich gaben.

Die Christine hatte schließlich vieles erlebt in ihrer Studentenzeit, sie hatte sogar in einer Wohngemeinschaft gewohnt.

Einmal hatte sie Gasperlmaier erzählt, was ihre Oma vom Wohnen in der WG gehalten hatte. Für gänzlich verrottet, verloren und verworfen hatte die Großmutter sie damals gehalten und sogar damit gedroht, sich aufzuhängen, falls die Christine tatsächlich in eine Kommune ziehen würde, wie sie das nannte. Fragte Gasperlmaier nach, wie das denn gewesen sei in der WG, setzte die Christine nur ein verschmitztes Lächeln auf, sagte, dass er das gar nicht wissen wolle, und behielt seit mehr als zwanzig Jahren bei sich, welch wildes Leben sie damals am Ende geführt haben mochte. Gasperlmaier wollte es sich gar nicht ausmalen, aber einiges konnte er sich vorstellen, nachdem ihm die Christine beigebracht hatte, was für Möglichkeiten es gab, im Schlafzimmer tiefer gehenden Empfindungen Ausdruck zu verleihen. Gasperlmaiers Erfahrung war dagegen mehr als beschränkt gewesen, genau genommen vor der Christine inexistent, und Gasperlmaier hatte es den Gleichaltrigen, die Mädchen einfach ansprachen, sie zum Lachen brachten und dann gewöhnlich mit ihnen in der Dunkelheit verschwanden, nie gleichtun können. Die Christine hatte, so sah Gasperlmaier das, ihn vor andauernder Einsamkeit gerettet, und mehr noch als Liebe zu ihr empfand er eine überwältigende Dankbarkeit für das, was sie aus ihm und mit ihm gemacht hatte.

Sorgfältig kratzte Gasperlmaier die letzten Reste auf seinem Teller zusammen und schob sie auf die Gabel, um den Zeitpunkt hinauszuschieben, zu dem das Gespräch beginnen musste, vor dem er sich recht fürchtete. Wie würde die Christine reagieren, wenn er ihr von seiner grauenhaft gedankenlosen Leichenverbringung und gar erst von der im Bierzelt vorgebrachten Anschuldigung erzählte?

Gasperlmaier kam jedoch gar nicht dazu, ein kompliziertes Gespräch beginnen zu müssen. „So, und jetzt erzählst du mir, was los ist." Die Christine war zu ihm auf die Bank gerückt und hatte ihren Arm hinter seinem Rücken durchgeschoben. Gasperlmaier verschluckte sich fast am letzten Rest seines Leichtbiers, den er noch im Mund hatte. Die Christine hatte ihn immer schon schnell und vollkommen durchschaut, wie sie das machte, war ihm ein Rätsel. „Du brauchst dich gar nicht zu wundern", legte sie nach, „erstens hast du nicht jeden Tag mit Mord und Totschlag zu tun, dazu eine Mordsfahne und außerdem noch eine schicke Kommissarin, die man dir vor die Nase gesetzt hat. Da kommt was zusammen." Gasperlmaier fühlte sich ausgezogen, gehäutet, völlig nackt und bloß lagen seine innersten Regungen vor der Christine, ohne dass er überhaupt den Mund hatte aufmachen müssen. Fast fürchten konnte man so eine Frau, auf jeden Fall war es vernünftig, sie nicht zur Feindin zu haben.

„Christine." Gasperlmaiers Stimme brach heiser. „Da ist noch was." Und nun begann Gasperlmaier zu erzählen, die Worte begannen zu fließen und er erzählte der Christine alles, was er an diesem Morgen angestellt hatte, wie er den Doktor Naglreiter tot vorgefunden hatte, wie er vor lauter Angst, der Kirtag möge wegen des Todesfalls ein vorzeitiges Ende nehmen, den Doktor ins Gebüsch hatte zerren wollen, von dem Brauereilaster jedoch unterbrochen worden war und den toten Naglreiter schließlich im Pissoir hatte deponieren müssen. Fast flehentlich sah er die Christine an. „Was mach ich jetzt nur? Was soll ich tun?" Gasperlmaier vertraute seiner Christine so blind, dass er sich nicht einmal vorstellen konnte, dass sie keinen Ausweg aus dieser Situation wusste.

Die Christine aber zog den Arm hinter seinem Rücken hervor, richtete sich kerzengerade auf und sagte nur: „Für so blöd hätte nicht einmal ich dich gehalten." Gasperlmaier wusste, dass die Christine sich lange Vorträge voller Vorwürfe und „hättest du" und „wäre gewesen" und so weiter, dass sie sich solche Vorträge grundsätzlich ersparte. Die Zeit, die sie so einsparte, widmete sie einem vorwurfsvollen Schweigen, das das Opfer noch viel mehr zermürbte als die ausdauerndste Tirade, die man sich nur vorstellen mochte.

Nachdem sie Gasperlmaier minutenlang auf diese Weise gequält hatte, während er, ohne einen klaren Gedanken fassen zu können, auf ein Urteil wartete, ließ die Christine ihren ausgestreckten Zeigefinger durch die Luft fahren und sagte: „Du weißt, dass es nur zwei Möglichkeiten gibt?" Gasperlmaier war verwirrt. Darüber, wie viele Möglichkeiten es gab, aus diesem Schlamassel herauszukommen, hatte er sich bislang nicht den Kopf zerbrochen. „Du kannst es der Frau Doktor gestehen, oder du kannst es für dich behalten." Eine so einfache Alternative hatte Gasperlmaier jetzt nicht erwartet. „Du musst dir nur der Konsequenzen bewusst sein, die es für dich hat. Ob du es nämlich sagst oder nicht, beides kann dich den Kopf kosten." Vor Gasperlmaiers innerem Auge entstand ein Bild, in dem ihm eine vage der Frau Doktor ähnliche Person in schwarzem Leder mit einer riesigen Axt gegenüberstand, während er mit entblößtem Hals auf die Vollstreckung des Urteils wartete. Es gab zwei Möglichkeiten, und beide führten ins Verderben? Christine fuhr fort: „Wenn du der Frau Doktor gestehst, hat sie zwei Möglichkeiten." Gasperlmaier wurde schwindlig ob all der Möglichkeiten. Gab es nicht eine einfache Lösung? „Sie kann es für sich behalten und damit selber ein Risiko eingehen. Sie kann alles offenlegen und dir damit die Hölle heißmachen. Du musst überlegen, wie du sie einschätzt. Wenn sie dich schützt, dann sag es ihr. Wenn sie alles öffentlich macht, zerreißen dich deine Vorgesetzten und die Medien. Überleg es dir gut. Ich halte auf jeden Fall zu dir." Gasperlmaier wurde bewusst, wie sehr er sich bisher bemühen hatte müssen, die möglichen Folgen seines Handelns zu verdrängen. Er musste sich eingestehen, dass er schwierigen Situationen begegnete wie ein Kind: verstecken, solange es ging, gestehen, wenn es nicht mehr zu vermeiden war, ein Donnerwetter über sich ergehen lassen, und danach war alles wieder gut. Leider, musste Gasperlmaier sich jetzt eingestehen, lief es in Wirklichkeit meist nicht so, wie sein kindliches Gemüt es ihm vorgaukelte.

Vor lauter Unentschlossenheit und Verwirrung wagte Gasperlmaier einen Ausbruchsversuch in eine unerwartete Richtung, um sich Luft zu verschaffen. Ob er die Christine in die Defensive hatte drängen wollen oder ob es eine Verzweiflungshandlung gewesen war, wusste er später nicht mehr zu sagen. „Im Bierzelt, da war einer, der hat behauptet, dass du mit dem Doktor Naglreiter ..." Weiter kam Gasperlmaier nicht, denn es traf ihn ein so vernichtender Blick – noch dazu mit hochgezogenen Augenbrauen –, dass er augenblicklich verstummte. „Ich hab ihm gleich mein Bier ins Gesicht geschüttet!", beeilte sich Gasperlmaier hinzuzufügen, in der Hoffnung, seine wehrhafte Haltung im Augenblick der Demütigung seiner Frau möge ihm mildernde Umstände verschaffen.

„Franz", sagte die Christine nur, doch Gasperlmaier wusste, wenn sie ihn mit seinem Vornamen anredete, dann war die Situation eigentlich schon verfahrener, als ein rostiger Güterwagen auf dem hintersten Abstellgleis der allereingestelltesten der Nebenbahnen der ÖBB sein konnte. Normalerweise nannte sie ihn liebevoll Gasperlmaier, oder auch kurz Gasperl, was manchmal auch als „Kasperl" daherkam. In besonders intimen Situationen fielen ihr noch allerhand andere Kosenamen für Gasperlmaier ein, doch daran mochte der Angesprochene jetzt gar nicht denken. „Franz" war so ziemlich das Schlimmste, was ihm passieren konnte. „Du solltest dich schon entschieden haben, Franz", fuhr die Christine fort, „ob du irgendeinem versoffenen Fetzenschädel im Bierzelt vertraust oder deiner Ehefrau!" Sie sprang mehr, als dass sie sich erhob, von der Bank, raffte mit entschlossenen Bewegungen das Geschirr auf dem Tisch zusammen und setzte es laut klappernd neben der Abwasch ab. Dann lehnte sie sich mit dem Gesäß daran und verschränkte die Arme unter der Brust, die, wie Gasperlmaier feststellte, heftig wogte.

Gasperlmaier wusste, dass alle Erklärungsversuche ins Leere laufen würden. Er hätte den Vorfall so darstellen müssen, dass er nicht im mindesten an ihrer ehelichen Treue zweifelte, sondern ihr im Gegenteil nur von der haltlosen Anschuldigung, die gegen sie vorgebracht worden war, berichtete, sie gewissermaßen neutral darüber informierte, was ein Betrunkener über sie geäußert hatte, quasi mit ihr gemeinsam über diesen Unsinn lachte. Sein Bericht hatte aber anklagend geklungen, sodass jetzt alle Beteuerungen und Entschuldigungen zu spät kamen, da mochte er reden, so viel er wollte. Dennoch versuchte er es. „Ich hab natürlich keine Minute ... ich hab ihm doch sofort das Bier ins Gesicht geschüttet. Obwohl nur mehr ziemlich wenig drinnen war."

Gasperlmaiers Stimme klang so leer, wie er sich fühlte. „Gasperlmaier, Gasperlmaier", seufzte die Christine, und da wusste er, dass das Schlimmste schon vorbei war, da sie vom Franz wieder zum Gasperlmaier zurückgefunden hatte. „Nicht nur, dass du der Kommissarin aus Liezen schöne Augen machst, verdächtigst du auch noch deine treu sorgende Gattin des Ehebruchs mit einem Wiener Lederhosenträger."

Die Christine hatte nur Verachtung übrig für die ganzen Touristen aus Wien, den Landeshauptstädten, aus West- und Ostdeutschland und wo auch immer sie herkommen mochten, wenn sie sich mit der ortsüblichen Tracht verkleideten, wie sie das nannte. Sogar über den Salzbaron, den ehemaligen Minister, hatte sie gehöhnt, als der sich für eine Werbebotschaft eines Telekommunikationsunternehmens in Altausseer Tracht auf einer Plätte mitten im Altausseer See hatte ablichten lassen. „Die Wiener", pflegte die Christine zu wettern, „verkleiden sich in unsere Tracht, weil sie das alles putzig und niedlich finden, zu einer reinen Mode verkommen lassen und glauben, sie können hinten bei der Seewiese einen Heimatfilm aufführen, wenn sie dort ihre Taufen und Hochzeiten in Dirndln und Lederhosen herunterspielen." Die Tracht gehörte den Ausseern allein, war ihre Meinung, und sogar bei den eingesessenen Trachtenschneidern, die auch den Wiener Prominenten, dem russischen Reeder und dem schottischen Whiskybrenner eine Lederhose anmaßen, hatte sie sich schon mit spitzen Bemerkungen unbeliebt gemacht. Sogar Gasperlmaiers Cousin zweiten Grades, der Herbert, der lediglich einmal zwei Monate in Bad Aussee in die Volksschule gegangen war und sonst achtzig Kilometer entfernt im oberösterreichischen Schwanenstadt seinen Beschäftigungen nachging, hatte sich, als er sich zu seinem Fünfziger eine Ausseer Lederhose hatte schneidern lassen, ihre sarkastischen Bemerkungen anhören müssen.

Eigentlich, dachte Gasperlmaier, hätte er es wissen müssen. Niemals im Leben hätte sich die Christine mit so einem Wiener Schnösel eingelassen, selbst wenn er sie hinten und vorne nicht befriedigen hätte können, er ihr ganztags wie nachts nur auf die Nerven gegangen wäre und sein ganzes Gehalt versoffen hätte. Die Christine hätte sich vielleicht mit einem feschen, vielleicht auch jungen Altausseer getröstet, oder mit einem Jazzmusiker in Jeans und einem schwarzen Leiberl mit einem Totenschädel drauf, oder vielleicht noch lieber mit einem Literaten im Rollkragenpullover. Eifersucht keimte in Gasperlmaier auf, völlig ohne Anlass, dennoch, wenn er an die Musiker und die Literaten dachte, war sein Minderwertigkeitsgefühl den Gebildeten gegenüber stets präsent. Auch war es ihm schon wieder innerlich peinlich, dass er Gedanken wie „vorne und hinten befriedigen" überhaupt denken konnte, wo er es doch viel eigentlicher geistig hatte meinen wollen, während ihm die drastischen Gedanken mehr oder weniger ausgekommen beziehungsweise dazwischengerutscht waren. Wie in solchen Situationen üblich geriet Gasperlmaier mit seinen Grübeleien, Assoziationen und Kreuz- und Quergedanken in so einen Schlamassel, dass er außer ratlosem Gliederzucken und verständnislosem Vorsichhinstarren keinerlei passende Reaktion zustande brachte.

Zu Gasperlmaiers Glück war es gerade sieben Uhr geworden, und der Christine fiel ein, dass es doch interessant wäre, „Steiermark heute", die regionale Nachrichtensendung, anzusehen, denn da würde sicher über den Tod des Doktor Naglreiter und seiner Gattin in Altaussee berichtet werden.

Tatsächlich war es die Spitzenmeldung der Sendung. Kaum hatte Christine den entsprechenden Knopf der

Fernbedienung gedrückt, erschien die blonde Moderatorin auf dem Bildschirm und kündigte einen Bericht über einen spektakulären Doppelmord in Altaussee an. Zu Tode gekommen, so die Moderatorin, seien „der bekannte Wiener Rechtsanwalt Doktor Hubert Naglreiter und seine Gattin Sophie".

Die Christine setzte sich aufs Sofa und klopfte mit der flachen Hand auf den Platz neben sich, um den Gasperlmaier dazu zu bewegen, sich neben sie zu setzen. Während er der Aufforderung Folge leistete, waren bereits Bilder vom Altausseer Kirtag zu sehen. Eine womöglich noch blondere Reporterin in einem altrosa Kostüm kam ins Bild, hinter ihr war der Getränkeausschank des Bierzelts zu sehen. „Ein wirklich spektakulärer Doppelmord!", wiederholte sie die bereits von der Studiomoderatorin benutzte Phrase, „hat sich heute in Altaussee ereignet. Wie soeben bekannt geworden ist, sind die Opfer der bekannte Wiener Rechtsanwalt Doktor Hubert Naglreiter und seine Frau." „Das wissen wir jetzt schon!", fauchte die Christine ungehalten dazwischen. „Doktor Naglreiter wurde heute früh von einem Polizisten auf einer Routinestreife leblos auf dem Jahrmarktgelände aufgefunden." Gasperlmaier hoffte inständig, dass weder sein Name noch sein Bild in der Berichterstattung auftauchen mögen, er hatte an dieser Art von Prominenz keinerlei Interesse. Auch fiel ihm auf, dass die Dame im Fernsehen kein Wort über das Klo und die Todesursache verloren hatte. Wusste man das beim Fernsehen nicht oder war ihnen das zu ordinär, dass man eine Leiche im Pissoir gefunden hatte? „Wenig später wurde die Leiche der Gattin des Rechtsanwalts im Altausseer See treibend aufgefunden. Aus Polizeikreisen verlautet, der Anwalt sei im Ostgeschäft tätig gewesen und habe verschiedene Investoren aus den ehemals sowjetischen Republiken in Geschäftsangelegenheiten in Österreich vertreten. So können derzeit Verbindungen zwischen diesen Geschäften und dem Tod des Rechtsanwalts und seiner Frau nicht ausgeschlossen werden."

Gasperlmaier zog die Mundwinkel skeptisch nach unten. „Die Frau Doktor Kohlross meint nicht, dass es die Russenmafia war. Obwohl, sie hat schon angeordnet, dass der Vollständigkeit halber alle Hotels in der Gegend überprüft werden sollen, ob da Russen abgestiegen sind." Da fiel ihm siedend heiß ein, dass sie ja ihm den Auftrag gegeben hatte, nach den Russen zu suchen, und dass er noch keinen Finger gerührt hatte, um ihn zu erfüllen.

Plötzlich erschien die Frau Doktor Kohlross vor der Kamera. Als am unteren Bildschirmrand ihr Name und ihre Funktion eingeblendet wurden, wandte sich die Christine mit einem verschmitzten Lächeln Gasperlmaier zu: „Da schau her, die ist aber wirklich sehr fesch, deine Frau Kommissar. Wundert mich nicht, dass sie dich ein wenig durcheinandergebracht hat." Gasperlmaier jedoch wollte lieber hören, was die Frau Doktor Kohlross zu sagen hatte. „Wir ermitteln derzeit in alle Richtungen, eine Verbindung zu den Geschäften des Opfers kann weder ausgeschlossen noch nachgewiesen werden." Wie gut sie reden konnte, dachte Gasperlmaier bei sich, er hätte im Angesicht der Kamera und des vor seinen Mund gehaltenen Mikrofons sicher keinen vollständigen Satz herausgebracht. Und die Christine hatte natürlich recht, sie war sehr fesch, die Frau Kommissar, und selbst im Fernsehen waren ihre aus einem ernsten Gesicht blitzenden Augen auffällig schön.

„Gibt es schon konkrete Spuren, einen konkreten Verdacht?", wollte die Reporterin wissen. Die Frau Doktor Kohlross strich sich mit einer Hand die Haare hinter die Ohren. „Konkrete Spuren gibt es sehr wohl, die werden gerade von der Spurensicherung ausgewertet. Wir wissen zum Beispiel, dass der Fundort im Falle des männlichen Opfers nicht der Tatort war. Und wir suchen intensiv nach dem Tatort für den zweiten Fall. Mehr Einzelheiten möchte ich aus ermittlungstechnischen Gründen derzeit nicht bekannt geben."

„Die Polizei weiß also wieder einmal nichts." Die Reporterin wandte sich von der Frau Doktor ab und den Zuschauern vor dem Bildschirm zu. „Wenn Sie allerdings geglaubt haben, dass sich die Altausseer von einem Mord auf ihrem Kirtag vom Feiern abhalten lassen würden, dann haben Sie sich getäuscht."

Nun sah man Filmausschnitte vom Kirtag, während die Reporterin aus dem Off weitersprach. Man sah Männergruppen in Lederhosen, die sich krachend mit Bierkrügen zuprosteten, Gasperlmaier erkannte auf einem kurzen Ausschnitt den Spendlingwimmer Leo, den man gefilmt hatte, als er gerade in einem einzigen langen Zug eine Halbe Bier leertrank. Dann kamen Bilder von der Musik im Bierzelt, und dazu sprach die Reporterin: „Nur Stunden, nachdem nebenan auf der Toilette ein Mann kaltblütig ermordet worden ist, wird hier wieder zünftig aufgespielt. Die Blutspuren sind beseitigt, das Fest kann weitergehen."

„Das ist eine dermaßen blöde Kuh!", ereiferte sich die Christine, „die drehen einfach alles so hin, wie sie es gerade brauchen. Dass die Leute da im Bild mit dem Doktor Naglreiter so viel zu tun haben wie ich mit dem Bürgermeister von Pago-Pago, daran denken die nicht einmal!"

Wenigstens, dachte Gasperlmaier, glauben sie immer noch, dass der Doktor im Pissoir verblutet ist. Jetzt kam die Schneider Traudl ins Bild, die Gasperlmaier schon seit der Schulzeit kannte. „Was sagen Sie zu dem Doppelmord, der heute in Altaussee passiert ist?" Die Schneider Traudl sah der Reporterin ins Gesicht, blickte dann aber direkt in die Kamera, sodass man den Moment erkennen konnte, in dem sie bemerkte, dass sie ins Fernsehen kommen würde. „Furchtbar ist das! Ganz furchtbar!", wimmerte sie ins Mikrofon der altrosa Blonden. „Dass es so was bei uns in Altaussee geben könnt', das hätten wir uns nie gedacht! Das gibt's doch sonst nur in Wien! Der war doch auch ein Wiener, oder?" Es folgte ein Schnitt, und das Wohnhaus der Naglreiters war zu sehen. „Hier hatte sich die Wiener Familie einen Lebenstraum erfüllt. Doktor Naglreiter und seine Frau haben dieses Haus erst vor wenigen Jahren erbaut und wollten es als Alterssitz nutzen. Ein tragisches Schicksal hat das verhindert." Die Christine redete wieder drein: „Das ist ja das Letzte, wie die das ausschlachten. Da wird einem ja schlecht bei so viel Gefühlsduselei."

Nun hatte die Reporterin einen Mann in Lederhose und kariertem Hemd angehalten, den Gasperlmaier nicht kannte. „Was sagen Sie zu den Morden?" Der Mann zögerte, worauf die Kamera nahe an sein Gesicht heranzoomte. „Eine Sauerei ist das, sag ich. Kann man nicht einmal mehr auf den Kirtag gehen? Geht's da schon zu wie in Chicago?" Ein Schnitt folgte, und Gasperlmaier traf fast der Schlag. In der nächsten Einstellung konnte man ihn und den Kahlß Friedrich auf einer Bierbank vor dem Bierzelt sitzen sehen, wie sie gerade ihre Mittagspause gemacht hatten. Der Pfarrer Ainhirn war durch Gasperlmaier halb verdeckt, die Frau Doktor Kohlross war offenbar gänzlich hinter dem Kahlß Friedrich verschwunden. Die Kamera zoomte auf Gasperlmaiers Kopf, der gerade das Bierglas ansetzte, um einen tiefen Schluck daraus zu nehmen. Der Kommentar der Reporterin dazu: „Und was macht die Polizei? Die sitzt gemütlich vor dem Bierzelt und feiert. Kein Wunder, dass noch keine Ergebnisse der Ermittlungen vorliegen." Damit war der Bericht zu Ende.

Gasperlmaier schlug die Hände vor das Gesicht. Wie sollte er mit diesem Bild, das sicher alle im Ort gesehen hatte, leben? Es war doch nur eine harmlose Mittagspause gewesen, jeder musste doch einmal jausnen, und ein Bier dazu zu trinken, war das denn ein Verbrechen?

Die Christine legte ihm einen Arm um die Hüfte. „Reg dich jetzt nicht auf, Gasperl", flüsterte sie beruhigend, „das kann jedem von uns einmal passieren. Das passiert doch andauernd. Aus dem Zusammenhang gerissene, sensationsgeile Bilder mit hämischen Kommentaren – das ist der Alltag in den Medien."

Gasperlmaier stöhnte: „Aber die Leute glauben doch das, was sie sehen! Das Fernsehen lügt ja nicht!" Die Christine musste ihm recht geben. Gasperlmaier merkte das daran, dass sie den Kopf an seine Schulter legte und nichts sagte. Das tat sie oft, wenn Widerspruch nicht möglich und Zustimmung nicht sinnvoll erschien.

Gasperlmaier hatte genug, endgültig genug. „Ich ruf jetzt die Frau Doktor Kohlross an und sag ihr, dass ich den Naglreiter ins Klo gelegt hab, und sie sollen mit mir machen, was sie wollen, und dass ich mit der ganzen Sache nichts mehr zu tun haben will." Gasperlmaier hatte ein Gefühl, als hätte er völlig die Kontrolle über sein Leben verloren, als stürzten Dinge auf ihn herein, mit denen er nichts anfangen konnte, bei denen er nicht wusste, wie er handeln sollte, um sie wieder loszuwerden. Alles prasselte auf ihn herab, er fühlte sich schutzlos und völlig außerstande, sich von all dem zu befreien, was ihn zu Boden drückte.

Gerade als er aufstand, um sein Handy aus der Uniformjacke zu holen, fing es an zu läuten. Gasperlmaier zuckte zusammen. Sicher war es jemand, der ihn im Fernsehen gesehen hatte und sich jetzt auch noch über sein Unglück lustig machen wollte. Unsicher blickte er zur Christine hinüber, das piepsende Handy in der Faust, und wusste nicht, ob er abheben oder es zerquetschen sollte. Die Christine nickte und Gasperlmaier sah auf das Display, bevor er den grünen Knopf drückte. Jetzt konnte er endlich reinen Tisch machen.

„Lieber Herr Gasperlmaier, regen Sie sich bitte nicht allzu sehr auf. Ich habe auch gerade ferngesehen." Die Stimme der Frau Doktor Kohlross beruhigte ihn. Offenbar musste er sich nicht auf das Donnerwetter gefasst machen, das er erwartet hatte. Das Handy am Ohr, sank Gasperlmaier wieder auf seinen Platz auf dem Sofa neben der Christine. „Ich war ja schließlich auch dabei, ich hätte ja eingreifen können, wenn ich der Meinung gewesen wäre, Sie dürften in dieser Situation in der Öffentlichkeit nicht einmal ein Bier trinken." Die Christine lehnte sich an Gasperlmaiers Schulter, um das Gespräch mithören zu können. Weit davon entfernt war Gasperlmaier, dass ihm das peinlich gewesen wäre. „Ich möchte Ihnen auch ...", Gasperlmaiers Redefluss versiegte, bevor er noch richtig ins Strömen gekommen war. Die Christine stieß ihn sanft in die Rippen und nickte auffordernd.

Doch bevor er, nach ausgiebigem Atemholen, zu einem Geständnis ansetzen konnte, unterbrach ihn die Frau Doktor. „Gasperlmaier, ich habe einen Verdacht, wer den Toten vom Tatort ins Klo gezerrt haben könnte. Mittlerweile wissen wir, wo der Mann verblutet ist. Er ist auf einer Bank gesessen und dort offenbar zusammengebrochen, ohne hinunterzufallen." Gasperlmaier nickte. „Und ich habe den starken Verdacht, dass Sie ihn hinausgeschleift haben."

Die Frau Doktor schwieg. Gasperlmaier nickte heftig und zuckte dazu mit den Schultern. Eine Form der Kommunikation, die er heute bereits sehr häufig hatte anwenden müssen und die der Christine zwar seine Verwirrung und Ratlosigkeit deutlich machte, während die Frau Doktor am anderen Ende der Leitung offenbar auf eine Reaktion wartete, die auch sie wahrnehmen konnte. Wiederum musste die Christine den Gasperlmaier stoßen und dazu heftig nicken. Zur Beruhigung legte sie ihm die Hand auf den Oberschenkel. „Ja", brachte Gasperlmaier heraus, „ich hab das getan. Es war ein furchtbarer Blödsinn, Frau Doktor, ich weiß, dass jetzt ..." Wieder unterbrach sich Gasperlmaier, der sich dabei ertappte, dass er gar nicht genau wusste, was jetzt passieren würde, nur dass er ganz der Gnade der Frau Doktor ausgeliefert war. „Sagen Sie mir nur eines, Gasperlmaier – warum?" Wieder vergingen einige Sekunden, bevor sich Gasperlmaier Worte zurechtgelegt hatte. „Ich wollte, dass ... wegen dem Kirtag, dass das Bierzelt nicht zugesperrt ... wo doch für alle der Kirtag so wichtig ist, wissen Sie, Frau Doktor", jetzt war Gasperlmaier ein wenig in Fahrt gekommen. „Das ganze Jahr machen sie ein Theater wegen dem Kirtag, dass sie das Geld so dringend brauchen, und die Touristen, die kommen schon aus ganz Österreich, und da machen sie Druck, und ich hab mir gedacht, wenn jetzt wegen mir der Kirtag ausfällt, dann habe ich den Scherm auf, den sprichwörtlichen, und ..." Gasperlmaiers Energie war verpufft und aufgebraucht. Am anderen Ende der Leitung atmete die Frau Doktor tief durch. „Gasperlmaier", sagte sie nach einer kurzen Pause, „für so blöd hätte ich Sie nicht gehalten." Christine fing an zu kichern. „Gasperlmaier, sind Sie nicht allein? Wer ist denn bei Ihnen?"

„Äh, Frau Doktor, es ist nur meine Frau, die weiß eh schon alles, ich kann doch vor ihr nichts verbergen. Sie hat übrigens schon genau das Gleiche gesagt, vorhin, ich meine, das mit, dass sie mich nicht für so blöd ..." Gasperlmaier mochte den Satz nicht vollenden, zu peinlich war ihm das gemeinsame Urteil der beiden Frauen, die einander, was das Durchschauen des Gasperlmaier betraf, durchaus ähnlich zu sein schienen. Und das, dachte

Gasperlmaier bei sich, wo ihn die Frau Doktor doch erst seit heute früh, praktisch seit einem Tag erst, kannte, und die Christine schon mehr als zwanzig Jahre!

Gasperlmaier hörte die Frau Doktor durch das Telefon und die Christine direkt neben sich kichern. „Eins noch, Gasperlmaier!", die Frau Doktor war wieder ernst geworden. „Die Spurensicherung wird Faserspuren Ihrer Uniform an der Leiche des Herrn Doktor gefunden haben. Wenn Sie also bei einer eventuellen Befragung sagen, Sie hätten den Toten umdrehen wollen, weil Sie ihn zunächst für einen schlafenden Betrunkenen gehalten haben, dann erklärt das die Fasern unter seinen Achseln. Sie müssen sich aber gut überlegen, wie Sie das erklären, damit der Fundort der Fasern mit Ihrer Erklärung übereinstimmt. Probieren Sie's mit Ihrer Frau aus, vielleicht." Wieder kicherten beide Frauen, und Gasperlmaier beschlich das leise Gefühl eines Komplotts der beiden, die sich noch nie gesehen hatten, niemals direkt miteinander gesprochen hatten und trotzdem in wesentlichen Fragen wie selbstverständlich übereinstimmten. „Gute Nacht, Gasperlmaier!" Bevor der Angesprochene reagieren konnte, hatte die Frau Doktor schon aufgelegt. Ratlos hielt Gasperlmaier das Handy noch einige Sekunden an sein Ohr, bevor er begriff, was geschehen war, und es auf den Tisch legte.

„Schau, Schau, Gasperlmaier, da hast du ja noch einmal Glück gehabt. Die Frau Doktor hat anscheinend einen Narren an dir gefressen. Pass du nur auf, dass du ihr nicht bald aus der Hand frisst!"

Ein wenig war Gasperlmaier erleichtert, und er hatte ein Gefühl, als gelänge es ihm langsam, den tonnenschweren Schutt, der auf ihn heruntergeregnet war, ein wenig zu bewegen, ein paar Trümmer beiseitezuschieben und wieder das Tageslicht zu sehen. Dennoch blieben noch schwere Brocken auf seinem Herzen liegen.

„Was wird denn passieren, wenn ich morgen auf den Posten gehe? Wegen dem Film im Fernsehen, meine ich." Die Christine beruhigte ihn. „Die Leute vergessen schnell. Ein paar blöde Bemerkungen halt, und in der Faschingssitzung nächstes Jahr wirst du wohl vorkommen, da hilft dir nichts." Missmutig dachte Gasperlmaier daran, wie man ihn und den Kahlß Friedrich genüsslich durch den Kakao ziehen würde, die Polizisten, die gemütlich vor dem Bierzelt jausneten und Bier tranken, während sie einen Doppelmord hätten aufklären sollen. Dabei, zu diesem Zeitpunkt, erinnerte sich Gasperlmaier, war ja von einem Doppelmord noch gar nicht die Rede gewesen, weil die Frau Naglreiter ja noch friedlich und unentdeckt im Altausseer See umhergetrieben war, anstatt dass sie, wie man das von einer anständigen Wasserleiche hätte erwarten dürfen, sang- und klanglos untergegangen war.

In dem Moment läutete es an der Tür. Wer konnte jetzt noch was von ihm wollen? Einer seiner Freunde, der ihn überreden wollte, noch mit ins Bierzelt zu gehen? Ein vom Fernsehen aufgestachelter Amokläufer, der sich dafür rächen wollte, dass die Polizei den Mörder des Doktor Naglreiter noch nicht dingfest gemacht hatte? Die Christine ging aufmachen, während der Gasperlmaier auf dem Sofa sitzen blieb.

„Ja, grüß dich, Friedrich!", hörte Gasperlmaier die Stimme der Christine aus dem Vorhaus. „Was treibt dich denn noch zu uns herauf?" Gasperlmaier hörte den Friedrich nur schnaufen und grunzen, da stand er auch schon im Türstock. „Gasperlmaier", schnaufte er, „wir haben ein Problem." Ächzend ließ sich er sich auf den Polstersessel fallen, der Gasperlmaier gegenüber stand. „Magst einen Schnaps, Friedrich?", fragte die Christine, „schaust aus, als könntest einen brauchen!"

Der Friedrich nickte. Die Christine holte den Obstler, den ihr Vater selber brannte, aus dem Wohnzimmerschrank, brachte drei Stamperl mit und schenkte den beiden Männern großzügig einen doppelten, sich selber einen einfachen ein. Bevor der Friedrich noch anfing zu erklären, was das Problem denn sei, stürzte er den Schnaps hinunter, worauf sich sein heftiges Schnaufen ein wenig beruhigte. Gasperlmaier hatte seinen nur zur Hälfte geleert, die Christine hatte nur genippt.

„Ich hab grad einen Anruf gekriegt. Vom Bezirkspostenkommandanten. Von dem Herrn Magister, aus Liezen. Der hat mich zusammengeschissen wegen dem Fernsehen. Wo wir vor dem Bierzelt ... ein Bier getrunken haben ... in der Mittagspause." So wenig Atem hatte der Kahlß Friedrich, dass er nach jedem seiner kurzen Sätze eine Pause einlegen musste. „Und der hat", fuhr der Friedrich fort, „einen Anschiss bekommen ... vom Landespolizeikommandanten, sagt er. Und der sagt ... der Herr Magister, mein ich ... dass sogar jemand aus dem Innenministerium!" Jetzt schwieg der Kahlß Friedrich und schob der Christine das Stamperl hin. Sie stand wortlos auf und füllte nach, der Friedrich stürzte auch den zweiten Obstler in einem Zug hinunter. „Auf jeden Fall, wir haben Erklärungsbedarf ... sagt der Herr Magister ... in Liezen." Damit ließ er sich ein wenig zurücksinken. Gasperlmaier hatte keine klare Vorstellung davon, was sie beide jetzt hatten. Was genau war ein Erklärungsbedarf und wer sollte wem was erklären? Der Kahlß Friedrich aber hob sofort an, dem Gasperlmaier den Erklärungsbedarf zu erklären, indem er eine seiner riesigen Pranken durch die Luft im Gasperlmaier'schen Wohnzimmer sausen ließ. „Der Herr Magister will genau wissen ... was wir ... und warum wir dort beim Bierzelt ... und dass wir während dem Dienst keinen Alkohol ... und wenn das noch einmal passiert ... und wir müssen einen Bericht." So ungefähr konnte sich der Gasperlmaier nun vorstellen, was der Friedrich und der Herr Magister unter diesem

Erklärungsbedarf verstanden. Eigentlich war er recht beruhigt, dass dienstrechtlich bei der ganzen Geschichte nicht mehr als ein Erklärungsbedarf herausgekommen war.

„Sehr geschickt war das von euch freilich nicht", mischte sich die Christine ein. „Ihr hättet wissen müssen, dass man einen Mordfall nicht wie einen Mopeddiebstahl behandeln kann und so weitermacht wie üblich. Ihr hättet ja auch in der Wachstube jausnen können, wenn schon klar ist, dass ein Fall vorliegt, der die Medien interessiert." Die beiden Männer schwiegen verlegen und versuchten den Blicken der Christine auszuweichen. „Ja, du hast leicht reden!", meinte Gasperlmaier dann, „die Frau Doktor hat mich ja förmlich hingeschleift zum Bierzelt, und dass die überhaupt haben aufmachen dürfen, das hat ja die Frau Doktor veranlasst!"

„Dass sie euch in der Öffentlichkeit hat Bier trinken lassen, nach diesem Vorfall, das finde ich auch von ihr nicht gescheit. Anscheinend hat sie auch nicht mit so promptem Medieninteresse gerechnet." Die Christine legte den Finger an den Mund, als müsse sie über etwas nachdenken. „Möglicherweise stammt das Bildmaterial über euch gar nicht von jemandem, der wegen des Mordes angereist ist, sondern von irgendeinem Lokalsender, der sowieso dauernd jemanden auf dem Kirtag herumstehen hat." Gasperlmaiers Zorn auf die Medien begann sich zu vertiefen und zu konzentrieren, musste er doch gerade in diesem Moment wieder daran denken, wie ihm schon gestern, als die Welt noch in Ordnung gewesen war, ein lästiges Kamerateam aufgefallen war, das sich in der Nähe des Pissoirs herumgetrieben und am Ende sogar Benutzer desselben gefilmt hatte.

„Das ist jetzt auch schon wurscht." Mit einem ärgerlichen Wedeln seiner Handfläche versuchte der Kahlß Friedrich nun wieder die Aufmerksamkeit auf sich zu lenken. „Es darf nichts mehr passieren, Gasperlmaier, wir dürfen keinen Fehler mehr machen."

Gasperlmaiers Gedanken waren abgeschweift. Hoffentlich hatte niemand auf den Auslöser gedrückt, als er in der Plätte praktisch mit dem Gesicht auf dem Hintern der Frau Doktor Kohlross zu liegen gekommen war. Oder als er am Ufer ungeschickt ins knöcheltiefe Wasser gepatscht war. Was für Peinlichkeiten mochten noch auf Film oder Magnetband gebannt worden sein? Gasperlmaier wollte es sich gar nicht ausmalen.

Der Kahlß Friedrich machte Anstalten, sich zu erheben. „Wart noch einen Moment, Friedrich!", hielt ihn Gasperlmaier zurück. Recht schwer war der Friedrich nicht zu überreden, denn er ließ sich, kaum dass er seinen Hintern ein klein wenig aus dem Polstersessel gelupft hatte, gleich wieder hineinfallen, und in der gleichen Bewegung, so viel Koordination und Geschmeidigkeit hätte Gasperlmaier ihm gar nicht zugetraut, schob er der Christine das Stamperl wieder hin, die es, diesmal aber nur zur Hälfte, nachfüllte.

„Ich hab doch vor dem Haus von der Evi noch mit der Natalie geredet", fuhr Gasperlmaier fort. „Und da sollten wir noch einmal drüber reden, ich mein, ich glaub, ich muss dir da was sagen. Und fragen, ob wir die Frau Doktor darüber informieren müssen." Der Kahlß Friedrich warf einen skeptischen Blick auf die Christine, dann auf Gasperlmaier, der ihn richtig deutete. „Die Christine hat gute Ideen. Und sie ist auch kein Tratschweib. Vielleicht kann sie uns helfen." Der Friedrich nickte ergeben, sinnierend sein leeres Stamperl vor die Augen haltend.

Und dann erzählte Gasperlmaier alles, was er aus der Natalie herausgeholt hatte: dass es der alte wie der junge Naglreiter auf sie abgesehen gehabt hatten, dass sie im Naglreiter'schen Haus schwimmen gewesen war, und dass sie glaubte, der Stefan Naglreiter liebe sie und werde sie mit nach Wien nehmen, sobald sie achtzehn sei. Und dass er, Gasperlmaier, vermute, die Natalie habe ein Verhältnis mit dem Stefan Naglreiter.

Die Christine starrte den Gasperlmaier ungläubig an. „Weißt du, ich kann mir nicht vorstellen, dass es hier in Altaussee nicht auffällt, wenn zwei miteinander gehen. Die werden doch dann und wann wo gesehen, und jeder erzählt das doch weiter, die Freunde der beiden, die müssen doch was gewusst haben. Unsere Kinder müssten was gewusst haben."

Der Friedrich grunzte zustimmend. „Ich glaub's auch nicht, Gasperlmaier. Die hat sich da was zusammengesponnen, du hast es ja selber gesehen, wie sie sich aufführt. Der kommen ihre Traumwelt und die Wirklichkeit momentan durcheinander. Aber dass der alte Naglreiter auf ihr hübsches Arscherl aufmerksam geworden ist, das kann ich mir gut vorstellen. Der ist ja als geiler Bock verschrien im ganzen Ort." Die Christine bedachte den Friedrich mit einem strafenden Blick, und der verstand sofort, dass er seiner derben Ausdrucksweise galt. „Entschuldigung, das ist mir so rausgerutscht." Die Christine behielt ihren strengen Blick bei. „Nur das, was auch drinnen ist, kann herausrutschen, lieber Friedrich!", fügte sie in vorwurfsvollem Ton hinzu. Wie oft hatten er und die Kinder diesen Spruch schon zu hören bekommen, dachte Gasperlmaier bei sich.

„Gasperlmaier, da hat dir deine Fantasie einen Streich gespielt", meinte die Christine. „Selbst wenn die Natalie von einer Beziehung mit dem Naglreiter Stefan träumt, selbst wenn er sie verführt und ausgenutzt hat, ist es doch nicht sehr wahrscheinlich, dass sie irgendwas mit der Mordgeschichte zu tun hat. Wie käme sie denn dazu, die Frau Naglreiter in den See zu schmeißen, zum Beispiel, nachdem sie sie erschlagen hat? Und warum hätte sie das tun sollen?"

Gasperlmaier war entsetzt über Christines Gedankengänge. So weit hatte er niemals gedacht. Ihn hatte es schon genug beschäftigt, dass die Natalie und die Evi irgendwie in diese fatale Sache verwickelt waren. Sich präzise Gedanken dazu zu machen, hatte er noch keine Gelegenheit gefunden.

10

Was für ein wunderschöner Morgen, dachte Gasperlmaier, als er am Ufer des Altausseer Sees stand und über den See hinweg zum Dachstein blickte, der aus seinem rasch schwindenden Gletscher den Gipfel in den blitzblauen Himmel emporreckte. Die Seewiese breitete sich vor ihm aus, mit den verstreuten Felsblöcken, die vor Jahrtausenden vom Loser oder der Trisselwand heruntergepoltert sein mochten und diesen Platz zu einem der schönsten machten, die Gasperlmaier kannte. Wie schön, dachte Gasperlmaier, könnte so ein Morgenspaziergang an so einem Tag sein, wenn man sich aus dem Haus machte, solange alle noch schliefen, auf den Weg um den See einböge, während noch kein Geräusch außer dem Zwitschern der Vögel zu hören wäre, vielleicht auf dem Weg um den See dem einen oder anderen Fischer begegnete, der bis zu den Oberschenkeln im Wasser stünde und in weit ausholendem Schwung seine Angel auswürfe und zappelnde Saiblinge und Forellen an Land zöge, die schon zu Mittag gebraten und gegessen wären. Wenn man am Ende gar seine Kleider von sich würfe, da einen ja niemand sähe, und eine Runde im eiskalten, frischen Wasser des Sees schwämme, dann wäre so ein Morgen göttlich. Freilich, dachte Gasperlmaier, freiwillig würde er das kaum jemals erleben, denn ohne Zwang gelang es ihm nur äußerst selten, aus dem Bett zu finden, bevor die Welt um ihn herum Atem geholt hatte und in Tritt gekommen war. Und erheblich getrübt wurde der Morgen von der Leiche, die unter einer Plane unweit des Jagdhauses Seewiese ihren hoffentlich ewigen Frieden gefunden hatte.

Vor einer Stunde, um fünf Uhr in der Früh, war er von seinem Handy aus dem Schlaf geschreckt worden. „Auf, Gasperlmaier, in fünf Minuten sind Sie vor der Tür, wir holen Sie ab!", hatte die Frau Doktor Kohlross ihm ins Ohr gebrüllt, und schlaftrunken war er in seine Uniform gefahren, hatte missmutig seine in alle Richtungen stehenden Haare zu bändigen versucht, beim Schuhanziehen ein Schuhband abgerissen, geflucht, ein Glas Wasser getrunken, und schon war er im Streifenwagen gesessen, den der Kahlß Friedrich lenkte, während die Frau Doktor Kohlross auf dem Beifahrersitz Platz genommen hatte. „Geben S' Gas, Herr Kahlß!", stachelte die Frau Doktor den Friedrich an, und der trieb den Opel mit heulender Sirene durch den Ort, dass dem Gasperlmaier Hören und Sehen verging und er sich beeilte, sich anzuschnallen. „Wir haben schon wieder einen Toten!", informierte ihn die Frau Doktor Kohlross mit ganz flacher, kraftloser Stimme, so, als hätte sie alle Hoffnung fahren lassen, der Ausrottung der Altausseer Bevölkerung Einhalt gebieten zu können. Das Anschnallen hätte sich Gasperlmaier allerdings sparen können, denn kaum hatte er den Gurt ins Schloss gebracht, war die Fahrt auch schon zu Ende. „Am schnellsten geht's mit dem Boot!" Etwas zu hastig lenkte der Friedrich das Fahrzeug die steile Zufahrt zur Bootsanlegestelle beim Seehotel hinunter, und Gasperlmaier fürchtete schon, die Fahrt würde nicht am, sondern im See enden. Die Frau Doktor kreischte auf, doch der Friedrich brachte den Wagen gerade noch zum Stehen, während die Feuerwehrleute, die an der Plätte warteten, bereits zur Seite spritzten, um nicht überfahren zu werden.

Auf der Bootsfahrt fror der Gasperlmaier erbärmlich, denn es war zu dieser frühen Stunde noch bitterkalt, und er hatte lediglich ein Hemd an, das schon ein wenig roch, und die Uniformjacke. Woher die Frau Doktor Zeit genommen hatte, eine Wanderjacke aufzutreiben und überzuziehen, war dem Gasperlmaier schleierhaft. Interessiert betrachtete er ihre gegenüber gestern auch sonst veränderte Erscheinung. Außer der roten Wanderjacke, die sie bis oben zugezippt hatte, sodass Gasperlmaier ein Blick auf darunter liegende Kleidungsstücke verwehrt blieb, trug sie Jeans und halbhohe Sportschuhe. „Beim Jagdhaus Seewiese ist eine männliche Leiche gefunden worden. Kopfverletzung. Mehr wissen wir noch nicht. Ob es ein Unfall war oder ..." Offenbar, dachte Gasperlmaier, mochte sie das Wort, das ihr auf der Zunge lag, gar nicht aussprechen. Keine Spuren, keine Verdächtigen, aber ein dritter Mord? Furchtbar wäre das für ihre Ermittlungen.

Der Bootsführer ließ die Plätte sanft auf die Uferböschung gleiten. Gasperlmaier erinnerte sich daran, dass er der Frau Doktor keinesfalls beim Aussteigen behilflich sein durfte und dass er darauf zu achten hatte, nicht selbst ins Wasser zu steigen. Heute, bei dieser morgendlichen Kälte, wäre ein wassergefüllter Schuh bedeutend unangenehmer gewesen als gestern in der nachmittäglichen Hitze. Außerdem hatte die Frau Doktor heute ohnehin passendes Schuhwerk an. Fast konnte er ihr nicht folgen, als sie im Laufschritt auf die Gruppe in weißen Overalls zueilte. Mittlerweile war Gasperlmaier der Anblick der Tatortspezialisten vertraut, die am Auffindungsort einer Leiche, wenn sie nicht gerade die eines friedlich im Krankenhaus Verschiedenen war, jedes Dreckwuzerl einsammelten, um es zu untersuchen und den Täter dingfest zu machen. Bei der Leiche der Frau Naglreiter, natürlich, hatten sie das nicht gekonnt. Da wären ja auch, schwimmend, kaum irgendwelche Spuren des Täters zu sichern gewesen.

Als sie die Gruppe erreichten, nahm Gasperlmaier eine silbrig glänzende Plane wahr, die offenbar die Leiche zudeckte. Um sie herum kratzte einer der Weißgekleideten mit einem löffelartigen Instrument auf dem Boden herum, während ein anderer damit beschäftigt war, eine weiße Masse auf dem Boden zu verstreichen. „Ein Schuhabdruck?", fragte die Frau Doktor. Der Spachtler nickte. „Machen Sie sich aber nicht allzu viele Hoffnungen. Das ist ein Wanderweg. Es gibt viel zu viele Abdrücke von viel zu vielen Schuhen. Wir nehmen nur die in unmittelbarer Nähe des Fundorts und die, bei denen wir annehmen, dass der Träger der Schuhe den Abdruck im Stehen hinterlassen hat." Gasperlmaier fragte sich, warum dieses Kriterium eine Rolle spielen sollte. Schließlich konnte man jemanden genauso gut im Vorbeigehen erschlagen. Oder viel wahrscheinlicher blieb man in der Regel doch stehen, wenn man vorhatte, jemanden aus dem Diesseits zu entfernen, korrigierte er sich selbst.

Die Frau Doktor Kohlross schritt auf die Plane zu und hob sie an. Zunächst kamen nur Haferlschuhe und grüne Stutzen zum Vorschein, denn die Frau Doktor hatte das Fußende der Leiche erwischt. Sehr hilfreich, dachte Gasperlmaier, war das für die Identifizierung des Toten nicht, denn die zur Lederhose getragenen Schuhe und Stutzen waren vor allem in diesen Tagen mehr eine Uniform als ein Merkmal, das einen unter vielen hervortreten ließ. Die Frau Doktor ließ das angehobene Ende wieder sinken, ging auf die andere Seite und lupfte die Plane dort. Gasperlmaier merkte, wie sie förmlich erstarrte. Sekundenlang sah sie unter die Plane auf etwas, das Gasperlmaier selbst nicht sehen konnte, da er in der Nähe des Fußendes stehen geblieben war. Auf nüchternen Magen hatte er keine besondere Lust zur Leichenbesichtigung, wie ihm überhaupt der Umgang mit kürzlich Verstorbenen bereits zum Hals herauszuhängen begann.

Die Frau Doktor ließ die Plane sinken und starrte Gasperlmaier und dem Kahlß Friedrich, der jetzt erst, seiner Atemnot wegen, bei ihnen angelangt war, ins Gesicht. Sehr blass war sie geworden, die Frau Doktor, aber das, dachte Gasperlmaier, machte sie auf keinen Fall weniger attraktiv.

„Der Stefan Naglreiter!", hauchte die Frau Doktor mehr, als dass sie es sagte. Nun war es an Gasperlmaier zu erstarren. Immerhin hatte er gestern noch mit ihm gesprochen. Und es war das erste Mal in seinem Leben, dass da einer tot vor ihm lag, der ihm am Vortag noch quicklebendig gegenübergestanden war.

„Ich brauch jetzt eine Zigarette!", sagte die Frau Doktor Kohlross, ging zum Jagdhaus hinüber und rutschte kraftlos mit dem Rücken an der Wand hinunter. Ihre verschränkten Arme ließ sie auf die angezogenen Beine sinken, darauf fiel der Kopf. Gasperlmaier war sich unsicher, ob er zuerst der sichtlich fassungslosen Frau Doktor beistehen oder sich die Leiche ansehen sollte. Das Pflichtgefühl siegte nach kurzem innerlichem Geplänkel, schließlich musste er sich auch selbst davon überzeugen, dass unter der Plane der Leichnam des Stefan Naglreiter lag. Entschlossen schritt Gasperlmaier zu jenem Zipfel der Plane, den die Frau Doktor angehoben hatte, viel weniger entschlossen fasste er nach ihm, und noch viel weniger entschlossen lupfte er die Folie nur zentimeterweise. „Was tust denn so herum!" Der Kahlß Friedrich war neben ihn getreten, riss ihm den Folienzipfel aus der Hand und schlug die Plane zurück, sodass der Kopf, die rechte Schulter und ein Teil der Brust des Toten zu sehen waren. Ohne Zweifel war es der Stefan Naglreiter. Leere Augen starrten den Gasperlmaier direkt an, der zunächst die seinen schloss und dann eine Hand vor das Gesicht hielt, weil er dem Blick des Toten nicht standzuhalten vermochte. Kurz überkam ihn Übelkeit, doch dann siegte die Neugier. Schlimm sah der Stefan aus. Aus den Nasenlöchern war Blut gedrungen, und vertrocknete Rinnsale von Blut zogen sich von der Oberlippe über die rechte Wange hinunter. Auch aus dem Mund hatte der

Tote geblutet, vor allem sein rechter Mundwinkel war blutverschmiert, ein Klumpen offenbar geronnenen Blutes klebte dort. Wo das rechte Ohr des Toten gewesen war, konnte Gasperlmaier lediglich eine blutige Masse gequetschten Fleisches wahrnehmen. Nun wurde ihm regelrecht übel, rasch drehte er sich um, entfernte sich von der Leiche zum Waldrand hin und versuchte mit aller Macht einen Würgreflex zu unterdrücken, der ihn mit einem Mal im Griff hatte. Nach ein paar keuchenden Atemzügen gelang es ihm, an einen Baum gelehnt, sich ein wenig zu fangen und tief durchzuatmen. Gasperlmaier drehte sich um und sah den Kahlß Friedrich immer noch ungerührt neben dem Toten stehen, während die Frau Doktor den Kopf wieder gehoben hatte und eine brennende Zigarette zwischen den Fingern hielt. Gasperlmaier machte sich auf den Weg zu ihr hinüber, und als er neben der Frau Doktor im Schatten der Hütte angekommen war, hockte er sich ebenfalls hin, weil es ihm unangenehm war, so über der Frau Doktor zu stehen und auf sie hinabzustarren.

Die Frau Doktor nahm einen tiefen Zug aus ihrer Zigarette und ließ den Rauch langsam durch die Nasenlöcher entweichen. „Ich hab gar nicht gewusst, dass Sie rauchen", sagte Gasperlmaier in seine Hilflosigkeit hinein und schalt sich gleichzeitig einen Esel, dass ihm nichts Vernünftigeres eingefallen war. „Kommen Sie, Gasperlmaier." Die Frau Doktor sprang auf und machte sich auf den Weg zum See hinunter, blieb dann aber mitten auf der Wiese stehen. Bevor sie zu sprechen begann – das war der Moment, in dem ihm seine Gedanken darüber durch den Kopf gingen, wie schön so ein Morgen am See eigentlich hätte sein können.

„Ich denk jetzt an die Judith Naglreiter", begann die Frau Doktor. „Und daran, dass sie innerhalb so kurzer Zeit ihre Eltern und ihren Bruder verloren hat. Und dass, wie es ausschaut, alle drei Opfer von Gewaltverbrechen geworden sind. Wer will die Naglreiters ausrotten? Gasperlmaier?" Gasperlmaier konnte nur mit den Schultern zucken und ratlos auf die spiegelglatte Fläche des Sees hinausstarren, in der sich malerisch die Gipfel des Dachsteins spiegelten. „Unvorstellbar", sagte die Frau Doktor, zog noch einmal an ihrer Zigarette und warf sie dann zu Boden, wo der Rest vor sich hin glomm und ein wenig Rauch nach Osten zu über die Wiese zog. Gasperlmaier starrte gedankenverloren auf den Zigarettenrest und dachte nur, dass es nicht nett von der Frau Doktor war, ihren unverrottbaren Stummel auf der Seewiese zurückzulassen.

„Und vor allem denke ich daran, dass ich es jetzt mit der dritten Leiche innerhalb von vierundzwanzig Stunden zu tun bekommen habe, dass ich keine klaren Spuren, keine Hinweise, keine irgendwie sinnvollen Zeugenaussagen habe, dass ich gar nichts habe, und dass ich mich überfordert fühle." Gasperlmaier hätte sich nicht gedacht, dass die Frau Doktor Kohlross ihm gegenüber so etwas zugeben würde. Er war sich eigentlich sicher gewesen, dass sie genau wusste, was zu tun war, es anpackte und erledigte. Gasperlmaier hielt den Mund, denn er wusste aus Erfahrung, dass es keine gute Idee war, Frauen, die gerade ihre Selbstzweifel an die Oberfläche hatten kommen lassen, mit sachlich logischen und infolgedessen klugen Ratschlägen zu kommen. Vor allem, dachte Gasperlmaier bei sich, bin ich ja praktisch nur der abkommandierte Fremdenführer, das Denken, dafür war die Frau Doktor schon selber zuständig. Obwohl es ihm durchaus gefallen hätte, jetzt in dieser Situation ein wenig weiter als sie denken zu können und ihr aus dem Schlamassel, den sie offenbar vor sich sah, heraushelfen zu können. Gasperlmaier erinnerte sich an den gestrigen Abend, als er das Gefühl gehabt hatte, ein einstürzendes

Haus sei quasi auf ihn heruntergedonnert, und dass er hilflos in den Trümmern gefangen sei, ohne sich rühren zu können. So ähnlich mochte es der Frau Doktor jetzt gehen. „So ähnlich ist es mir gestern Abend auch gegangen", sagte Gasperlmaier, ohne dass er es geplant hatte. Er war selbst gänzlich überrascht, dass der Satz seinem Mund entkommen war. Die Frau Doktor wandte sich ihm zu und lächelte ein leises, fast verschwindend kleines Lächeln. „Danke", sagte sie. Und Gasperlmaier hatte plötzlich das Gefühl, dass es ihm gelungen war, eine Frau einmal ein wenig zu verstehen.

„Wer, Gasperlmaier, glauben Sie, könnte dem Stefan Naglreiter hier hinten einen Stein über den Schädel gezogen und ihn dann liegen gelassen haben?" Die Frau Doktor sprach zwar Gasperlmaier an, ihre Blicke blieben aber irgendwo im Spiegelbild des Dachsteins gefangen. Gasperlmaier versuchte seine Gedanken zu ordnen, im Bemühen, eine einigermaßen sinnvolle Antwort zustande zu bringen, als ein Uniformierter, den Gasperlmaier nicht kannte, von hinten an sie herantrat. „Entschuldigung, Frau Doktor." Die Angesprochene und Gasperlmaier drehten sich erschreckt um, fast wie ein Pärchen, dachte Gasperlmaier, das bei einem intimen Stelldichein von einem Fremden überrascht wurde. Wie kam er bloß auf solche Gedanken? Von Intimität konnte doch beim Gespräch über serienweise anfallende Leichen wirklich nicht die Rede sein. „Da ist noch der Jogger, der die Leiche gefunden hat. Wollen Sie nicht mit ihm reden? Er wartet schon so lang." Die Frau Doktor Kohlross nickte und der Uniformierte führte sie auf die Veranda des Jagdhauses, wo ein dürrer, graubärtiger Mann saß, eine Decke um die Schultern geschlagen.

„Kohlross, Bezirkspolizeikommando." Die Frau Doktor streckte dem Läufer die Hand hin, der die seine erst umständlich aus der Decke befreien musste. „Eine Stunde haben Sie mich warten lassen!", fuhr er die Frau Doktor griesgrämig an. Gasperlmaier kannte solche Typen. Morgens Training, abends Training, nichts als den nächsten Marathon hatten sie im Kopf, und wenn irgendein unvorhergesehener Vorfall einen Trainingslauf unterbrach, dachten sie zu allererst daran, die Daten des bisher gelaufenen Programms zu sichern und zu überlegen, wie die verlorene Trainingszeit wieder eingebracht werden konnte. Gasperlmaier meinte den Mann schon gesehen zu haben. Wunder wäre es keines gewesen, Menschen seines Schlages waren ja fast zu jeder Zeit und überall auf Güterwegen, Forststraßen und Radwegen unterwegs. Jedenfalls sprach er leicht lokal gefärbten Dialekt, wie Gasperlmaier bereits anhand des ersten Satzes feststellen konnte.

„Sie waren joggen, als Sie den Toten gefunden haben?" Da war die Frau Doktor leider in ein Fettnäpfchen getreten. „Joggen!", schnaubte der Eingehüllte. „Liebe Frau, ich jogge nicht. Ich laufe. Das ist ein gewaltiger Unterschied. Ich laufe viertausend Kilometer im Jahr. Marathon-Bestzeit unter drei Stunden. Joggen!", höhnte er noch einmal, schüttelte den Kopf, von dem unter einem hellblauen Stirnband verschwitzte Haare in alle Richtungen abstanden wie die Dornen der Krone des Jesus aus der Kirche, an den sich Gasperlmaier so gut erinnerte, weil er als Kind beim Kreuzwegbeten so oft daran vorbeigegangen war. Streng getrennt nach Geschlechtern waren die Buben und Mädchen während der Karwoche durch den Kreuzweg getrieben worden, ohne dass sich Gasperlmaier im Detail daran erinnern konnte, ob man ihn dazu gezwungen hatte oder ob er in Anfällen religiöser Raserei freiwillig an dieser Prozedur teilgenommen hatte.

„Sie haben also die Leiche gefunden?", versuchte die Frau Doktor einen neuen Anfang. Der Mann nickte.

Seine Antwort ließ wiederum auf sich warten, weil der Wirt des Jagdhauses ihm einen Tee hinstellte. „Geht aufs Haus!"

„Servus Paul", sagte Gasperlmaier zum Wirt, den er seit langem kannte. Der Paul betrieb nicht nur das Jagdhaus auf der Seewiese, er hatte auch eine Hütte im Skigebiet auf dem Sandling und konnte daher Sommer- wie Wintersaison nutzen. Was er auch nie zu betonen vergaß. „Warum bist du denn heute schon so bald heraußen?", wollte Gasperlmaier wissen. „Ja, Gasperlmaier!" Der Paul ließ krachend seine Hand auf dessen Schulter niedersausen. „Du bist kein Geschäftsmann, gell? Schau dich um!" Und mit weit ausladender Geste wies der Paul auf die vielen Leute, die sich im Blickfeld der Veranda geschäftig machten, um herauszufinden, wie und durch wessen Hand der Stefan Naglreiter gestorben war. „Mir ist es egal, warum die Leute kommen. Getrunken und gegessen wird immer!" Der Paul lachte, als sei der Mord für ihn ein besonderer Glücksfall. „Darf's für Sie auch was sein, Frau Doktor?" Charmant kniff der Paul ein Auge zu, als er sich der Frau Doktor Kohlross zuwandte. „Wenn S' für mich auch einen Tee haben?" Ein wenig schien sie irritiert wegen der Unterbrechung durch das Auftauchen des Paul, das das Gespräch mit dem Marathonläufer verzögerte.

Im dritten Anlauf fragte die Frau Doktor nun den Tee schlürfenden Sportler: „Beschreiben Sie bitte genau, was Sie gesehen haben." Der Angesprochene war allerdings schlecht gelaunt und dementsprechend unwirsch, wie Leute, die eine Stunde warten müssen und dann der Polizei Auskunft zu erteilen haben, es häufig sind, dachte Gasperlmaier bei sich. „Deswegen haben Sie mich eine Stunde warten lassen? Er ist genau so dagelegen, wie er jetzt noch daliegt. Und ich hab ihm den Puls gefühlt und überprüft, ob er atmet. Doch da war keine Reaktion."

„Kennen Sie den Toten?" Offenbar war dem Läufer jetzt warm geworden, denn er warf die Decke von sich und reckte beide dürren Arme, die in einem teils blitzblauen, teils neongelben Trikot steckten, gegen den Himmel. „Natürlich! Deswegen hab ich mich ja so erschrocken! Ich bin der Nachbar!" Gasperlmaier war überrascht. Er hatte gedacht, er kannte alle Altausseer, und demzufolge angenommen, der Mann sei wohl aus Bad Aussee. Dass er ein Altausseer war, damit hatte er keinesfalls gerechnet. Wahrscheinlich war er doch ein Zugezogener.

„Was haben Sie denn danach gemacht?" Die Frau Doktor Kohlross hatte ihr Notizbuch gezückt und den im Buchrücken verborgenen Stift herausgezogen. Sie schlug die Beine übereinander und legte das Buch auf ihren Oberschenkel. „Ich bin ein Stückerl weitergelaufen, so lang, bis ich Empfang auf meinem Handy gehabt hab. Man soll's ja nicht glauben, aber hier hinten kannst ja nicht einmal telefonieren!"

Gasperlmaier hörte Motorengeräusch und wandte sich zum See um. Das Linienschiff war – ganz außerhalb der üblichen Fahrzeiten – gerade angekommen, und einige Leute hasteten über den Landungssteg auf das Jagdhaus zu. Auch die Frau Doktor wandte sich um und stöhnte: „Presse! Die haben uns jetzt gefehlt!" Gasperlmaier konnte einen Mann mit einer Kamera ausmachen, zwei Frauen, eine blonde und eine dunkelhaarige, rahmten ihn sozusagen ein. Der Paul kam mit dem Tee für die Frau Doktor. „Magst ein Bier, Gasperlmaier?", fragte er, und Gasperlmaier war schon im Begriff, gewohnheitsmäßig wortlos zu nicken, als die Frau Doktor leise „Gasperlmaier!" zischte, und als er sich ihr zuwandte, deutete sie mit dem Finger verstohlen auf die herannahenden Presseleute. Gasperlmaier sprang wie von der Pistole geschossen von der Bank auf, eingedenk der gestrigen Katastrophe vor dem Bierzelt, die er abends im Fernsehen hatte noch einmal miterleben müssen. „Schauen S', dass uns die da unten in Ruhe lassen!", wies ihn die Frau Doktor an. Gasperlmaier stieg die wenigen Stufen von der Veranda hinunter auf die Wiese.

Als er sah, dass die beiden Frauen und der Kameramann geradewegs auf die Absperrbänder zuhielten, die den Fundort der Leiche absperrten, versuchte er ihnen den Weg abzuschneiden. Beide Arme weit ausgebreitet, hastete er den dreien entgegen. Der Mann hatte schon die Kamera auf die Schulter und das Okular ans Auge gesetzt. Die Aussicht, sich womöglich ein weiteres Mal, diesmal mit wedelnden Armen, im Fernsehen blamieren zu dürfen, hemmte den Tatendrang Gasperlmaiers und er ließ die Arme sinken. „Bitte bleiben Sie hinter den Absperrbändern. Filmen und fotografieren verboten. Zu sehen gibt es eh nicht viel!" Die drei blieben stehen, der Kameramann filmte weiter. Die blonde Frau hielt ein plüschiges Mikrofon in der Hand. „Können Sie uns etwas zu dem Vorfall von heute früh sagen? Ist jemand ermordet worden?" Schon hatte Gasperlmaier das Mikro vor seiner Nase tanzen. Heftig gestikulierend wehrte er ab. „Ich ... wir ... es gibt gar nichts zu sagen ... wir ... ich gebe keinen Kommentar ab!" Die Blonde zeigte sich unbeeindruckt. „Was sagt die Polizei dazu, dass innerhalb von vierundzwanzig Stunden drei Menschen in Altaussee ermordet worden sind?" Gasperlmaier wurde schlagartig klar, dass er auf dem besten Weg in ein weiteres Schlamassel war. Sagte er nichts oder redete er Unsinn, würde er heute Abend wieder im Fernsehen als Idiot vorgeführt werden. Gab er Informationen weiter, bekam er es mit seinen Vorgesetzten zu tun. Für langes Überlegen, andererseits, ließ ihm die Blonde keine Zeit. „Heißt das, dass Sie gar nichts wissen, wenn Sie nichts sagen?" Ein leicht hämisches Lächeln und ein kurzer Blick zum Kameramann ließen Gasperlmaier Fürchterliches ahnen. „Ich sag Ihnen jetzt einmal was." Gasperlmaier holte Atem, und allein die kleine Pause genügte der Blonden, um dazwischenzufunken. „Da sind wir aber gespannt." Gasperlmaier atmete aus. „Ich bin nicht befugt, Ihnen irgendwelche Informationen zu geben. Das ist nicht meine Aufgabe. Und ich möchte nicht ins Fernsehen." Gasperlmaier fand, dass er seine Sache gut gemacht hatte. Der Kameramann schwenkte hinüber zu der Plane, unter der sich die Leiche des Stefan Naglreiter befand. Viel, dachte Gasperlmaier, würde das Fernsehen über das Verbrechen nicht zeigen können. Eine Plane neben einer Hüttenwand.

„Du, Iris!", sprach die Dunkelhaarige jetzt die Blonde an und fing in ihrer weitläufigen Handtasche zu kramen an. Sehr auffällig geschminkt war sie, fiel dem Gasperlmaier auf, blutrote Lippen, sehr viel lila Lidschatten und schwarze Ringe um die Augen. Und ein bisschen auffällig angezogen war sie auch, alles schwarz, aber mit vielen Krägelchen, Schleifchen, Pelzchen und so allerhand Krimskrams an der Kleidung dran. Aber trotzdem sehr attraktiv, dachte Gasperlmaier. „Wir haben doch... der ist doch... genau!" Gasperlmaier verstand nur Bahnhof. Plötzlich hielt die Dunkelhaarige eine Ausgabe der Schillingzeitung in der Hand. „Gestatten, Maggy Schablinger vom Schilling!", grinste sie, faltete die Zeitung auseinander und hielt Gasperlmaier das Titelblatt vor die Nase. Der erblasste und meinte jetzt begriffen zu haben, was es bedeutete, wenn es hieß, ein Schlagl habe jemanden gestreift. Gasperlmaier sah ein großes Farbfoto von sich auf dem Titelbild, wie er gerade herzhaft in ein Hühnerhaxl biss, während er mit der anderen Hand seinen Bierkrug umklammerte. Über dem Bild prangte eine groß und fett gedruckte Schlagzeile: „Doppelmord am Kirtag – Polizei feiert weiter". Die Dunkelhaarige kicherte. „Haben Sie heute auch noch Lust auf ein Bier, Herr Inspektor?" Gasperlmaier wusste nicht, wie ihm geschah. Sein Kopf war erfüllt von einem heftigen Brummen und grellem Licht. Er meinte, er müsse jeden Moment kollabieren. Der Kameramann hielt sein Gerät jetzt auf die Titelseite des „Schilling" gerichtet, mit dem die Dunkelhaarige kokett posierte. Die beiden Frauen konnten sich vor Lachen kaum halten. Der Mann setzte seine Kamera ab: „Mädels, wenn ihr mich zum Lachen bringt, kann ich nicht filmen!"

Gasperlmaier vermochte der Situation nicht standzuhalten und setzte sich kommentarlos in Richtung Jagdhaus in Bewegung. „Bleiben Sie doch stehen!", rief ihm die Blonde nach. Als Gasperlmaier die Veranda fast erreicht hatte, sprang die Frau Doktor auf, kam auf die Wiese herunter und trat den dreien entgegen. „Sie wünschen?" Die Blonde hielt ihr sofort das Mikrofon unter die Nase, während Gasperlmaier die Gelegenheit wahrnahm, auf die Veranda zu retirieren.

„Können Sie sich kurz vorstellen?", fragte die Blonde.

„Doktor Kohlross, Bezirkspolizeikommando. Ich leite die Ermittlungen."

„Was sagen Sie zu den drei Morden? Gibt es schon eine Spur?"

Die Frau Doktor musste keinen Moment überlegen. „Sobald Ergebnisse vorliegen, gibt es eine Pressekonferenz. Momentan gibt es keinerlei Informationen. Ich kann Sie nicht daran hindern, Fotos zu machen oder zu filmen, wenn Sie allerdings Beamte oder Zeugen belästigen, gibt es Ärger für Sie."

Die Dunkelhaarige hielt neuerlich das Titelblatt in die Höhe. Gasperlmaier konnte erkennen, dass die Frau Doktor kurz zuckte, als sie den Aufmacher sah. Doch die Schrecksekunde war schnell vorbei. „Wenn Ihr Blatt glaubt, Beamte, die in einer kurzen Mittagspause essen und trinken, denunzieren zu müssen, wird auch das Folgen haben. Von Ihrer Zeitung bin ich aber nichts anderes gewohnt. Unsere Bereitschaft zur Zusammenarbeit wird sich deshalb, wie Sie sich sicher vorstellen können, auch in Grenzen halten."

Scharfer Blick und Augenbrauen hoch. Gasperlmaier bewunderte die Frau Doktor für ihre Gelassenheit und mehr noch für ihre Redegewandtheit. Die Dunkelhaarige ließ sich aber nicht einschüchtern. „Was glauben Sie denn, mit wem Sie es zu tun haben? Ich verkörpere die freie Presse! Wir haben ein Recht, sogar die Pflicht, über alles zu berichten! Ich lasse mir doch von Ihnen nicht vorschreiben ..." Die Frau Doktor Kohlross unterbrach sie mit so lauter Stimme, dass Gasperlmaier zusammenzuckte. „Ich schreibe Ihnen gar nichts vor! Ich habe lediglich den Tatort zu sichern, zu ermitteln und zu gegebener Zeit Informationen weiterzugeben. An die gesamte freie Presse dieses Landes. Wie die Gesetze das regeln. Auf Wiedersehen!" Sie drehte sich um und stieg die Stufen wieder hinauf. Gasperlmaier konnte es kaum glauben, aber sie hatte die Dunkelhaarige zum Schweigen gebracht.

Der Kameramann schien der Vernünftigste von den dreien zu sein. Er nahm die Reporterin des „Schilling" am Arm und hielt sie zurück, als sie Anstalten machte, der Frau Doktor zu folgen. „Maggy, reiß dich zusammen. Es bringt uns nichts, wenn die Situation eskaliert. Wir brauchen sie, und sie brauchen uns."

Die drei drehten ab. Die Frau Doktor bedeutete einem der Uniformierten, die auf der Veranda herumstanden, ihnen zu folgen. Gasperlmaier war ihr dafür unendlich dankbar.

„Was für Handlungen, Herr Podlucki, haben Sie denn im Rahmen der Streitigkeiten mit der Familie Naglreiter gesetzt?" Die Frau Doktor hatte sich wieder gesetzt und das Gespräch mit dem Läufer, der den Stefan Naglreiter gefunden hatte, wieder aufgenommen. Gasperlmaier spitzte die Ohren. Offenbar hatte er während seiner Auseinandersetzung mit den Pressefritzen Wesentliches versäumt. „Na, was glauben Sie!" Wieder warf Herr Podlucki seine dürren Arme in die Luft. Der Decke hatte er sich gänzlich entledigt, denn die ersten Sonnenstrahlen hatten die Veranda mittlerweile angenehm aufgewärmt. „Ich hab natürlich Anzeige erstattet. Mehrmals." Dabei sah er Gasperlmaier auf eine Art und Weise an, dass dieser annehmen musste, er habe in Zusammenhang mit den Anzeigen dieses Mannes schon wieder einen kapitalen Fehler gemacht. „Wissen Sie was davon, Gasperlmaier?", wandte sich die Frau Doktor diesem zu. Gasperlmaier begann fieberhaft nachzudenken, doch immer dann, wenn er das Gefühl hatte, sofort und vernünftig antworten zu müssen, stellte sich dieses lähmende Gefühl einer völligen Sprach- und Gedankenlosigkeit ein. Sein Hirn schien leer. Wenigstens fiel ihm ein, wo er den Mann schon einmal gesehen hatte: auf dem Polizeiposten. Allerdings hatte er nicht mit ihm gesprochen. Seine Anzeigen hatte wahrscheinlich der Kahlß Friedrich aufgenommen. Bevor Gasperlmaier noch zu einer Antwort ansetzen konnte, fiel ihm Herr Podlucki ins Wort: „Den da", er streckte einen seiner dürren Finger nach Gasperlmaier aus, „den kenn ich. Ich hab ihn auf dem Posten gesehen, aber die Anzeigen hab ich bei dem Dicken dort drüben erstattet." Er wies mit seiner Klaue auf den Kahlß Friedrich, der an der Absperrung stand und die Weißkittel beobachtete, die immer noch die Wiese nach verwertbaren Spuren absuchten. „Den wird übrigens bald der Schlag treffen, wenn er weiter so frisst." Die Frau Doktor hob die Augenbrauen, schwieg aber. Ein äußerst widerlicher und ungehobelter Zeitgenosse war der Herr Podlucki, dachte Gasperlmaier bei sich.

„Irgendwelche Ergebnisse, Ihre Anzeigen betreffend?", fragte die Frau Doktor und hatte damit dem Dürren ein Stichwort gegeben, das er sich nicht entgehen lassen konnte. „Die Polizei tut doch nichts! Da können Sie anrufen, bis Sie schwarz werden, da können Sie Anzeigen erstatten, so viele Sie wollen! Es werden immer die Täter geschützt! Als Opfer bist du völlig hilflos! Wenn du dir selber nicht hilfst, bleibst du auf der Strecke!"

Gasperlmaier hatte nicht zum ersten Mal mit Leuten zu tun, die völlig ungehemmt und im Brustton fest verankerter Überzeugung ihre Vorurteile der Exekutive gegenüber zum Besten gaben, und das laut und lang anhaltend. „Herr Podlucki!" Die Frau Doktor schaffte es nicht ohne Heben der Stimme und der Augenbrauen, seinen Redeschwall zu unterbrechen. „Anschreien brauchen Sie mich nicht!", entgegnete dieser nach einer Schrecksekunde. „Behandelt man so Leute, die der Polizei helfen wollen?" Die Frau Doktor stieß in die akustische Lücke: „Keinesfalls wollen wir Zeugen schlecht behandeln. Nur, verstehen Sie bitte, Herr Podlucki ..." Neuerlich unterbrach sie der Mann. „Man spricht ‚Podlutzki' und nicht ‚Podlutschki'!", fuhr er auf. „Entschuldigung. Also, verstehen Sie bitte, dass Ihre allgemeine Meinung über die Polizei hier keinen Platz hat und uns nicht weiterhilft. Was wir brauchen, sind Fakten. Ich entnehme Ihrer Aussage, dass trotz der Anzeigen keine Behörde tätig geworden ist. Ist das richtig?" Sehr diplomatisch, die Frau Doktor, dachte sich Gasperlmaier, ich hätte wahrscheinlich wieder eine halbe Minute nach Worten gesucht, wenn der so auf mich losgeht, und dann hätte ich aufgebracht herumgeschrien und kein vernünftiges Wort mehr aus dem herausgebracht.

Podlucki begnügte sich überraschenderweise mit einem Nicken. „Haben Sie sonst in irgendeiner Weise mit den Naglreiters Kontakt gehabt wegen dieser Sache?" Gasperlmaier wurde langsam neugierig, um welche Sache es sich handelte. „Natürlich, ich habe angerufen, wenn sie wieder einmal Krach gemacht haben."

„Hat es dabei auch Beleidigungen gegeben, von Ihrer Seite oder von der der Naglreiters?" Podlucki rutschte unruhig auf der Bank hin und her. „Da kommt es schon vor, dass böse Worte fallen!", stieß er schließlich hervor.

„Nur von Ihnen oder auch vonseiten der Naglreiters?"

Podlucki bäumte sich auf und schoss seine Kralle in Richtung der Frau Doktor ab. „Wissen Sie, was der zu mir gesagt hat, der Naglreiter? Einen Querulanten hat er mich genannt, einen einfältigen Provinztrottel, einen Kerzerlschlucker und was weiß ich noch! Und dass ich dringend in Behandlung gehöre! Dass vielleicht noch was zu machen ist, wenn ich mich gleich auf die Psychiatrie lege!" Schwer atmend zog Podlucki seinen Finger zurück.

Die Frau Doktor packte ihren Stift und das Notizbuch ein und streckte dem Herrn Podlucki ihre Hand hin. „Herzlichen Dank für Ihre Hilfe, Herr Podlutzki." Sie achtete sorgfältig auf die richtige Aussprache des Namens. Fast meinte Gasperlmaier, sie mache sich durch die übertriebene Betonung des Namens ein wenig lustig über den Marathonmann. Der hatte offensichtlich mit einem so plötzlichen und versöhnlichen Ende der Befragung nicht gerechnet, murmelte Unverständliches und reichte der Frau Doktor die Hand, die sie kräftig schüttelte. „Bitte hinterlassen Sie dem Herrn Inspektor Gasperlmaier hier Ihre Personalien und rechnen Sie damit, dass wir Sie noch einmal befragen müssen. Wegen des Protokolls, reine Formalität."

„Noch einmal befragen? Ich hab doch meine Zeit nicht gestohlen!" Die Frau Doktor stand auf und verließ die Veranda, nachdem sie noch einmal auf Gasperlmaier verwiesen hatte.

Gasperlmaier zog sein Notizbuch heraus. „Name?" Herr Podlucki gab sich störrisch. „Den kennen Sie doch!" Gasperlmaier versuchte ruhig zu bleiben. „Vornamen und Nachnamen, bitte!" „Herrschaftszeiten!", fluchte Podlucki. „Johann Podlucki." Gasperlmaier schrieb sorgfältig auf und stutzte. Wie sollte er Podlucki schreiben? Mit oder ohne „tz"? Er entschloss sich, nachzufragen: „Wie schreiben Sie sich denn?" Podlucki begann zu keifen. „Muss ich's jetzt buchstabieren auch noch?" Gasperlmaier seufzte. „Bitte!" Podlucki buchstabierte, Gasperlmaier schrieb. Fast schien es ihm, als werfe der Podlucki jeden Buchstaben nach ihm. „Ingenieur dürfen S' noch dazuschreiben", fügte er schließlich hinzu. Gasperlmaier seufzte neuerlich und kritzelte vor dem Vornamen des Ingenieurs ein „Ing." hin. Er hätte sich brennend dafür interessiert, welcher Art die Streitigkeit zwischen Podlucki und den Naglreiters gewesen war, aber er wagte sein zunehmend mürrisches Gegenüber nicht noch einmal danach zu fragen. Er würde sich gedulden müssen, bis ihn die Frau Doktor informierte.

Gasperlmaier verabschiedete sich von Podlucki, der sofort sein Stirnband zurechtrückte und auf seine voluminöse Armbanduhr sah. Seufzend drückte er einige Knöpfe, sah kurz zum Himmel auf und trabte los. Gasperlmaier blickte dem blitzblauen und neongelben Zucken des im Wald verschwindenden Lauftrikots versonnen nach. Was hatte der Podlucki schnell noch einmal gesagt, als ihn die Frau Doktor wegen seiner Anzeigen gegen die Naglreiters befragt hatte? Wenn man sich nicht selber hilft, bleibt man auf der Strecke? Hatte sich, dachte Gasperlmaier, etwa der Podlucki selber geholfen, indem er nach der Reihe die Naglreiters ins Jenseits befördert hatte? Aber andererseits: Wegen einer simplen Nachbarschaftsstreitigkeit brachte man doch niemanden um!

Gasperlmaier musste an einen Fall denken, der sogar das Bezirksgericht drüben in Aussee beschäftigt hatte: Da waren die Hühner eines Kleinhäuslers immer wieder durch ein Loch im Zaun zum Nachbarn geschlüpft, und das hatte den so erbost, dass er nicht nur Klage erhoben, sondern auch mit seinem Flobertgewehr auf die Hühner geschossen und ein paar von ihnen erlegt hatte. Der Hühnerbesitzer wiederum war vor lauter Zorn mit seiner Schrotflinte aus dem Haus gestürmt und hatte auf den Hühnermörder angelegt. Den Ehefrauen der beiden war es zu verdanken gewesen, dass es zu keinen weiteren wildwestreifen Szenen gekommen war. So weit, dachte Gasperlmaier, waren Nachbarschaftsstreitereien offenbar doch nicht von Mord und Totschlag entfernt. Und dieser Podlucki war schon ein seltsamer Kauz. Wundern würde es mich nicht, dachte Gasperlmaier, wundern würde es mich nicht.

Gasperlmaier machte sich auf den Weg zur Frau Doktor hinüber, die innerhalb des abgesperrten Auffindungsorts der Leiche stand, als er das Geräusch eines sich nähernden Fahrzeugs vernahm. Wer konnte um diese Zeit mit dem Auto hierherkommen? Auch die Frau Doktor hatte das Motorengeräusch gehört und antwortete Gasperlmaiers fragenden Blicken. „Wir warten noch auf den Leichenwagen. Und die Gerichtsmedizin, zuerst. Die werden wohl mit dem Auto kommen." Die Fahrt mit dem Auto hierher war ein wenig umständlich, wusste Gasperlmaier. Man musste über Puchen ziemlich hinten herum und weit oberhalb der Südostseite des Sees über eine Forststraße. Gasperlmaier war selber schon gelegentlich mit dem Streifenwagen zur Seewiese gefahren, Vergnügen war es keines ohne ein wirklich geländegängiges Fahrzeug.

Kaum waren die Motorengeräusche verstummt, tauchte der Doktor Kapaun aus dem Wald heraus auf und hielt auf sie zu. „Oh nein!", stöhnte die Frau Doktor, „nicht schon wieder der!" Doktor Kapaun schien bestens gelaunt. „Einen wunderschönen guten Morgen, meine Gnädigste!" Galant schüttelte er der Frau Doktor die Hand und machte sogar die Andeutung einer Verbeugung. Wohl aus Sorge, er könnte ihre Hand küssen wollen, zog die Frau Doktor die ihre rasch zurück. Gasperlmaier beobachtete, wie sie beide ihre Augenbrauen hochzogen. Schon schien die Stimmung wieder gefährdet, aber der Doktor Kapaun ließ sich offenbar nicht so rasch aus der Ruhe bringen.

Im Schlepptau des Gerichtsmediziners hatte sich auch das Pressetrio wieder genähert, der Kameramann mit seinem Gerät im Anschlag. Das rote Licht, fiel Gasperlmaier auf, blinkte. Wahrscheinlich hatte er also ein Band laufen. Gasperlmaier zupfte die Frau Doktor sacht an der Schulter, worauf sich diese erstaunt zu ihm umdrehte. Vorsichtig wies Gasperlmaier auf die Kamera. „Ich glaub, er filmt!", flüsterte er der Frau Doktor ins Ohr. Gleich darauf erfasste ihn ein heftiger Niesreiz. So nah hatte er sich dem Ohr der Frau Doktor genähert, dass ein paar ihrer losen Haare, die hinter dem Ohr hervorgerutscht waren, seine Nase gekitzelt hatten. Gerade noch konnte er seinen Kopf ein wenig zurückziehen, doch dass er der Frau Doktor kräftig den Rücken hinunternieste, war nicht mehr zu vermeiden gewesen. Da die Frau Doktor nur mit einem „Gesundheit!" reagierte, hoffte er, dass die neuerliche Peinlichkeit nicht allzu sehr aufgefallen war. Doch, dachte Gasperlmaier bei sich, der Kameramann hatte sicherlich mitgefilmt. Würde er neuerlich in Fernsehen und Presse als Idiot vorgeführt werden?

Gasperlmaier trat einen Schritt zurück, während die Frau Doktor sich an die Presseleute wandte. „Bitte verlassen Sie das abgesperrte Gelände. Ich muss Sie dringend bitten, nicht mehr zu filmen. Sie müssen doch nicht unbedingt eine Leiche ins Fernsehen bringen, oder?" Der Mann setzte seine Kamera ab, nickte und machte eine beschwichtigende Handbewegung. Die Maggy, so schien es Gasperlmaier, wollte am Absperrband stehen bleiben, doch der Kameramann nahm sie am Oberarm und zog sie mit sich zurück.

„Wir haben hier also schon wieder eine Leiche. Schauen wir doch mal." Doktor Kapaun trat an die Plane heran, riss an einem Zipfel und schlug sie in einer ausladenden Bewegung zurück, sodass der Stefan Naglreiter nun völlig ohne Bedeckung vor ihnen lag. Peinlich berührt musste Gasperlmaier wahrnehmen, dass es plötzlich kräftig nach Urin und Kot roch. Gasperlmaier verzichtete darauf sich auszumalen, wie es dem Stefan Naglreiter in den letzten Minuten seines Lebens ergangen sein mochte. Auch er trug, wie sein Vater, eine sehr teure, maßgeschneiderte Lederhose, wie Gasperlmaier mit Kennerblick sofort feststellte. „Ang'schissen und ang'macht hat er sich, der fesche junge Mann!" Fröhlich und unbeeindruckt lachte der Mediziner den um ihn versammelten Polizisten zu. Die Frau Doktor hatte offenbar nicht vor, der gesamten Prozedur zuzusehen. „Bitte tun Sie, was zu tun ist. Wir erwarten Ihre Informationen, sobald Sie so weit sind." Sie wandte sich ab und bedeutete Gasperlmaier und dem Friedrich, ihr zu folgen.

Inzwischen war es warm geworden, und die drei setzten sich an einen Tisch vor dem Jagdhaus, an dem ein Sonnenschirm Schatten spendete. „Rekapitulieren wir einmal!", begann die Frau Doktor, weder direkt an Gasperlmaier noch an den Friedrich gewandt. Fast schein es Gasperlmaier, als spräche sie mehr zu sich selbst als zu einem von ihnen beiden. „Der Doktor Naglreiter wird in der Nähe des Bierzelts erstochen. Mit einem Hirschfänger wahrscheinlich, so einem kurzen Messer, wie man es in der Lederhose trägt. Er muss sich selbst noch dort hingesetzt haben, denn im Sitzen ist nicht auf ihn eingestochen worden. Eher von einer Person, die kleiner war als er. Vielleicht von einer Frau. Er hat stark geblutet, war aber so stark alkoholisiert, dass er offenbar die Schwere der Verletzung nicht wahrgenommen hat. Er setzt sich also an einen Biertisch und verblutet dort. Niemand ist mehr im Bierzelt. Frühmorgens wird er", die Frau Doktor bedachte den Gasperlmaier mit einem schneidenden Blick, „von einer bislang unbekannten Person in das Pissoir verbracht. Er ist zu dem Zeitpunkt bereits mehrere Stunden tot. Noch sind keine Zeugen aufgefunden worden, die ihn um die Zeit seines Todes gesehen haben. Fast alle, die wir befragt haben, können sich entweder nicht an den Doktor Naglreiter erinnern, oder sie haben überhaupt alles vergessen, was in der besagten Nacht passiert ist. Die letzte verlässliche Aussage von einem Zeugen stammt von kurz vor Mitternacht. Da hat ihn jemand gesehen, wie er auf dem Klo war. Der Zeuge hat zwar selber schon erheblich getrunken gehabt, schwört aber Stein und Bein, dass der Doktor Naglreiter neben ihm am Pissoir gestanden ist." Und da hat er noch nicht gewusst, dachte Gasperlmaier bei sich, dass er das Pissoir das nächste Mal als Toter wiedersehen wird, dass er quasi zum letzten Mal in seinem Leben das Wasser abgeschlagen hat. Ein trauriger Gedanke, so schien es Gasperlmaier.

„Eine Tatwaffe haben wir nicht", fuhr die Frau Doktor fort, „danach wird noch gesucht – allerdings haben wir zu wenige Leute, ich erhoffe mir nicht viel. Ich würde das Messer in den See werfen, wenn ich jemanden erstochen hätte. Ich habe auch ein paar Taucher angefordert, aber auch da habe ich nicht viel Hoffnung." Die Frau Doktor blickte zur Leiche hinüber, wo der Arzt noch beschäftigt war. „Dann finden wir die erschlagene Leiche der Frau Naglreiter. Inzwischen wissen wir, dass sie vor ihrem Mann gestorben ist. Sagt zumindest die Gerichtsmedizin. Zwischen einundzwanzig Uhr und Mitternacht ist sie gestorben, ihr Mann zwischen zwei und vier Uhr. Wenn wir aber bedenken, dass sich um zwei noch zahlreiche Menschen in der Nähe des Bierzelts aufgehalten haben, denke ich da eher an das Ende dieser Zeitspanne. Sie ist wahrscheinlich nicht am Ufer erschlagen worden, es wäre sonst kaum erklärbar, wie sie in die Mitte des Sees gelangt ist. Also", die Frau Doktor ließ ihren rechten Zeigefinger in der Luft kreisen, „ich korrigiere mich: Sie kann wo auch immer erschlagen worden sein, die Leiche jedenfalls ist vermutlich von einem Boot aus im See entsorgt worden. Sie war einigermaßen festlich gekleidet, keine Spuren sexueller Gewalt, sie hatte allerdings in dieser Nacht bereits Geschlechtsverkehr gehabt."

„Wie...?" Gasperlmaier ließ seine Frage in der Luft hängen. „Wie man das feststellen kann? Gasperlmaier, seien Sie doch nicht so naiv. Denken Sie daran, was in der Vagina häufig zurückbleibt, wenn man ungeschützt Sex hat!" Gasperlmaier wurde es warm um die Ohren. Hoffentlich, dachte er bei sich, werde ich jetzt nicht rot. Allerdings wusste er aus leidvoller Erfahrung, dass die Angst vor dem Erröten bei ihm ebendieses Phänomen zuverlässig hervorrief. Schon glühten seine Ohren. Die Frau Doktor lächelte belustigt, aber weder hämisch noch verächtlich, sodass sich Gasperlmaier beruhigte. „Ich habe nicht gewusst, dass man", Gasperlmaier suchte nach Worten, „dass man da, dort, bei einer Untersuchung..." „Dass die Vagina auch untersucht wird?" Der

Frau Doktor, dachte Gasperlmaier, waren solche Wörter offenbar gar nicht peinlich. Seiner Christine, fiel ihm ein, auch nicht. Wie oft hatte sie ihn schon darüber aufzuklären versucht, dass man über sexuelle Angelegenheiten ganz sachlich sprechen konnte, wenn man die richtigen Wörter benutzte, oder aber auch ganz gefühlvoll und leidenschaftlich, wenn ... Gasperlmaier rief sich zur Ordnung, fragte sich aber dennoch, welche Wörter wohl die Christine benutzte, wenn sie den Kindern in der Volksschule erklärte, wie die Babys in den Bauch hineinkamen.

„Sie ist zwar mit ihrem Mann an einem Tisch vor dem Bierzelt gesehen worden, aber das war schon vor Einbruch der Dunkelheit, eine genauere Aussage dazu haben wir nicht. Sie haben Grillhendl gegessen und Bier getrunken, das stimmt auch mit der Analyse des Mageninhalts der beiden überein."

Gasperlmaier wurde übel, als er sich vorstellte, wie man den Mageninhalt von Mordopfern analysierte. Hoffentlich, dachte Gasperlmaier bei sich, wird keines meiner Kinder einmal Gerichtsmediziner, da lässt es sich bei Tisch kaum entspannt darüber plaudern, was es denn in der Arbeit Neues gegeben habe.

Gasperlmaier hatte eine Idee: „Vielleicht sind sie Boot gefahren, ich meine, der Doktor Naglreiter und seine Frau?" Die Frau Doktor schüttelte skeptisch den Kopf. „Warum sollten die beiden miteinander Boot gefahren sein? Eine romantische Bootsfahrt kann ich mir bei denen überhaupt nicht ..." Die Frau Doktor hielt inne und legte den Zeigefinger an die Lippen: „Halt! Gasperlmaier, meinen Sie vielleicht, es könnte zum Streit gekommen sein, und er hat sie mit dem Ruder ... aber dann müsste es ja zwei Mörder geben! Kommt mir, so betrachtet, recht unwahrscheinlich vor." Gasperlmaier zuckte die Schultern. „Jedenfalls haben sie ein Boot. In einem Bootshaus liegen. Das gehört nicht ihnen, das Bootshaus, meine ich. Sie haben es da eingestellt. Wie man zum Beispiel ein Pferd..."

Die Frau Doktor sprang auf, stemmte die Arme in die Hüften und beugte sich zu Gasperlmaier vor: „Sie wollen mir aber jetzt nicht erzählen, dass Sie gewusst haben, dass die Naglreiters ein Boot besessen haben? Und mich nicht darüber informiert haben? Mich dumm sterben lassen haben?" Gasperlmaier setzte zu einer Verteidigung an: „Aber Sie sind doch gar nicht... äh... leben doch..." Die Frau Doktor schoss mit ihrem Zeigefinger auf ihn: „Kommen Sie mir jetzt nicht mit Spitzfindigkeiten! Da plage ich mich, wir uns, mit Dutzenden Zeugen herum, kommen keinen Schritt weiter, und der, der die ganze Zeit neben mir herläuft, enthält mir eine wichtige, ja essentielle Information vor!"

Gasperlmaier fühlte, wie seine Ohren neuerlich zu glühen begannen. Er konnte machen, was er wollte, die Serie von Peinlichkeiten, in die er seit gestern Morgen hineingeschlittert war, mochte und mochte nicht abreißen. „Und woher eigentlich wissen Sie das?" Die Frau Doktor setzte sich wieder. Der Paul war schon auf den Disput aufmerksam geworden und schaute interessiert von seiner Veranda aus zu. Hoffentlich, dachte Gasperlmaier, hat er jetzt nichts mitbekommen, davon, wie ich mich wieder einmal blamiert habe. Der Paul hatte den Gasperlmaier wieder abgelenkt, und so verzögerte sich seine Antwort so, dass die Frau Doktor in die Stille dazwischenfahren musste: „Jetzt reden S' doch endlich, Gasperlmaier!"

„Die Natalie hat's mir erzählt, die Tochter von der Evi. Die Frau, die gestern so geheult hat, als wir die Frau Naglreiter ans Ufer gebracht haben."

„Gasperlmaier", seufzte die Frau Doktor, „Sie werden mir langsam unheimlich. Was hat Ihnen diese Natalie über das Boot der Naglreiters erzählt, und was hat sie überhaupt mit der ganzen Sache zu tun?" Der Kahlß Friedrich mischte sich ein. „Sehen Sie, Frau Doktor", der Friedrich legte seine Hand auf den Unterarm der Frau Doktor Kohlross, der unter seiner Pranke beinahe zur Gänze verschwand, „wir haben doch heute noch gar keine Gelegenheit gehabt, darüber zu reden, was der Gasperlmaier und ich gestern herausgefunden haben. Wir waren doch noch bei der Evi, Sie erinnern sich, meine Schwägerin, die so geheult hat, und haben mit ihr über das Putzen bei den Naglreiters geredet." Und dann berichtete der Friedrich, was ihnen die Evi gestern über die Nachstellungen seitens des Doktor Naglreiter, ihre Person und die Natalie betreffend, erzählt hatte. Die Frau Doktor betrachtete aufmerksam ihren Unterarm, wohl besorgt, dachte Gasperlmaier, dass der Friedrich ihn ungewollt zerquetschen könnte. Der Friedrich, obwohl mitten im Redefluss, bemerkte das und zog seine Pratze zurück, um seine Ausführungen mit weit ausladenden Handbewegungen zu untermalen, derart, dass Gasperlmaier mehrmals einen kräftigen Luftzug zu verspüren meinte, ausgelöst durch die segelartigen Pranken des Kahlß Friedrich.

„Und dann", endete der Friedrich, „dann ist der Gasperlmaier der Natalie nachgerannt, und er hat mit ihr allein draußen vor der Haustür ..." Die Frau Doktor unterbrach den Friedrich und wandte sich neuerlich – unter Hochziehen ihrer Augenbrauen – dem Gasperlmaier zu. „Sie haben allein ... mit einer Zeugin? Einer Minderjährigen? Gasperlmaier!"

Jetzt aber war sich Gasperlmaier keiner auch noch so geringfügigen Schuld bewusst. „Ich kenn doch die Natalie schon, seit sie ein kleines Kind war, ich hab doch schon im Sand gespielt mit ihr, wie sie noch ganz klein und nackert war, und sogar im Kinderskikurs war ich ihr Skilehrer! Das ist für mich doch keine minderjährige Zeugin!" Fast in Eifer redete sich Gasperlmaier, sich selbst verteidigend, und die Worte flossen von seinen Lippen, wie es ihm nur selten gelang. „Und ich hab eine ganze Menge erfahren, unter anderem das mit dem Boot!" Die Frau Doktor gab sich unbeeindruckt. „Ich höre, Gasperlmaier!" „Ja, die Natalie, die ist ein ziemliches Problemkind, momentan." Er hielt es für notwendig, der Frau Doktor die gesamten näheren Umstände des Verhaltens der Natalie näherzubringen, sonst würde sie nicht verstehen. Trotzdem wusste er nicht so recht, wo ansetzen. „Die Natalie, die hat ein Nabelpiercing. Und jetzt will sie auch noch ein Tattoo, weil die Höller Sabrina, ihre Freundin, auch eins hat. Und gestern hat sie sogar eine solche Unterhose angehabt, nur mit einem Schnürl durch ..." Gasperlmaier unterbrach sich abrupt, als er der Frau Doktor in die Augen blickte. Als ob plötzlich düstere Gewitterwolken drohend über den Altausseer See zogen, so finster war ihr Blick. „Warum erzählen Sie mir nicht gleich von Ihrer ganzen Familie, wer welche Unterwäsche trägt? Und wer wie oft die Socken wechselt? Kommen Sie zum Wesentlichen!" Gasperlmaier blickte direkt in den nunmehr wohlbekannten Zeigefinger der Frau Doktor, dahinter, schon etwas unscharf, weil er auf den Zeigefinger fokussierte, ihre hochgezogenen Augenbrauen. Gasperlmaier fiel auf, dass die Nägel der Frau Doktor sehr lang und sehr sorgfältig abgerundet waren. Sehr gepflegt, insgesamt. Die Frau Doktor aber war dem Gasperlmaier mit dem Zeigefinger so nahe gekommen, dass er in seiner beginnenden Alterssichtigkeit diesen nicht einmal mehr gänzlich scharf, sondern nur noch leicht verschwommen wahrnahm. Er fühlte sich plötzlich völlig unfähig, das Wesentliche am Gespräch mit der Natalie vom Unwesentlichen zu scheiden, und wusste nicht weiter. Zaghaft begann er: „Sie hat was mit den Naglreiters zu tun gehabt?" Die Frau Doktor vollführte eine ungeduldige Handbewegung. „Weiter, weiter!" Gasperlmaier fühlte sich ein wenig gestärkt, rückte wieder nach vor, da sich der Zeigefinger der Frau Doktor in ihre verschränkten Arme zurückgezogen hatte. Dennoch entging ihm nicht, dass sie ungeduldig mit dem rechten Fuß wippte, den sie über den linken geschlagen hatte. Schade, dachte Gasperlmaier, davon neuerlich abgelenkt. Der Rock und die Schuhe von gestern waren doch viel ansehnlicher gewesen als die plumpen Sporttreter und die ausgebleichten Jeans.

„Also", begann er neuerlich, „die Natalie hat was mit dem Stefan gehabt. Die sind ein paarmal Boot gefahren, hat sie gesagt. Und der Stefan hat gesagt, dass er sie liebt und dass sie mit ihm nach Wien kommen kann. Weil hier in Altaussee doch alle so rückständig und ihre Eltern überhaupt das Letzte sind. Meint die Natalie. Und sie hat auch angedeutet, die Natalie, dass sie schon mit dem Stefan..." Gasperlmaier konnte nicht so einfach in die frische, warme Luft des Gastgartens vom Jagdhaus hineinsagen, dass die Natalie mit dem Stefan geschlafen hatte. Die Frau Doktor hatte es aber auch so verstanden. Der Kahlß Friedrich bekam große Augen, fast schienen sie ihm aus den Höhlen herauszuquellen. Gasperlmaier und die Frau Doktor riss es förmlich von ihren Sesseln, als der Friedrich die Faust krachend auf den Tisch niederfahren ließ. „Ja, der Saubartl, der schlechte, die Sauzechn, die geile, der Bazi, der schlechte, der Wiener!" Fast schien es Gasperlmaier, als habe der Friedrich hier eine Art Steigerung seiner Beschimpfung vorgenommen, mit dem „Wiener" als Kulminationspunkt sozusagen, der weit über dem Saubartl, aber auch noch über der geilen Sauzechn stand. „Hat der meine Nichte verführt, die Drecksau, die räudige! Und ist doch erst sechzehn Jahre alt!" Puterrot angelaufen war der Friedrich, sodass sich der Gasperlmaier sorgte, er möchte am Ende hier auf der Seewiese einen Schlaganfall oder einen Herzinfarkt erleiden. Unmöglich schien das dem Gasperlmaier nicht, bei der Leibesfülle des Friedrich. Andererseits, dachte Gasperlmaier bei sich, gab es einen schöneren Ort, dem Leben Ade zu sagen, als die Seewiese am Altausseer See? Gab es eine schönere Aussicht für die letzte Aussicht, einen höheren Genuss als diesen für das brechende Auge?

Die Frau Doktor indessen versuchte das Schlimmste zu verhindern, indem sie den Friedrich beruhigte. „Herr Kahlß, bitte! Nehmen Sie's nicht so schwer!" Zu Gasperlmaier gewandt fuhr sie fort: „Sie hat Ihnen doch nicht etwa erzählt, dass er ihr Gewalt angetan hat?" Gasperlmaier zuckte mit den Schultern. „Direkt eigentlich nicht, es war nur so, dass sie plötzlich gar nichts mehr gesagt hat, als ich auf das Thema gekommen bin, und da musste ich halt, da habe ich die Schlussfolgerung..." Wiederum ließ Gasperlmaier das Ende eines seiner Sätze haltlos in der Luft hängen. Die Christine hatte ihn schon zahllose Male darauf aufmerksam gemacht, dass das eine unerträgliche Unart von ihm war, und mit ihm sogar schon trainiert, wie Sätze, die einmal begonnen waren, auch zu Ende geführt werden konnten. Sehr viel hatte Gasperlmaier bei den Trainings nicht dazugelernt, vor allem, wenn er in Stresssituationen geriet, gelang ihm das mit dem Zu-Ende-Sprechen seiner Sätze nur selten. „Und was, bitte, ist eine Sauzechn?", flüsterte die Frau Doktor dem Gasperlmaier ins Ohr. Der war ratlos. Zwar wusste er, dass damit die Zehe einer Sau gemeint war, die nähere Bedeutung dieses auch hierzulande eher unüblichen Schimpfwortes war ihm aber unbekannt. Eingedenk der Vermutung, der Kahlß Friedrich habe die Beleidigungen langsam gesteigert, entschloss er sich zu einer Einschätzung. „Was Schlimmeres als ein Saubartl", beschied er der Frau Doktor, die daraufhin auf weitere Nachfragen verzichtete.

„Harr Kahlß, die jungen Leute heute, die warten mit dem Sex nicht so lange wie wir ...", mit einem Blick auf die beiden Männer korrigierte sie sich, „wie ihr früher. Die probieren halt gern einmal etwas aus, ich glaube nicht, dass Ihrer Nichte – in dieser Beziehung – etwas besonders Schlimmes wiederfahren ist. Den Stefan Naglreiter, so wenig sympathisch er mir auch anlässlich unserer einzigen Begegnung gewesen ist, den sehe ich einfach nicht als Vergewaltiger, das kann ich mir nicht vorstellen." Gasperlmaier meinte zu bemerken, dass der Friedrich wieder etwas ruhiger atmete und seine Augen wieder auf dem Weg zurück in die ihnen angestammten Höhlen waren.

„Wenn ich kurz einmal stören darf?" Der Doktor Kapaun war, ohne dass es einer von ihnen gemerkt hatte, von hinten an die Frau Doktor herangetreten und hatte seine Hand auf ihre Schulter gelegt. Die Frau Doktor stand auf, wohl um die Hand des Doktor Kapaun loszuwerden, dachte Gasperlmaier, denn ihre Augenbrauen waren schon wieder so hoch oben, dass der Gasperlmaier alle Schattierungen ihres Lidschattens, von goldbraun bis kupferfarben, überdeutlich wahrnehmen konnte. „Wenn ich mich kurz zu Ihnen setzen darf?" Die Frau Doktor wies auf einen der freien Klappstühle, den der Doktor Kapaun etwas umständlich an den Tisch heranmanövrierte. Danach stellte er sich vor den Sessel und fasste mit der Hand zwischen seinen Beinen hindurch, um den Stuhl in die rechte Position für seine Hinterbacken zu bringen. Etwas ordinär wirkte diese Geste, fand Gasperlmaier, man musste sich ja nicht unbedingt an den Schritt fassen, um sich im Gastgarten hinzusetzen.

„Darf's noch was sein?" Der Paul war an den Tisch gekommen. Die Frau Doktor bestellte einen Kaffee, worauf er fragte: „Die Herren auch einen großen Braunen?" Gasperlmaier und der Kahlß Friedrich nickten ergeben, der Doktor Kapaun aber bestellte sich ein Bier, was den Gasperlmaier kurz, aber heftig zusammenzucken ließ. Fast fürchtete Gasperlmaier, er würde nie mehr ein Bier bestellen können, ohne an seine Erniedrigung durch die Boulevardpresse denken zu können. Fürchterliche Aussichten waren das, die einem das ganze zukünftige Leben schal und freudlos erscheinen ließen.

„Nach einer schönen Leich' hab ich immer einen Gusto auf ein Bier!", rief der Doktor Kapaun gut gelaunt. Die Frau Doktor blieb ebenso still wie die beiden Polizisten. Seltsam, dachte Gasperlmaier, wie kann ein Mensch nur so unsensibel sein wie dieser Doktor Kapaun, er musste doch merken, dass er und seine aufgesetzte gute Laune hier fehl am Platz waren, dennoch fuhr er anscheinend völlig ungestört fort zu grinsen, sich die Hände zu reiben und Belanglosigkeiten über das wunderbare Wetter in die Luft über der Seewiese abzusondern. „Herr Doktor Kapaun, wenn Sie mir bitte über Ihre Untersuchungen etwas mitteilen könnten?" Die Stimme der Frau Doktor, fand Gasperlmaier, war schneidend, eisig. Der Doktor Kapaun schien es nicht zu merken, oder er ignorierte es bewusst. „Schädel eingeschlagen. Wahrscheinlich mehrfache Brüche. Os parietale, Os temporale. Mit Gehirnaustritt." Bei der Erwähnung des Gehirnaustritts sah Gasperlmaier Bilder vor seinem inneren Auge, die ihn denken ließen, es wäre besser gewesen, er hätte sich einen Schnaps bestellt. Vielleicht konnte er später, beim Paul in der Küche, noch schnell einen trinken. Keine Ahnung hatte Gasperlmaier natürlich, von welchen „Os" der Doktor sprach, die Frau Doktor aber fragte nicht nach, und so ließ es auch Gasperlmaier bleiben. Offenbar musste man als Kriminalbeamtin wissen, was das für Körperteile waren. „Stumpfer Gegenstand, wahrscheinlich ein Stein, der hier herumgelegen ist. Habt's ihn schon gefunden?" Die Frau Doktor blieb einsilbig. „Wir haben mehrere Steinbrocken mit Blutspuren gefunden und gesichert, ja." „Na dann", fügte Doktor Kapaun hinzu. „Ich stelle mir vor, dass ein Linkshänder von vorne zugeschlagen hat. Oder ein Rechtshänder von hinten. Auf jeden Fall jemand, den er nahe an sich herangelassen hat. Möglicherweise sogar im Liegen, der Täter muss dann auf ihm – oder unter ihm – gelegen haben. Vielleicht", Doktor Kapaun kicherte und schlug sich auf den Oberschenkel, „hat ihm ja eine das Lichterl ausgeblasen, anstatt ihm einen zu blasen!" Die Miene der Frau Doktor blieb steinern, während der Doktor Kapaun Gasperlmaier und dem Kahlß Friedrich verschwörerisch zuzwinkerte. Gasperlmaier reagierte nicht, er hatte mit Humor, der mit dem Holzhammer vorgetragen wurde, noch nie viel Freude gehabt. Der Friedrich entließ, wie aus lauter Freundlichkeit, ein paar Seufzer, die notfalls als Lacher durchgehen konnten. „Sonst noch was?", fragte die Frau Doktor. Der Arzt zuckte mit den Schultern. „Übrigens, Frau Doktor, kennen Sie den? Ein Mann fährt bei Rot über die Kreuzung und wird von einer jungen, hübschen Politesse aufgehalten ..." Die Frau Doktor unterbrach ihn. „Herzlichen Dank für Ihre Mühe. Ich bin mir sicher, dass Sie dringend wieder an Ihren Arbeitsplatz zurückmüssen. Wir erwarten Ihren Bericht. Und, übrigens, es gibt keine Politessen. Nur Polizistinnen." Sie stand mit einem Ruck auf, sodass ihr Stuhl nach hinten kippte. „Auf Wiedersehen!" Ohne ihm die Hand zum Gruß anzubieten, wandte sie sich ab und ging ein paar hastige Schritte in Richtung Seeufer. „Was hat sie denn? Überarbeitet? Stress in der Beziehung?" Immer noch schaffte es der Doktor Kapaun, sein dämliches Grinsen stabil zu halten. Weder Gasperlmaier noch der Kahlß Friedrich mochten ihm antworten, doch ohne dass Gasperlmaier danach gesucht hätte, fand er schlagartig die richtigen Worte:

„Darf ich Sie zu Ihrem Wagen begleiten, Herr Doktor, oder finden Sie selber hin?" Der Kahlß Friedrich hielt sich die Hand vor den Mund und begann zu prusten. „Frechheit!", ließ sich der Herr Doktor vernehmen, dem jetzt doch das Gesicht eingefallen war. Er nahm seinen Koffer und entfernte sich.

Gasperlmaier, überrascht von seiner eigenen Schlagfertigkeit, trat zu Frau Doktor Kohlross. „Er ist schon weg!", versuchte er sie zu beruhigen. „So ein Aff, ein blöder! Ich werd' mich über ihn beschweren. Und dafür sorgen, dass ich nie mehr mit ihm zu tun habe!" Die Frau Doktor hatte sich, wie schon einmal in einem besonders belastenden Moment, eine Zigarette angezündet. „Nehmen Sie's nicht so schwer!", nahm Gasperlmaier zu einer Floskel Zuflucht. Die Frau Doktor lächelte und Gasperlmaier schien es, als begänne er schön langsam den richtigen Ton im Umgang mit ihr zu finden. Jedenfalls, so dachte er bei sich, war jetzt eindeutig der Mediziner der gewesen, der sich danebenbenommen hatte. Und Gasperlmaier hatte ihm sogar etwas voraus: Während er sich sicher war, dass der Doktor Kapaun seine eigene Peinlichkeit nicht einmal wahrnahm, war sich Gasperlmaier der seinen immer öfter schmerzhaft bewusst.

Die Frau Doktor warf ihre Zigarette weg, ohne sie auszudämpfen, und setzte sich wieder an den Tisch. Gasperlmaier bohrte den rauchenden Rest mit dem Absatz in die sumpfige Erde. Erst dann folgte er ihr.

Sie legte beide Hände auf die Tischplatte, als der Paul mit dem Bier für den Doktor Kapaun über die Stufen herunterkam. „Wo ist er denn?", fragte er Gasperlmaier, der ihm gestikulierend darlegte, dass der Doktor Kapaun bereits gegangen war. „Und wer zahlt jetzt?" „Gib's halt her." Der Wiederstand des Kahlß Friedrich war gebrochen. Er nahm dem Paul das Bierglas aus der Hand, wandte sich um, um zu sehen, wo die Presseleute sich aufhielten, sah sie in sicherem Abstand, setzte die Halbe an und trank sie in einem langen, tiefen Zug aus. Stöhnend reichte er dem Paul das leere Glas, während ihn die Frau Doktor mit großen Augen fast ein wenig bewundernd ansah. „So!", sagte der Friedrich, „Weiter!"

„Also!", konzentrierte sich die Frau Doktor. „Frau Naglreiter tot. Aus dem Boot gekippt. Doktor Naglreiter auf dem Kirtag, betrunken, allein im Dunkeln, jemand kommt ihm sehr nahe, stößt ihm ein Messer in den Bauch. Vielleicht sogar sein Messer, muss also nicht sein, dass der Täter – oder die Täterin – ein eigenes mitgebracht hat. Er hält ihn fest, will sich wehren, spürt das Messer an seinem Oberschenkel, zieht es raus – und zack!"

„Dem Stefan ist anscheinend sein Mörder auch sehr nahe gekommen", merkte Gasperlmaier an. „Stimmt", sagte die Frau Doktor. „Und was sagt uns das? Dass es sich um Beziehungstaten handelt. Mafiamörder oder Auftragskiller morden immer aus möglichst großer Distanz, der Spuren wegen, die am Tatort zwangsläufig zurückbleiben. Beide Männer sind also wahrscheinlich einer Beziehungstat zum Opfer gefallen. Bleiben eigentlich nur zwei Möglichkeiten: Frauen, mit denen sie eine Beziehung gehabt haben, oder deren eifersüchtige Partner, in einem Handgemenge, einer Rauferei oder so. Auch wenn man sich prügelt, kommt man sich näher. An die Frau als Täterin glaube ich nicht: Frauen morden nicht, indem sie jemanden abstechen oder den Schädel einschlagen. Das sieht nach typisch männlicher Gewalt aus."

„Was uns bisher fehlt, sind die Beziehungen, die zu diesen Taten geführt haben könnten", fuhr die Frau Doktor fort. „Wenn wir jetzt einmal die Frau Naglreiter ausklammern: Vom Senior wissen wir nur, dass er der Evi, Ihrer Schwägerin, und deren Tochter nachgestiegen ist. Mit den beiden müssen wir noch einmal reden. Und beim Junior – wieder die Natalie! Bei ihr, der Frau Naglreiter, da wissen wir vom Gaisrucker Marcel. Ob der aber auch für gestern in Frage kommt, ob er mit der Frau Naglreiter Boot fahren war oder ob es da noch jemanden gibt, das wissen wir nicht. Wir wissen verdammt wenig! Gasperlmaier, Kahlß, was wissen wir noch?"

Nicht gefasst darauf, den Ball zugespielt zu bekommen, blieben die beiden Angesprochenen zunächst stumm.

„Dass wir einen verdächtigen Nachbarn haben, einen Querulanten, der sich mit dem Doktor Naglreiter wegen der Mauer zwischen seinem Grundstück und dem Pool der Naglreiters in die Haare gekriegt hat, das wissen wir", eröffnete der Kahlß Friedrich. „Und wie der Arzt gekommen ist, habe ich einen Anruf gekriegt. Der Podlucki, der ist kein unbeschriebenes Blatt. Der arbeitet auf dem Finanzamt und er hat schon einmal ein Disziplinarverfahren aufgebrummt bekommen, weil er eine Waffe in seinem Schreibtisch gehabt hat und Parteien, die zu ihm ins Amt gekommen sind, bedroht hat. Eine Reihe von Prozessen hat er laufen, gegen mehrere Nachbarn, dort, wo er früher gewohnt hat, hat er eine Nachbarin mit der Waffe bedroht, weil sie ein Gangfenster aufgemacht hat und ihn der Luftzug gestört hat. Der ist einer, von dem man sagen könnte, da wartet man nur darauf, dass einmal etwas passiert."

Die Frau Doktor zog die Mundwinkel nach oben. „Schon. Aber bestellt der dann seinen Nachbarn, mit dem er Streit hat, zur Seewiese, rauft dort mit ihm und schlägt ihm den Schädel ein? Kommt mir unwahrscheinlich vor. Ich weiß nicht."

„Und", sagte Gasperlmaier, „wir wissen, dass wir das Boot der Naglreiters nach Spuren durchsuchen müssen. „Gasperlmaier!", erschrak die Frau Doktor, „das habe ich ja ganz vergessen! Sagen Sie mir, wo das ist, ich schick gleich die Tatortmenschen hin!"

11

Als die Frau Doktor Kohlross mit Gasperlmaier und dem Kahlß Friedrich im Schlepptau am Bootshaus eintraf, standen dort bereits zwei Fahrzeuge mit flackernden Blaulichtern, hinter denen sich eine kleine Menschenmenge angesammelt hatte, die von zwei Uniformierten in Schach gehalten wurde. Der Zugang zum Bootshaus war mit Kunststoffbändern abgesperrt. Gasperlmaier trat als Erster auf den Steg, der wie eine Terrasse an das Bootshaus angebaut war. Von dort führte eine hölzerne Tür in den Innenraum, der für drei Plätten Platz bot. Ein Liegeplatz war frei, und an dem Platz gegenüber der Eingangstür machten sich die Weißgekleideten der Spurensicherung zu schaffen. Gasperlmaier konnte zwei auf dem Bauch liegende Männer sehen, die den Bug und das Heck des Bootes festhielten, um es zu stabilisieren. Zwei weitere Gestalten krochen im Boot herum, um mit verschiedensten Gerätschaften zu sichern, was die letzten Benutzer darin zurückgelassen hatten.

„Schon was gefunden?", fragte die Frau Doktor einen ebenfalls in einen weißen Overall gekleideten Mann, der vor dem Bug des Bootes stand und den beiden aufmerksam bei ihrer Arbeit zusah. „Nichts, was wir ohne nähere Analyse jemandem zuordnen könnten. Geringfügige Faserspuren, etliche kleine Blutflecken, wahrscheinlich älteren Datums, Fischreste, Reste von Papiertaschentüchern, ein gebrauchtes Pflaster. Was man halt so findet in einem Boot, das von den verschiedensten Personen zu den verschiedensten Gelegenheiten genutzt wird."

Gasperlmaier hörte draußen ein Poltern, jemand rief aufgebracht: „So geht das aber nicht!" Als er sich umwandte, drängte sich ein beleibter Mann durch die Tür des Bootshauses, während sich eine an seinem Arm hängende Polizistin mit blondem Pferdeschwanz vergeblich bemühte, ihn davon abzuhalten. Gasperlmaier erkannte den Niedergrottenthaler Wilhelm, dessen Gesicht ziemlich rot angelaufen war. Seine feisten Beine steckten in einer enormen, recht speckigen und abgewetzten Lederhose. Gasperlmaier fragte sich, ob der Wilhelm auch so voluminöse Vorfahren gehabt hatte, denn neu war die Lederne sicherlich nicht, und ein solches Exemplar war auch nicht alltäglich. Er überlegte, wie viele Hirsche für diese Lederhose wohl ihr Leben hatten lassen müssen.

„Jetzt lassen S' mich halt aus!", brüllte er, immer noch verzweifelt bemüht, die an ihm hängende Polizistin loszuwerden. „Das wär ja noch schöner, wenn ich die Polizei um Erlaubnis fragen muss, wenn ich in mein eigenes Bootshaus hineinwill!" Die Frau Doktor Kohlross trat rasch an Niedergrottenthaler heran, noch bevor Gasperlmaier Gelegenheit fand, den Mund aufzutun. „Doktor Kohlross, Bezirkspolizeikommando!" Sie hielt ihm ihre Dienstmarke unter die Nase. „Sie können den Mann loslassen", fuhr sie, zur Polizistin gewandt, fort. Der Wilhelm, fand Gasperlmaier, beruhigte sich ein wenig, nachdem ihn die Polizistin losgelassen hatte. „Wir untersuchen hier einen Mord, eigentlich mehrere Tötungsdelikte. Sie sind der Besitzer dieses Bootshauses?" Der Wilhelm nickte. „Natürlich. Und man kann doch nicht einfach so, ohne dass man den Besitzer, in ein Haus eindringen, und da drin ..." Die Frau Doktor Kohlross unterbrach ihn: „Oh doch, glauben Sie mir, man kann! Herr ..." Sie ließ den Satz ausklingen, um den Wilhelm dazu zu bewegen, seinen Namen zu nennen. „Niedergrottenthaler, Wilhelm!", antwortete der folgsam. „Herr Niedergrottenthaler, wem gehören die zwei Boote, die hier liegen?" „Die Plätten, meinen S'?", gab sich der Wilhelm umständlich. „Herr Niedergrottenthaler, wenn Sie bitte meine Fragen beantworten wollen." Noch, fand

Gasperlmaier, gab sich die Frau Doktor geduldig. „Die eine, die alte da herüben, die gehört mir, und die neue da drüben, wo Ihre Leute drinstehen, die gehört dem Doktor Naglreiter, den sie umgebracht haben." „Wer hat ihn umgebracht? Haben Sie da Informationen darüber?", fragte die Frau Doktor überrascht zurück. „Das weiß doch eh jeder, dass den die Russenmafia umgebracht hat, und seine Frau gleich dazu. Da können S' jeden fragen hier im Ort. Mich wundert nur, dass ihr das noch nicht wisst." Die Frau Doktor Kohlross lächelte amüsiert, ohne die Behauptung des Wilhelm zu kommentieren. „Herr Niedergrottenthaler, gibt es ein Boot, das zu dem dritten Liegeplatz hier in der Mitte gehört?" „Sicher", antwortete der, „das hat sich heute aber einer ausgeliehen. Der wollte mit ein paar Freunden baden fahren. Kann noch nicht lang her sein, weil er hat sich den Schlüssel erst vor einer Stunde geholt." „Wenn Sie mir vielleicht sagen würden, wer sich das Boot ausgeliehen hat?" „Die Plätte?", fragte der Wilhelm unverschämt zurück. Die Frau Doktor, Gasperlmaier konnte es sehen, hatte Mühe, ihre Ruhe zu bewahren. Dennoch wiederholte sie konzentriert: „Die Plätte, ja." „Der Gaisrucker Marcel, der mit den Gleitschirmen, der immer vom Loser herunterfliegt." Bei der Nennung dieses Namens wanderten die Augenbrauen der Frau Doktor nach oben, was nur allzu verständlich war, wie Gasperlmaier fand.

„Kennen Sie den Gaisrucker näher?", fragte die Frau Doktor nach. „Was heißt näher?" Der Wilhelm ließ einen Arm durch die Luft fahren, wohl um zu unterstreichen, wie unnötig er die Frage fand. „Ich kenn fast jeden in Altaussee. Und den Marcel kenn ich, seit er ein Kind war. Aber ich borg ihm die Plätte nur gegen Vorauszahlung, der ist ein bissl ein Hallodri, der ist mir oft schon Geld schuldig geblieben. Heute hat er gezahlt." „Wer hat einen Schlüssel zum Bootshaus?", wollte die Frau

Doktor wissen. „Na, wir haben zwei, die hängen immer daheim am Brettl, und wer einen braucht, der nimmt ihn. Und der Doktor Naglreiter hat einen, und einen... Kommen S' mit!" Der Wilhelm trat durch die Tür nach draußen und lupfte ein ausgebleichtes Holzbrett, auf dem in Brandmalerei der Schriftzug „Haus Marianne" nur mehr schwach auszunehmen war. Darunter kam ein Haken zum Vorschein, an dem kein Schlüssel hing. „Da müsst' auch noch einer sein", sagte er, „aber es ist keiner da." „Das sehen wir", antwortete die Frau Doktor, „wann haben Sie denn diesen Schlüssel zum letzten Mal gesehen?" Der Wilhelm zuckte mit den Schultern. „Glauben Sie, darüber führ ich Buch? Es ist ja nicht so, dass jeder immer zusperrt. Und außerdem ist das Wasser da so seicht, da kannst du im Sommer auch vom Wasser her in das Bootshaus waten. Hier in Altaussee muss nicht alles zugesperrt werden, hier wird nicht alles gestohlen, was nicht niet- und nagelfest ist, wir sind ja nicht in Wien oder in Graz, wo euch die Rumänen und die Georgier sogar die Lederhosen unter dem Arsch wegstehlen." Die Frau Doktor, so meinte Gasperlmaier zu bemerken, schluckte die ausländerfeindliche Bemerkung des Wilhelm mühsam hinunter, blieb ihm aber einen Kommentar darauf schuldig.

„Herr Niedergrottenthaler, wissen Sie, wann die Familie Naglreiter ihr Boot ...", der Wilhelm begann schon einen Finger zu heben, während sich die Frau Doktor, eine beruhigende Handbewegung gegen den Wilhelm ausführend, sogleich korrigierte „... ihre Plätte zum letzten Mal benutzt hat? Wissen Sie, wer, ich meine, welche Familienmitglieder?"

Der Wilhelm zuckte mit den Schultern. „Am Samstag in der Früh war ich fischen draußen, da waren natürlich die anderen zwei Plätten noch da, ich meine, wer steht denn schon so früh auf, an einem Wochenende?

Aber wie ich zurück bin, so um zehn herum, da sind der Stefan Naglreiter, der Sohn, und seine Schwester gerade dahergekommen. Die Natalie war auch dabei. Ich hab mich schon gewundert, was die bei denen will, die ist ja kaum sechzehn Jahre alt, und mit den zwei Wienern? Aber mir war's egal. ‚Fahrt's baden?', hab ich sie gefragt, und der Stefan hat mir eine blöde Antwort gegeben, der ist ein arroganter Pinsel. ‚Nein, Schlittschuh laufen!', hat er gegrinst, und die zwei Mädels haben blöd gelacht. Ich hab mich dann nicht mehr länger aufgehalten. Ich hab ihnen nur noch gesagt, dass sie aber nur ihr Boot nehmen dürfen, das zweite hab ich für das ganze Wochenende an einen Wiener Schauspieler vermietet, Sie wissen schon, so ein ganz dünner mit einem langen Gesicht und einer tiefen Stimme. Vielleicht hat der ja den Schlüssel von draußen genommen. Wie er heißt, fällt mir jetzt ums Verrecken nicht ein!"

„Das ist ja jetzt schon drei Tage her. Wissen Sie, ob später jemand noch ein Boot benutzt hat?" Der Wilhelm zuckte mit den Schultern. „Ich wohn ja schließlich nicht da. Wir haben daheim die paar Fische gegrillt, die ich gefangen hab, und später war ich dann auch beim Bierzelt, mit meiner Frau. Und am Sonntag und am Montag auch, wie ihr die Leut' wieder hineingelassen habt."

„Danke, Herr Grottenthaler. Wenn Sie uns dann bitte hier weiterarbeiten lassen würden." Gasperlmaier zuckte zusammen. Der Wilhelm konnte es nämlich um die Burg nicht leiden, wenn sich jemand an seinem – zugegeben, etwas langen und umständlichen – Namen vergriff und ihn abkürzte. Schon holte er tief Atem, doch noch bevor er zu Wort kam, besserte sich die Frau Doktor aus. „Niedergrottenthaler, selbstverständlich." Dem Wilhelm ging die Luft wieder aus. Fast widerstandslos folgte er der Polizistin, die die ganze Zeit hinter ihm gewartet hatte. Nur kurz drehte er sich noch einmal in der Tür um. „Und ihr macht's mir hier eh nichts kaputt? Und ihr sagt's mir's, wenn ihr fertig seid?" Die Frau Doktor Kohlross nickte eifrig, wohl, wie Gasperlmaier bei sich dachte, um den Wilhelm schnell loszuwerden.

Ein Weißgekleideter stieg aus der Plätte und kam zu ihnen. „Wir haben was gefunden!" Stolz hielt er zwei kleine flache Plastiksäckchen in die Höhe. Erst jetzt bemerkte Gasperlmaier, dass es eine Frau war. Eine sehr junge und überaus hübsche noch dazu, wie er feststellte. Die Frau Doktor nahm ihr beide Säckchen ab und hielt sie gegen das durch die Türöffnung fallende Licht, um den Inhalt besser sehen zu können. „Straßsteine und ein Knopf?", fragte sie mehr sich selbst als jemand anderen. „Das sind solche zum Aufkleben. Bekommen Sie fast in jedem Modegeschäft. Die Mädchen kleben Sie auf Taschen oder Handys oder so. Definitiv etwas, was auf ein jüngeres Mädchen deutet." „Und der Knopf?" Im Säckchen befand sich ein schwarzer, runder, nicht allzu großer Knopf mit gewölbter, glänzender Oberfläche. Gasperlmaier war sofort klar, um was für einen Knopf es sich handelte. „Ein Kuhhornknopf. Findet sich bei jeder Lederhose an der Seitennaht, außen, bei den Oberschenkeln." Endlich, dachte Gasperlmaier, hatte er auch einmal einen wesentlichen Beitrag zum Fortgang der Ermittlungen geleistet. „Aber sind da nicht Hirschhornknöpfe dran?" Gasperlmaier lächelte überlegen. „Wenn Sie sich nicht auskennen, dann können Sie sich schon Hirschhornknöpfe dranmachen lassen. Daran erkennt man dann den Wiener. Wenn Sie aber ein Altausseer sind, dann wissen Sie, dass solche Knöpfe drangehören."

„Na ja", meinte die Frau Doktor, „hier trägt ja fast jeder eine Lederhose. Wesentlich weiter wird uns das nicht helfen, dass wir jetzt wissen, dass ein Altausseer in der Plätte einen Knopf verloren hat." Gasperlmaier registrierte mit Genugtuung, dass die richtige Bezeichnung für das Boot der Frau Doktor jetzt schon wie selbstverständlich über die Lippen kam. „Außerdem wissen wir ja schon, dass die Naglreiter Judith und die Natalie gestern das Boot benutzt haben. So gesehen keine besondere Überraschung. Warum eine von ihnen allerdings die Steine verloren haben könnte, frage ich mich schon." Sie blickte sich nach Gasperlmaier um, der ratlos die Schultern zuckte, dann aber doch fündig wurde: „Ein Kampf vielleicht? Eine Streiterei?" Die Frau Doktor antwortete nicht und gab der Frau das Säckchen zurück. „Zu den anderen Beweisstücken halt dann." Sichtlich enttäuscht war sie von den mageren Funden, fand Gasperlmaier.

„Wir müssen jetzt den Gaisrucker ausfindig machen. Kommen Sie mit! Ein Boot brauchen wir! Sofort!" Gasperlmaier deutete auf die Plätte des Niedergrottenthaler Wilhelm. „Wir könnten vielleicht ..." „Ausgezeichnete Idee!" Die Frau Doktor hüpfte hinein und bedeutete dem Gasperlmaier und dem Kahlß Friedrich, ihr zu folgen. Gasperlmaier stieg, etwas weniger behände als die Frau Doktor, die hohe Stufe hinunter, die ihn vom Wasserspiegel trennte, und dann vorsichtig ins Boot, das ein wenig zu schwanken begann, sodass sich die Frau Doktor gleich auf die Bank in der Mitte setzte, um nicht aus dem Gleichgewicht gebracht zu werden. Gasperlmaier drehte sich kurz um und sah die gewaltige Masse des Kahlß Friedrich auf sich zukommen, der sich soeben anschickte, ein Bein ins Boot zu setzen. Vor lauter Angst, dass der Friedrich die Plätte zum Kentern bringen könnte, beeilte sich Gasperlmaier, sich neben die Frau Doktor auf die Bank zu setzen, stolperte dabei über ein auf dem Boden liegendes Ruder und fiel der Frau Doktor Kohlross mehr oder weniger in den Schoß. Der Kahlß Friedrich hatte sich jedoch nicht davon abhalten lassen, den Vorgang des Einsteigens fortzusetzen, sodass sich die Plätte plötzlich gefährlich zur Seite neigte, weil sein Fuß die Mitte des Bootsbodens nicht genau getroffen hatte. Instinktiv klammerte sich Gasperlmaier an die Frau Doktor, und als sich das Schwanken etwas beruhigt hatte, fand er sich mit seinem Oberkörper zwischen den Beinen der Frau Doktor, während er seine Nase zwischen ihren Brüsten begraben hatte. Gasperlmaiers rechtes Ohr konnte die weiche Fülle der Brust, gegen die es gedrückt war, überdeutlich fühlen. Peinlich berührt versuchte er sich hochzurappeln und bemerkte dabei erst, dass er seine Arme um die Frau Doktor geschlungen hatte, die sich gerade ebenso sanft wie nachdrücklich von Gasperlmaier zu befreien suchte.

Als dieser endlich wieder dort war, wo er hingehörte – aufrecht auf der Bank neben der Frau Doktor –, stellte er fest, dass seine Aktion zum Zentrum aller Aufmerksamkeit geworden war – die gesamte weißgekleidete Mannschaft hatte aufgehört, ihrer Beschäftigung nachzugehen, und beobachtete, was in der Plätte des Niedergrottenthaler Wilhelm vor sich ging. Gasperlmaiers Ohren glühten und er hatte kein dringenderes Bedürfnis, als von diesem Ort zu verschwinden. Deshalb herrschte er den Kahlß Friedrich grob und unvermittelt an: „So fahr doch endlich!" Der Friedrich indessen brauchte noch ein paar Sekunden, um herauszufinden, wo denn der Schalter für den Elektromotor der Plätte war und wie man überhaupt ins Fahren kam. Wenig später aber glitten sie, zur Erleichterung Gasperlmaiers, auf den See hinaus.

Erst jetzt fand Gasperlmaier Atem genug, sich zu entschuldigen. „Es tut mir leid, ich wollte nicht, ich bin gestolpert, und dann ..." Die Frau Doktor winkte ab, ganz so, dachte Gasperlmaier, als habe sie sich mit der Ungeschicklichkeit ihres Assistenten in dieser Ermittlung schon abgefunden.

„Baden sollen die gefahren sein. Wo badet man denn hier?", fragte die Frau Doktor, zum Friedrich gewandt.

Der hob seine Pranke und deutete auf einen weißen Schotterstreifen, den man am gegenüberliegenden Ufer erkennen konnte. „Das ganze Ufer hinauf, bis zur Seewiese, das sind so die Strände, wo die Leut' gern baden. Man kommt da nur mit dem Boot hin, oder zu Fuß halt. Und mit dem Radl, obwohl eigentlich Fahrverbot ist." Der Friedrich grinste. „Und weißt eh, Gasperlmaier, nackt baden tun sie da auch. Vielleicht haben wir heut' ein Glück!" „Herr Kahlß!" Die Frau Doktor strafte ihn mit einem tadelnden Blick. Gasperlmaier erinnerte sich plötzlich an einen Film mit Louis de Funes, in dem er samt seinen Gendarmen ein Häufchen Nudisten verfolgt hatte. Die Gendarmen, erinnerte sich Gasperlmaier, waren in diesem Film immer die Trottel gewesen. Er hatte keine Lust, womöglich in Uniform Nacktbadern hinterherzujagen.

„Geht's nicht schneller?", trieb die Frau Doktor den Friedrich zur Eile an. Der zuckte mit den Schultern. „Ist ja kein Rennboot, Frau Doktor. Nur ein leiser Elektromotor, wie es halt erlaubt ist. Aber am Traunsee draußen, da hat es vor ein paar Jahren ein Rennen gegeben, mit Motorbooten, die über zweihundert Sachen machen. Und einen von denen hat es gleich ..." Die Frau Doktor winkte ab. „Ja, ja. Das will ich gar nicht wissen. Und, Kahlß, dass Sie mir jetzt nicht jede Bikinischönheit genau unter die Lupe nehmen. Der Gaisrucker hat eine Plätte gemietet, wir suchen nur nach einer Plätte, die irgendwo am Ufer liegt."

Lang brauchten sie nicht zu suchen, da deutete Gasperlmaier schon nach vorne, wo eine Plätte halb ans Ufer gezogen im Wasser lag. Der Friedrich hielt darauf zu. Bald konnte Gasperlmaier einige Leute wahrnehmen, die es sich auf dem Schotter mit Decken und Luftmatratzen bequem gemacht hatten. Den Gaisrucker Marcel erkannte er als Ersten, denn er stand aufrecht da und war offenbar gerade damit beschäftigt, ein Feuer anzumachen. Das klapperdürre Gestell, dachte Gasperlmaier, halb neidisch und halb verächtlich, erkennt man ja auf hundert Meter. Der Marcel sah von seiner Beschäftigung auf, als der Friedrich die Plätte knapp neben der seinen knirschend auf den Schotter gleiten ließ. Gasperlmaier konnte nicht umhin festzustellen, dass neben zwei weiteren Burschen in langen, weiten Badehosen auch drei junge Frauen am Strand lagen. Da war zunächst die Ines, die Gasperlmaier schon kannte. Komisch, dachte er, da rennt sie am einen Tag wütend davon und erzählt noch herum, dass der Marcel gar keinen, dass er also nicht in der Lage war. Und am nächsten Tag geht sie mit ihm baden und legt sich halbnackt an den Strand mit ihm. Aber die Gefühle, die das Handeln der Frauen antreiben, die würde er sowieso nie verstehen. Da konnte ihm die Christine erklären, so lang sie wollte.

Die Ines hatte kein Oberteil an und ließ ihre kleinen Brüste vorwitzig die Brustwarzen in die Höhe strecken. Vielleicht, dachte Gasperlmaier, war sie ja schon im Wasser, und da ist ihr kalt geworden. Neben der Ines richtete sich gerade ein Mädchen mit langen schwarzen Haaren in einem roten Bikinihöschen auf, und Gasperlmaier verschlug es fast den Atem. Die war mit so runden, üppigen Brüsten ausgestattet, dass dem Gasperlmaier nicht nur sprichwörtlich, sondern auch tatsächlich der Mund offen stehen blieb. Wie manche Menschen, dachte er bei sich, von der Natur gesegnet und bevorzugt wurden, das war fast schon eine Ungerechtigkeit. „Und jetzt fangen Sie gleich zu sabbern an, oder wie?" Gasperlmaier hatte völlig auf die Gegenwart der Frau Doktor vergessen und klappte seinen Mund so schnell zu, dass er sich fast auf die Zunge biss, die wohl nicht mehr ganz dort gewesen war, wo sie hingehorte.

Der Marcel hatte seine Versuche, das Feuer durch Anblasen zu entfachen, aufgegeben und sich aufgerichtet. Er trug wieder seine speckige Lederhose, die Gasperlmaier schon kannte, und sont, wie gestern, offenbar nichts. Außer vielleicht eine Unterhose, dachte Gasperlmaier, aber selbst das war bei einem wie dem Marcel so eine Frage, die man sich ruhig stellen durfte. Immerhin brauchte er dann gar nichts zu waschen, wenn er die Lederhose pur trug. Wie die Schotten ihre Kilts, da sagt man ja auch, dass die nichts unter ihrem Kilt tragen, und so viel wärmer als in Altaussee, mutmaßte Gasperlmaier, war es ja da oben auch nicht.

„Herr Gaisrucker, wir haben ein paar Fragen an Sie. Wenn Sie uns bitte zu unserer Plätte begleiten wollen?" Der Marcel, dachte Gasperlmaier, machte einen recht verunsicherten, fast schon verdächtigen Eindruck, wie er da so sprachlos den drei Polizisten ins Gesicht starrte. Dann fand er doch seine Sprache wieder. „Was wollen S' denn von mir? Ich hab ihnen ja schon alles gesagt! Und die Ines ..." Der Marcel deutete auf die Decke, auf der die Ines und das Mädchen im roten Bikinihöschen saßen. Gasperlmaier stellte fest, dass die Ines gerade damit beschäftigt war, ein offenbar widerspenstiges Bikinioberteil auf ihrem Rücken zuzuhaken, während die Körbchen vorne ein wenig verrutscht waren und ihre Brüste nur halb verdeckten. Das Mädchen im roten Höschen tat nichts dergleichen. Sie hatte sich zurückgelehnt und auf ihre Ellenbogen gestützt und lächelte, wie Gasperlmaier fand, frech zu ihnen herüber, ihre Brüste mehr oder weniger präsentierend. Gasperlmaier begann unter seiner Uniform zu schwitzen.

„Was wir miteinander zu besprechen haben, Herr Gaisrucker, möchte ich gern außerhalb der Hörweite Ihrer Freundinnen erledigen." Gasperlmaier fand wieder ins Hier und Jetzt zurück. Nur mit Mühe gelang es ihm aber, seine Blicke von der Schwarzhaarigen loszureißen. Marcel folgte der Frau Doktor, die zu ihrem Boot voranging. „Herr Gaisrucker, wir haben Grund zur Vermutung, dass Sie gestern – bevor Sie mit der Ines zusammen waren – die Frau Naglreiter getroffen haben. Wie Sie ja sicher wissen, ist auch sie vermutlich ermordet worden, jedenfalls gewaltsam zu Tode gekommen. Jetzt erfahren wir heute, dass Sie im Bootshaus des Niedergrottenthaler ein und aus gehen, dass dort auch die Plätte der Naglreiters liegt und – das möchte ich Ihnen nicht vorenthalten – dass wir im Körper der Frau Naglreiter Spuren gefunden haben, die uns verraten werden, mit wem sie zuletzt Geschlechtsverkehr gehabt hat. Und das war vorgestern, also an ihrem Todestag. Herr Gaisrucker, wo haben Sie den Abend verbracht, bevor Sie mit der Ines zusammen waren?"

Der Marcel sank auf der Bank im Boot zusammen, während die Frau Doktor vor ihm stehen blieb. Gasperlmaiers Blick wanderte zurück zu den jungen Leuten, die offenbar kein besonderes Interesse an der Vernehmung des Marcel hatten. Nur die Ines hatte sich aufgesetzt und schaute herüber. Die Schwarzhaarige lag wieder auf dem Bauch, und wie Gasperlmaier ohne besondere Überraschung feststellte, trug sie so ein Höschen, das die wesentlichen Partien ihres Hinterns freiließ und in Form eines Schnürls zwischen ihren Hinterbacken verschwand. Der Hintern, dachte Gasperlmaier, war in Form und Ausführung durchaus mit ihrem Busen zu vergleichen, mit der Ausnahme, dass auf ihrer rechten Hinterbacke, die dem Gasperlmaier zugewandt war, eine tätowierte Rose prangte. Etwas weiter oben, unter den Bäumen, hockte der zweite Bursch, der sich ausdauernd und intensiv damit beschäftigte, mithilfe eines größeren Steins und unter großer Anstrengung und beträchtlicher Lärmentwicklung kleinere auseinanderzuschlagen. Gerade flogen einige Splitter in Richtung der beiden Mädchen. Die Schwarzhaarige stützte sich auf ihre Arme: „Hör endlich auf, du Idiot!" Seltsam, dachte Gasperlmaier, dass es junge Männer gab, die beim Anblick einer solchen Schönheit nichts Besseres zu tun hatten, als auf Steine einzuschlagen. Oder aber, dachte Gasperlmaier, vielleicht hatte die Schwarzhaarige den Burschen derartig durcheinandergebracht, dass er Steine zertrümmern musste, um seiner Gefühle Herr zu werden.

Gasperlmaiers Blick wandte sich den beiden jungen Leuten zu, die ein wenig abseits von den anderen auf einer Strohmatte lagen. Beide kehrten ihm den Rücken zu, und das Mädchen trug einen einfachen schwarzen Badeanzug, der zwar recht knapp geschnitten war, aber, wie Gasperlmaier fand, das bedeckte, was zu bedecken war. Als er seine Blicke über den Hintern des jungen Mannes neben ihr gleiten ließ, erstarrte er. Die Badehose kannte er. Wo nur hatte er sie zuletzt gesehen? Das Muster kam ihm äußerst bekannt vor. Zu Hause, im Schmutzwäschekorb! Der Bursch dort war sein Sohn Christoph, das war ihm in diesem Moment klar. Und das scheinbare Desinteresse der beiden, das konnte nur daher kommen, dass sie die Stimmen des Gasperlmaier und des Kahlß Friedrich erkannt hatten und sich ruhig hielten, um unerkannt zu bleiben. Und das neben dem Christoph, das musste die Andrea sein, zu der Christoph eine durchaus unklare Beziehung pflegte. Gasperlmaier erkannte sie an dem langen schwarzen Zopf, der über ihre linke Schulter bis auf die Strohmatte hing. Die beiden trafen sich zwar fast täglich, um miteinander zu lernen oder fortzugehen, dennoch sträubte sich der Christoph dagegen, sie als seine Freundin zu bezeichnen, und warf seinen Eltern vor, bei Beziehungen immer nur an Sex zu denken. Früher, dachte Gasperlmaier, hatten das die Eltern den Kindern vorgeworfen. So war es zumindest bei ihnen zu Hause gewesen, schon zu einer

Zeit, als bei Gasperlmaier an Sex mangels interessierter Partnerinnen noch nicht einmal annähernd zu denken gewesen war.

Gasperlmaier wandte sich wieder der Frau Doktor zu, unsicher, ob er ihr Auskunft darüber geben musste, dass sein Sohn hier in Gesellschaft des verdächtigen Marcel Gaisrucker anzutreffen war. Das Gespräch war bereits bei Einzelheiten zum Verbleib des Marcel am fraglichen Nachmittag angelangt.

„Und Sie waren an diesem Nachmittag nicht im Bootshaus?" „Vielleicht war ich dort. Ich weiß es nicht mehr." Aus den Fernsehkrimis wusste Gasperlmaier, dass der Marcel damit praktisch zugegeben hatte, dort gewesen zu sein. Wenn einer so herumredete, mit „vielleicht", und sich an nichts erinnern konnte, dann war er's natürlich gewesen.

„Also noch einmal, Herr Gaisrucker. Wir gehen einen Schritt zurück. Sie haben die Ines gegen zwanzig Uhr getroffen, und zwar auf dem Kirtag, direkt bei dem Fahrgeschäft, das Sie als Tagada bezeichnen. Woher sind Sie da gekommen? Was war genau Ihr Weg dorthin, und wo hat er begonnen?"

Der Marcel stützte den Kopf in die Hände und schwieg. Die Frau Doktor drehte sich zu Gasperlmaier um. „Gasperlmaier, können Sie mir noch die Personalien der jungen Leute aufnehmen? Und vielleicht auch gleich fragen, ob sie in der fraglichen Zeit den Marcel Gaisrucker gesehen haben? So zwischen sechs und acht Uhr am Abend, am Sonntag?"

Die Personalien erheben sollte er? Er sollte sich zu den Mädchen dort hinsetzen und Namen und Adressen aufschreiben, während ihm der Busen der Schwarzhaarigen förmlich ins Gesicht sprang? Das konnte die Frau Doktor nicht ernst meinen. Dennoch zögerte er zu widersprechen. „Noch was?", fragte die Frau Doktor, wie es Gasperlmaier schien, ein wenig ungeduldig. Gasperlmaier nickte ergeben. Das Schwitzen wurde stärker. Er fühlte bereits seine Ohren glühen, als er sich sicherheitshalber zuerst dem jungen Mann näherte, der am Waldrand mittlerweile dazu übergegangen war, Steine über die beiden Mädchen hinweg ins Wasser zu werfen. Die Ines saß immer noch und versuchte offenbar, irgendetwas von dem Gespräch aufzuschnappen, das in der Plätte geführt wurde. Die Schwarzhaarige lag auf dem Bauch und hatte ihr Gesicht in ihrem Arm vergraben. Gasperlmaier hockte sich neben den jungen Mann und zückte sein Notizbuch. „Ich brauch eure Personalien." „Was brauchst du?" Der junge Mann ließ sich nicht einmal in seiner Tätigkeit unterbrechen und warf weiter konzentriert Steine ins Wasser, ohne Gasperlmaier auch nur mit einem Blick zu streifen. „Wie du heißt, wo du wohnst und so weiter." „Zu was braucht's ihr das?" Der Bursch wandte sich nun doch Gasperlmaier zu. In seiner Unterlippe steckte ein metallener Knopf. Gasperlmaier fragte sich, wie sich das wohl innen drinnen anfühlte, wenn da so ein Metallknopf zwischen Kiefer und Lippe herumwetzte.

Gasperlmaier beschloss, etwas offizieller zu werden. „Das hier ist eine Mordermittlung, und hier handelt es sich um Zeugen oder auch Beteiligte. Wir brauchen eure Personalien." „Und wenn ich dir meine Personalien nicht sag? Was machst du dann?" Gasperlmaier fühlte, wie ihm die Situation entglitt. Ob er es bei dem Burschen auch mit der Drohung mit Polizeiauto, Handschellen und Polizeiposten versuchen sollte? Gasperlmaier probierte es noch einmal im Guten. „Wir haben gar nichts gegen euch, gar kein Problem, eigentlich ist nur der Marcel verdächtig, aber wir könnten eure Daten als Zeugen benötigen." Weiter warf der Bursch Steine ins Wasser. „Florian Schwaiger", murmelte er schließlich, was Gasperlmaier unglaublich erleichterte. „Aus Bad Ischl. Ich kenn den Christoph", er deutete mit dem Kinn kaum wahrnehmbar auf den Sohn Gasperlmaiers, „vom Skifahren. Wir sind bei ein paar Skiclubrennen gegeneinander gefahren. Er hat immer gewonnen." Gasperlmaier setzte nach: „Genaue Adresse?" „Leschetizkygasse zwölf." Gasperlmaier notierte und wandte sich den beiden Mädchen zu, ein wenig beruhigter. Schließlich war die Ines bekleidet, und ihre Daten waren schon bekannt. Die Schwarzhaarige lag auf dem Bauch und stellte so keine allzu große Bedrohung dar.

Gasperlmaier hockte sich neben sie. „Darf ich Sie auch um Ihre Personalien bitten?" Plötzlich richtete sich die Schwarzhaarige auf und setzte sich im Schneidersitz dem Gasperlmaier gegenüber. Wie Magneten sogen ihre sanft schaukelnden Brüste die Blicke Gasperlmaiers an. „Da schau, der Herr Kommissar gibt uns auch die Ehre. So eine Freude!" Gasperlmaier beschlich das Gefühl, dass sich das Mädchen über ihn lustig machte. „Wir müssten, wegen einer Ermittlung, Ihren wissen, Ihren Namen, und wie Sie heißen." Das war gründlich missglückt. Gasperlmaiers Grammatik geriet einfach immer durcheinander, wenn der Stress besonders groß war. Die Schwarzhaarige schmunzelte. Die lacht mich aus, dachte Gasperlmaier, weil ich stottere wie ein Idiot und ständig auf ihren Busen starre.

Er zwang sich, den Blick zu heben und besann sich seines eigentlichen Anliegens. „Ich bin nicht wegen Ihrer ... Ihrer", Gasperlmaier zeigte mit dem Finger auf die Quelle ihres Stolzes, gleichzeitig begreifend, dass man auf jeden Fall weder die Brüste Badender anstarrt, noch mit dem Finger auf sie deutet. Gasperlmaier wandte seinen Blick dem See zu. Über ihn hinweg zischten die Wurfgeschosse des Florian Schwaiger. Nur nicht die Nerven wegschmeißen, dachte Gasperlmaier. „Ihren Namen bitte, und ihre Adresse." „Ich bin die Eva Schwaiger. Und dem da", sie wies auf den Florian, „seine Schwester. Und ich wohne dort, wo er wohnt, aber nicht mehr lang. Weil ich hab jetzt in der Modeschule in Ebensee die Matura gemacht, und ich werd' jetzt Model."

Gasperlmaier notierte. Und bei sich dachte er, dass die Eva zwar ein Prachtexemplar ihrer Gattung und ihres Geschlechts war, dass aber in den Modeschauen, die seine Christine gelegentlich im Fernsehen verfolgte, eine ganz andere Art von Frauen als Kleiderständer diente. Eher solche wie die Ines, nur zwanzig Zentimeter länger. Wo man Models, die so aussahen wie die Eva, ansehen konnte, daran mochte Gasperlmaier jetzt gar nicht denken. Die Welt der Mode war es jedenfalls nicht.

Gasperlmaier erhob sich und wünschte ihr viel Glück. Doch da fiel ihm ein, dass er die jungen Leute ja auch nach ihrem Aufenthalt zur vermutlichen Tatzeit befragen sollte. Er ließ sich wieder nieder und wandte sich zunächst an die Ines.

„Wollen Sie auch Model werden?", fragte er, weil ihm keine bessere Gesprächseröffnung einfiel. Die Ines schnaubte nur verächtlich. „Das interessiert mich wirklich nicht! Ich brauch nämlich meinen Busen nicht in der Gegend herumzeigen, damit mich irgendwer wahrnimmt." Aha, dachte Gasperlmaier, das hört sich jetzt nach einer kleinen Eifersüchtelei zwischen den beiden Damen an. „Ich studier technische Chemie. Da würdest du dich sowieso nicht drübertrauen!", fügte sie, an Eva gewandt, schnippisch hinzu. Die hatte sich wieder hingelegt und zischte nur verächtlich. Gasperlmaier sah seine Chance gekommen. „Ich muss euch beide noch fragen, wo ihr am frühen Abend wart. Wegen einer Zeugenaussage, möglicherweise. Wenn jemand von euch den Marcel gesehen hat ...?" Die Ines schüttelte den Kopf. „Hab ich das nicht schon gesagt? Gegen acht hab ich ihn getroffen, beim Tagada. Nicht ausgemacht, sondern mehr zufällig. Ich war mit ihr da", sie zeigte auf die Eva, „und ihrem Bruder unterwegs. Die hab ich schon früher getroffen, wir waren vorher noch baden. Beim Kahlseneck drüben." Das Kahlseneck war ein öffentlicher Badeplatz, genau gegenüber der Stelle, an der sie sich gerade befanden. Wenn es stimmte, was die Ines behauptete, würden sich auch Zeugen finden, die das bestätigen konnten. „Und den Marcel habt ihr früher nicht gesehen?" Die Ines schüttelte den Kopf. Plötzlich setzte sich die Eva wieder auf, und erneut schwindelte dem Gasperlmaier ein wenig bei ihrem Anblick, obwohl er doch schon geglaubt hatte, seine fatale Faszination überwunden zu haben. Hoffentlich, dachte Gasperlmaier, träume ich nicht auch noch von diesen Dingern, obwohl, andererseits, so schlimm wie die Albträume, die ihn von Zeit zu Zeit plagten, wäre das auch wieder nicht. Schon wieder, dachte er, schweifst du ab, bleibst nicht bei der Sache, und es verrinnen die Sekunden, und du schweigst und glotzt, und was werden sich die Mädchen dabei denken?

„Ich aber schon!", sagte die Eva fröhlich. Gasperlmaier war verwirrt. „Ich aber schon?" Was schon? „Ich hab den Marcel früher schon gesehen. Ich hab nämlich von meinen Eltern zur Matura eine Kamera gekriegt, wollen Sie sie sehen?" Ohne Gasperlmaiers Antwort abzuwarten, drehte sie sich um, kramte in einer silbernen, mit Pailletten besetzten Tasche herum und zog ein ziemlich schweres, schwarzes Trumm von einer Kamera heraus. „Schauen Sie, Herr Inspektor, die hat einen Zehnfach-Zoom." Gasperlmaier schaute und bemühte sich krampfhaft, seine Blicke auf die Kamera zu fokussieren. „Und nach dem Baden sind wir drei noch auf ein Bier gegangen, beim Buffet beim Kahlseneck, und ich spiel da so mit meiner Kamera herum und schau durch den

Sucher, und da seh ich eine Plätte auf dem See, und ich hol sie näher heran, und was glauben Sie, wer da drinnen gestanden ist und gerudert hat? Natürlich unser Marcel! Mit einer blonden Tussi im Dirndlg'wand!" Sie hielt dem Gasperlmaier die Kamera hin. „Wollen Sie's einmal ausprobieren? Sie können ein Foto von mir machen. Ich kann's Ihnen dann per Mail schicken."

Das hätte gerade noch gefehlt, dachte Gasperlmaier, der zum Öffnen seiner Mails regelmäßig die Hilfe seiner Frau in Anspruch nehmen musste, doch plötzlich stand die Eva auf, ihr rotes Dreieck tanzte kurz vor seiner Nase, und schon war sie zum Ufer gelaufen. Sie watete ein paar Schritte ins Wasser hinein und rief: „Kommen Sie, Herr Inspektor, seien Sie kein Spielverderber. Schauen Sie halt einmal durch und drücken Sie ab!"

Gasperlmaier dachte, wenn jetzt gerade die Frau Doktor herüberschaut und sieht, wie das praktisch nackte Mädchen da posiert, und ich hab eine Kamera in der Hand, dann gibt es eine Katastrophe. „Das geht nicht!", rief Gasperlmaier zur Eva hinüber, und erst jetzt fiel ihm ein, dass er ganz als Erstes verlangen hätte müssen, dass sie sich anzieht, bevor er mit ihr spricht. Das war schon wieder ein unverzeihlicher Fehler gewesen.

Gerade rechtzeitig fiel dem Gasperlmaier noch ein, dass er die Eva darum bitten musste, die Speicherkarte herauszurücken. Ihre Aussage allein würde der Frau Doktor nicht genügen, die würde auch das Foto haben wollen. Gasperlmaier blickte bewusst an der Eva vorbei auf den See hinaus. „Ich muss Sie um die Speicherkarte bitten. Wir brauchen das Foto als Beweis." „Kein Problem. Wenn ich's wieder kriege!" Sie drehte sich um, streckte die Arme über den Kopf und tauchte unter. Kurz darauf sah Gasperlmaier sie wieder auftauchen und auf den See hinausschwimmen. Ratlos drehte er die Kamera hin und her. „Wissen Sie vielleicht, wie man an die Speicherkarte kommt?", frage er die Ines. „Geben S' einmal her." Sie steckte ihren Fingernagel in eine kleine Öffnung, worauf eine Klappe aufsprang. Dann hielt sie dem Gasperlmaier ein fingernagelgroßes Stück schwarzes Plastik hin. „Voilà!" Der nahm es vorsichtig entgegen und steckte es in die Brusttasche seiner Uniform. Hoffentlich, dachte Gasperlmaier, verliere ich das Ding nicht und es funktioniert noch, wenn sich die Frau Doktor das Foto ansehen will.

Gasperlmaier hörte ein Geräusch, das, wie ihm schien, von oben, vom Weg, der um den See führte, kam. Er wandte sich um und sah, wie ein paar Steine den Abhang herunterkollerten. Was er noch sah, waren der Christoph und die Andrea, die gerade unter den Bäumen verschwanden und anscheinend zu Fuß nach Hause wollten. Verdammt, dachte Gasperlmaier, wie erkläre ich das der Frau Doktor, dass sich mein Sohn hier mit dem Marcel herumtreibt und mir dann samt seiner Freundin durch die Lappen geht, bevor ich noch eine gescheite Aussage bekommen habe.

Gasperlmaier wurde das alles jetzt zu viel, ohnehin hatte er hier nichts mehr zu schaffen, er erhob sich und stapfte durch den losen Schotter zu der Plätte hinüber, in der die Frau Doktor immer noch mit dem Marcel in ein Gespräch vertieft schien, während der Friedrich am Steuer wartete. „Wiedersehen, Herr Inspektor!" Die Eva stieg gerade aus dem Wasser und winkte ihm zu. Gasperlmaier wandte sich ab.

„Na, haben Sie sich mit der jungen Dame ausgiebig unterhalten?" Gasperlmaier entging der ironische Unterton der Frau Doktor keineswegs. Gerade wollte er zu einer Erklärung ausholen, als die Frau Doktor nachschob: „Lange genug gebraucht haben Sie ja." Doch da platzte dem Gasperlmaier der Kragen. „Das hätten Sie selber sehen sollen, Frau Doktor. Das Mädel ist ja vollkommen verrückt, die hält sich für ein Model, der wären auch Sie nicht entkommen! Die hätte auch Ihnen angeboten, dass sie Ihnen ein Foto zuschickt, das Sie von ihr aufgenommen haben! Herrgottsakrament, noch einmal!" Die Frau Doktor zuckte fast ein wenig zurück vor seinem Ausbruch, denn so hatte sie ihn natürlich noch nicht kennengelernt, aber wenn das Fass einmal überlief, dann konnte Gasperlmaier schon auch einmal laut werden.

Die Frau Doktor bemühte sich, zur Sache zurückzukehren. „Haben Sie die Personalien und die Aussagen über gestern am frühen Abend?" „Nein!" brummte Gasperlmaier zurück, dem Marcel, der immer noch auf der Bank in der Plätte saß, schaute er dabei direkt ins Gesicht. „Damit Sie es gleich wissen: Zwei haben sich davongemacht. Sie sehen es ja selber. Und die zwei waren mein Sohn Christoph und seine Freundin. Und fragen Sie mich bitte nicht, warum ich mich so blöd angestellt habe, dass die zwei wegkonnten. Die finden wir schon noch. Und bitte", Gasperlmaier wurde leiser, nahm die Frau Doktor bei der Schulter und wandte sich von der Plätte ab, „trampeln Sie nicht darauf herum, dass mir die zwei entwischt sind, weil ich dreimal zu oft auf den Busen von der da drüben geschaut habe. Das weiß ich selber", fügte er hinzu, während die Wut schon fast gänzlich aus ihm herausgelaufen war. Die Frau Doktor schaute erstaunt, blieb aber stumm. Gasperlmaier versuchte in ihren Blicken zu lesen und konnte keinen Zorn und keine Verachtung entdecken, vielleicht sogar etwas wie Respekt. Beide ließen es bleiben, die Angelegenheit noch weiter zu kommentieren, und wandten sich wieder der Plätte zu. Sie stiegen vorsichtig ein und teilten sich die Bank gegenüber von Marcel. Keiner von ihnen hatte Lust, sich neben den Burschen zu setzen.

Plötzlich fiel Gasperlmaier ein, dass er der Frau Doktor eine wichtige Aussage der Eva bisher unterschlagen hatte. „Der da", er deutete auf den Marcel, „ist vorgestern, so um halb acht, auf dem See gewesen. Mit einer Plätte. Und einer blonden Frau." Gasperlmaier zog die Speicherkarte aus der Brusttasche. „Auf der Karte da ist ein Foto drauf, das die Aussage beweist. Die Eva hat ihn fotografiert!" Zufrieden mit sich reichte er die Karte der Frau Doktor, die sie mit spitzen Fingern entgegennahm und aufmerksam begutachtete. Der Marcel blickte verständnislos zu Gasperlmaier, dann hinüber zu den beiden Mädchen, die jetzt, das sah auch Gasperlmaier, ihre Sachen zusammenpackten. Wobei es die Eva offenbar für wesentlich hielt, alles andere zuerst zusammenzusuchen, bevor sie sich etwas anzog.

„Stimmt das, Herr Gaisrucker?", fragte die Frau Doktor. Der spielte auf Zeit: „Wann soll das gewesen sein? Ich fahr ja oft mit einer Plätte herum, der Niedergrottenthaler ..." Die Frau Doktor ließ ihn gar nicht erst ausreden. „Herr Gaisrucker, Sie haben in Bezug auf die fragliche Zeit bisher nur Blödsinn geredet und gelogen, dass sich die Balken nur so gebogen haben. Jetzt hat Sie zur fraglichen Zeit jemand auf dem See gesehen. Verdammt noch einmal, waren Sie zu diesem Zeitpunkt Bootfahren oder nicht? Begreifen Sie denn nicht, dass das Ausweichen und Herumreden jetzt nichts mehr hilft?" Der Marcel ließ den Kopf sinken und stützte ihn in die Hände. Ganz langsam und Wort für Wort sagte er in seine schmutzigen Finger hinein: „Ich hab sie aber nicht umgebracht!"

Die Frau Doktor wies den Friedrich mit einer Handbewegung an, den Motor zu starten. Gasperlmaier stieg noch einmal aus und schob die Plätte vom Kies.

„Hallo!", schrie plötzlich die Ines zu ihnen herüber, „und wer fährt jetzt das Boot zurück? Wir können das nicht!" Während die Plätte mit dem Friedrich, der Frau

Doktor und dem Marcel langsam ins Wasser glitt, sah die Frau Doktor dem Gasperlmaier fragend ins Gesicht. Der schüttelte energisch den Kopf: Er würde die Eva und die Ines sicherlich nicht zurück zum Bootshaus chauffieren! Indes begann der Friedrich schon die Plätte zu wenden, worauf die Frau Doktor dem Gasperlmaier bedauernd zuwinkte und mit den Schultern zuckte. Gasperlmaier war mit den beiden Mädchen allein und stieg in die Plätte, die noch am Ufer lag. „Schmeißt's halt euer Zeug herein! Und tummelt's euch!"

Die Ines kam mit ihrer Badetasche und einer zusammengerollten Strohmatte gerannt, während die Eva, so schien es Gasperlmaier, grinsend und provokant langsam ihre Sachen vom Boden aufhob. Wenigstens, dachte Gasperlmaier, hatte sie jetzt ein rotes Leibchen an, dessen Ausschnitt ihren Busen aber fast noch mehr betonte als die gänzliche Nacktheit. Betont lässig schwang sie sich an Bord. „Einen Elektromotor hättet ihr aber schon selber bedienen können!", murmelte Gasperlmaier vor sich hin, schaltete ein und stellte fest, dass die Plätte auf dem Uferschotter aufsaß. „Eine muss raus und anschieben!", befahl er. Die Eva stieg seufzend noch einmal aus und schob an. Dabei trat sie offenbar auf einen glitschigen Stein und rutschte aus. Gasperlmaier sprang auf, um zu helfen, doch sie erwischte gerade noch den Bootsrand und schwang sich geschickt über die Bordwand ins Bootsinnere. „Sakra!", grinste sie, „jetzt hätt' ich Ihnen bald noch eine Extrashow geliefert, mit Wet-T-Shirt und so." Gasperlmaier schwieg, wendete und steuerte auf das andere Ufer zu.

Die Plätte, die der Kahlß Friedrich steuerte, war schon weit entfernt. Gasperlmaier drehte auf Vollgas. Die Eva hatte ihre Kamera herausgeholt und hielt sie auf Gasperlmaier gerichtet. „So ein Mann in Uniform ...", grinste sie, während die Ines düster vor sich hin stierte.

Gasperlmaiers Blicke blieben, ohne dass er es wirklich wollte, wieder an der Eva hängen Er seufzte und bemühte sich, an ihr vorbei zu seinem Ziel zu starren.

Als er in den Schatten des Bootshauses eintauchte, waren die Frau Doktor und der Marcel bereits ausgestiegen und saßen auf einer Bank oberhalb der Boote. Der Friedrich war mit dem Vertäuen der Plätte beschäftigt. Die Ines verschwand wortlos, während die Eva unter Gekicher aus der Plätte stieg, am Marcel vorbeischarwenzelte und sich übertrieben aufgeräumt von den Anwesenden verabschiedete. „Ich besuch dich im Gefängnis!", rief sie von der Tür zum Marcel zurück. Die Frau Doktor blickte ihr nur missbilligend nach.

Während Gasperlmaier seine Plätte vertäute, begann der Marcel zu reden. „Sie wissen es ja eh schon, dass ich mit der Naglreiter", er zögerte, „dass wir etwas miteinander hatten. Natürlich können Sie sich jetzt fragen, ob mir die nicht viel zu alt war, aber..." Wieder unterbrach er sich, Gasperlmaier schien, er überlegte, wie alt die Frau Doktor sein mochte. „Zum Thema: vorgestern Abend!", ermahnte ihn die Frau Doktor. „Sie hat mir ein SMS geschrieben, ob wir uns im Bootshaus treffen können. Natürlich bin ich hin, und wenn's nach mir gegangen wäre, hätten wir auch gleich im Bootshaus ... aber das wollte sie nicht, da könnte ja jemand kommen, hat sie gemeint, also sind wir hinausgefahren und haben dann irgendwo in der Mitte vom See ..." Die Frau Doktor fuhr ihm dazwischen. „Jetzt entschuldigen Sie aber, Herr Gaisrucker, das glaubt Ihnen doch kein Mensch. So groß ist der See ja nicht. Und rundherum ist der Weg, von dem aus Sie praktisch in der Auslage gewesen wären. Jeder mit einem Fernglas oder einem guten Teleobjektiv hätte Sie sehen können!" Dem Marcel kam ein Grinsen aus. „Die wollte das so. Auf das ist sie besonders gestanden." „Aber im Bootshaus wollte sie nicht? Da, sagen

Sie, hat sie sich geweigert, weil jemand kommen hätte können?" Der Marcel wand sich wie ein Fisch am Angelhaken. „Also, Sie müssen das verstehen. Es hat ihr gefallen, wenn sie das Gefühl gehabt hat, dass uns vielleicht wer beobachtet. Direkt von ihrem Mann oder ihren Kindern beim F..." Gerade noch rechtzeitig stockte der Marcel und warf einen prüfenden Blick auf die Frau Doktor, deren Augenbrauen, wie Gasperlmaier wahrnahm, schon auf dem Weg nach oben waren. „... beim Liebemachen erwischt zu werden", setzte der Marcel aufatmend fort. Da war ihm im letzten Moment doch noch ein einigermaßen entschärfter Begriff eingefallen, dachte Gasperlmaier, so viel sprachlichen Feinsinn hätte er dem Marcel gar nicht zugetraut.

„Und wir haben uns, ich meine, sie hat ein Dirndl angehabt, und Sie kennen das sicher, das ist so ein Spielchen ..." Die Frau Doktor unterbrach den Marcel scharf. „Herr Gaisrucker, was ich kenne oder nicht, ist hier nicht das Thema, und schon gar nicht, ob ich Spielchen kenne. Beenden Sie Ihres!", fuhr sie ihn an, den Kopf fast schlangengleich nach vor schnellend, wie Gasperlmaier fand. Der Marcel schluckte und klammerte sich mit den Händen an der Bank fest, bevor er fortfuhr. „Sie hat kein Höschen angehabt, und ich nur meine Lederhose, und da muss man sich nicht ganz aus..." Flehentlich blickte der Marcel die Frau Doktor an, in der Hoffnung, dass sie ihm ersparen möge weiterzureden.

„Und dann, bevor Sie ins Bootshaus zurückgekehrt sind, oder auch im Bootshaus, ist es zu einem Streit gekommen. Vielleicht hat sie Sie ausgelacht, weil Sie keinen hochgekriegt haben. Da haben wir ja schon Informationen, diesbezüglich. Wäre nicht das erste Mal, dass da ein Mann gewalttätig wird." Der Marcel lief rot an. „Oder Sie sind zu früh gekommen und deswegen ausgelacht worden. Machen wir uns doch nichts vor, ihr

Männer seid doch wegen dem geringsten Anlass bereit, einer Frau eins über den Schädel zu ziehen!" Die Frau Doktor rutschte nach vor und stieß dem Marcel ihre Worte fast ins Gesicht. Der wich auf der Bank zurück, dass Gasperlmaier meinte, er müsse jeden Moment auf den Boden plumpsen und dem Friedrich, der neben der Bank stand, vor die Füße fallen. „Oder es ist zu einem Streit gekommen, weil sie nichts mehr von Ihnen wissen wollte? Oder alles zusammen, was weiß ich!" Gasperlmaier fand, dass die Frau Doktor jetzt ein wenig über das Ziel hinausschoss. Wenn der Marcel keinen hochgekriegt hatte, dann konnte das zweite von der Frau Doktor genannte Motiv nicht zutreffen. Da hatte sie sich verrannt, fand Gasperlmaier. „Und der Streit eskaliert, sie lacht noch mehr, verspottet Sie, und da sehen Sie rot, packen einfach das Ruder und ..." „Nein!", schrie der Marcel und sprang auf, wild um sich blickend. Wohl in der Annahme, der Marcel denke an Flucht, streckte der Kahlß Friedrich seine Pranke aus, fasste den Marcel am Lederhosenbund und drückte ihn mit einer ebenso sanften wie bestimmten Bewegung wieder auf seinen Platz zurück. „Nein!", schrie der Marcel noch einmal. „Wir haben überhaupt nicht gestritten, und es hat auch gar keinen Grund für einen Streit gegeben, ich hab's ihr wunderbar ..." Wieder stockte der Marcel. „Also, wir haben es genossen. Kein Streit. Ich bin zuerst aus dem Bootshaus gegangen, sie hat gesagt, wir sollen nicht zusammen gesehen werden. Das haben wir eigentlich immer so gemacht, dass wir nicht zusammen gesehen werden." „Ja, und wie Sie aus dem Bootshaus hinaus sind, da ist sie tot in der Plätte gelegen, weil Sie ihr mit dem Ruder eins über den Schädel gezogen haben!", schrie die Frau Doktor. Der Marcel sank in sich zusammen. Jetzt, dachte Gasperlmaier, jetzt hat sie ihn, und gleich gesteht er.

„Was machen wir jetzt mit ihm, Frau Doktor?", fragte der Friedrich nach einer Weile, ohne dass er sich von der Stelle gerührt hätte. „Der darf sich als vorläufig festgenommen betrachten, wir werden ihn ins Bezirkskommando nach Liezen befördern, dort wird er dann vernommen." Und wie um ihre Worte zu unterstreichen, holte die Frau Doktor ein Paar Handschellen aus der Jackentasche und ließ es beim Marcel klicken, der so erstaunt dreinschaute, dass er keinen Mucks herausbrachte. Hoffentlich, dachte Gasperlmaier, vergisst er nicht aufs Atmen. Eigentlich tat ihm der Bursch leid, was konnte er schon dafür, dass er in eine so unselige Beziehung mit der Frau Naglreiter hineingeschlittert war.

Als sie das Bootshaus verließen, der Friedrich den Marcel vor sich her schiebend, wartete schon ein Polizeiauto mit zwei Uniformierten. Eigentlich hatte Gasperlmaier angenommen, dass sie den Marcel selber nach Liezen bringen müssten, aber da hatte die Frau Doktor wohl schon vorgesorgt. Wie im Film, dachte Gasperlmaier, als die Beamtin dem Marcel beim Einsteigen vorsichtig den Kopf nach unten drückte, damit er ihn sich nicht anschlug. Aber der Marcel war so weggetreten, dass er weder an Widerstand dachte noch ihn zu leisten vermocht hätte. Als der Marcel sicher im Auto verstaut war, klingelte das Handy der Frau Doktor. Sie bedeutete den beiden Beamten, mit der Abfahrt noch zuzuwarten, wandte sich dem See zu, sagte mehrmals „Aha!", „Sehr interessant!" oder „Ausgezeichnet!", sodass Gasperlmaier schon neugierig wurde, was es da am Telefon zu besprechen gab. Als die Frau Doktor auflegte, schien sie dem Gasperlmaier fast vergnügt.

„Also erstens: Im Boot und an der Umrandung, oder wie das heißt, wo die Ruder festgemacht werden, hat man Faserspuren vom Dirndl der Frau Naglreiter gefunden, sogar ganz eindeutige und ausgiebige. Kein Zweifel also, dass sie in der Plätte war. Sehr wahrscheinlich auch, dass sie über Bord gegangen ist, das ist die einfachste Erklärung dafür, dass gerade dort Fasern hängen geblieben sind. Zweitens: Im Boot hat es keine Blutspuren gegeben, allerdings auf einem Ruder, das im Boot gelegen ist. Erklärung: Die Frau Naglreiter ist zuerst über Bord gegangen und danach mit dem Ruder erschlagen worden, als sie schon im Wasser trieb oder schwamm. Im Bootshaus kann das nicht passiert sein, also wahrscheinlich draußen auf dem See." Gasperlmaier mochte es sich gar nicht vorstellen. Aus welchem Grund auch immer, der Marcel hatte die Frau Naglreiter aus der Plätte gestoßen und ihr dann, als sie womöglich nach Luft schnappend in ihrem teuren Dirndl im See trieb, ein Ruder auf den Kopf geschlagen. Doch wie er es auch drehte und wendete, eine solche Grausamkeit traute Gasperlmaier dem Marcel nicht zu.

„Ich werde den Marcel begleiten und ausquetschen wie eine Zitrone, ich bin mir sicher, dass da noch viel Saft drin ist, wenn er auch sehr sauer schmecken wird." Ganz aufgeräumt schien die Frau Doktor dem Gasperlmaier, fast meinte er zu sehen, wie eine schwere Last mit der Festnahme des Marcel von ihren Schultern gefallen war. Dennoch meldete er vorsichtig seine Zweifel an: „Frau Doktor, ob der Marcel wirklich alle drei ermordet haben kann? Ich kenn ihn ja schon lang, aber so etwas traue ich ihm nicht zu." Die Frau Doktor lehnte sich gegen die Kühlerhaube des Wagens, in dem der Marcel jetzt schon bei geschlossenen Fenstern schmorte, und lachte auf, ein wenig zu schrill, wie Gasperlmaier zu spüren meinte. „Sagen Sie mir jemanden, dem Sie es zutrauen, drei Menschen innerhalb von zwei Tagen umzubringen!" Da, musste Gasperlmaier ihr zugestehen, hatte die Frau Doktor auch wieder recht. Ob es wirklich jemanden gab, dem so etwas zuzutrauen war?

Gasperlmaier fiel da schon einer ein, ein gewisser Doktor Geier, der am hiesigen Bezirksgericht für ein paar Jahre als Jurist tätig gewesen war. Der hatte mit Gott und der Welt Rechtsstreitigkeiten angefangen und von der Kindergartentante bis zum Rauchfangkehrer so ziemlich alle verklagt, mit denen er zu tun hatte. Leider hatte auch Gasperlmaier ein- oder zweimal mit dem Doktor Geier zu tun gehabt, denn eine Kollegin seiner Christine war, wer weiß wie, an diesen Geier geraten und hatte ihn, keiner wusste warum, sogar geehelicht. Bei einem Ball war dieser Doktor Geier auch am Tisch der Gasperlmaiers gesessen, und Gasperlmaier hatte sich einigermaßen unwohl gefühlt, weil der Doktor so einen Ausdruck in seinen Augen hatte, dass der Gasperlmaier dachte, der bringt heute sicher noch einen um, so wie der dreinschaut. Dann hatte der Doktor Geier auch noch einige Frauen am Tisch beleidigt, sodass die Stimmung einigermaßen eingefroren gewesen war. Als dann später der Doktor Geier sich zum Gasperlmaier hinübergebeugt und ihm zugeraunt hatte, dass seine Christine eigentlich recht scharf aussehe, wenn sie sich einigermaßen zurechtmache, und dass er gar nicht gedacht habe, dass so eine Landpomeranze nach ein paar Gläsern Wein direkt zum Anschauen sei, da hatte Gasperlmaier wütend seinen Sessel umgeworfen, seine Christine am Arm genommen und war gegangen. Allerdings, dachte Gasperlmaier jetzt, hatte der Doktor Geier bis heute, soweit er wusste, keinen umgebracht, was Gasperlmaier fast leidtat, und damals war eher er es gewesen, in dem Mordlust aufgekeimt war.

„Es sind fast immer die, die nicht danach ausschauen", fügte die Frau Doktor jetzt noch hinzu. „Sie würden sich wundern, Gasperlmaier, wenn ich Ihnen die Fotos unserer Beziehungstäter aus den letzten Jahren zeigte, da sind keine drei darunter, von denen Sie auf Anhieb sagen würden, dass sie jemanden umbringen könnten. Denken Sie an die Elfriede Blauensteiner, die hat ausgeschaut wie eine liebe Oma. Und umgebracht hat sie die Männer gleich reihenweise." Die Frau Doktor öffnete die Beifahrertür des Einsatzwagens und wies den zweiten Beamten an, sich hinten zum Marcel zu setzen. Ein wenig unschlüssig standen Gasperlmaier und der Kahlß Friedrich nun neben der offenen Tür. „Ach ja!" Die Frau Doktor öffnete die beinahe geschlossene Tür noch einmal. „Sie beide brauche ich – heute zumindest – nicht mehr. Ihr habt eh schon genug Überstunden geschoben, wenn ich mir überlege, wann wir heute angefangen haben. Das kann sich der Staat gar nicht leisten, also geht zum Zeitausgleich heim, wenn ihr sonst nichts zu tun habt. Und, Gasperlmaier, schauen Sie zu, dass Sie heute noch mit Ihrem Sohn reden!" Die Frau Doktor warf dem verdutzten Gasperlmaier noch ein, wie Gasperlmaier schien, hämisches Lächeln zu und schlug die Wagentür zu. Sekunden später standen die beiden allein vor dem Geländewagen der Altausseer Polizei. Da klingelte Gasperlmaiers Handy. „Dass ich's nicht vergesse!" Die Stimme gehörte der eben abgefahrenen Frau Doktor. „Ich lasse euch ehestmöglich wissen, ob wir mit dem Foto der Eva was anfangen können. Sie hätten sich wohl gern alle Fotos auf der Karte angeschaut, was, Gasperlmaier?" Die Frau Doktor kicherte ein wenig pubertär, fand Gasperlmaier. Und bevor er noch ein etwas einsilbiges „Ja, ja!" loswurde, hatte sie schon aufgelegt.

12

„So, Gasperlmaier", brummte der Friedrich, „jetzt ist es fast vier, und wir zwei sind seit fünf Uhr in der Früh auf den Beinen, mindestens. Und was hast du seither gegessen? Nichts! Weil uns die Frau Doktor in der Gegend herumtreibt und bei ihrer Mörderjagd darauf vergisst, dass ein Polizist, der denken will, auch etwas im Magen braucht. Und wir zwei holen uns jetzt was zu essen."

Gasperlmaier konnte dem nur beipflichten, erinnerte sich allerdings nur allzu gut an die Folgen, die die gestrige Einkehr beim Bierzelt in den Medien gezeitigt hatte, und war fest entschlossen, der Versuchung heute zu widerstehen. Als er neben dem Friedrich im Geländewagen Platz nahm, dachte er sich, er würde zuerst einmal daheim anrufen und nachfragen, ob und wann mit etwas zu essen zu rechnen sei. Und allenfalls, dachte sich Gasperlmaier, gehe ich ins Geschäft und kaufe mir ein paar Leberkäsesemmeln, und die esse ich dann daheim, wo kein Reporter der Welt mir eine Kamera ins Gesicht halten und mich vor der Öffentlichkeit lächerlich machen kann.

Der Kahlß Friedrich war offensichtlich nicht so sensibel wie Gasperlmaier und hatte den Vorfall von gestern schon erfolgreich verdrängt, wenn nicht gar vergessen, denn er hielt den Geländewagen gerade vor dem Schneiderwirt an. „Ich geh heute nicht mit!", informierte Gasperlmaier seinen Postenkommandanten unter Aufbietung seiner gesamten Willenskraft, „ich bring noch das Auto heim." „Wie du meinst", meinte der Friedrich ein wenig wortkarg. Seine Sache war es nicht, sich in der Aussicht auf eine kühle Halbe und eine gute Jause mit unnötigen Diskussionen aufzuhalten. Schweren Herzens rückte Gasperlmaier auf den Fahrersitz, während der Friedrich seine Dienstmütze auf die Rückbank warf und zügig auf den Gastgarten zuschritt.

Beim Polizeiposten angekommen, stellte Gasperlmaier den Wagen ab und holte sein Handy heraus. Zu Hause am Festnetz antwortete niemand und auch am Handy meldete sich die Christine nicht. Auch beim Christoph probierte es Gasperlmaier noch, denn den sollte er sowieso noch ausführlich interviewen, so hatte zumindest die Frau Doktor gemeint. Aber auch da tutete es vergeblich in der Leitung. Missmutig machte sich Gasperlmaier auf den Heimweg und versuchte sich für die ihn erwartenden Leberkäsesemmeln in Stimmung zu bringen. Sein Zorn darüber, dass sich offenbar niemand um ihn kümmern wollte, wuchs jedoch so schnell und heftig an, dass er das Lebensmittelgeschäft rechts liegen ließ und die paar Meter zum Gastgarten des Schneiderwirts weiterging. „Der Teufel soll die Reporter holen!", murmelte er, trat in den Gastgarten, hielt Ausschau nach dem Friedrich, der es sich im Schatten unter einem Vordach bequem gemacht hatte, und setzte sich zu ihm. „Bist vernünftig worden?", fragte der Friedrich nur und blieb dann stumm, denn ein Mann vieler Worte war er nicht, vor allem, wenn es seiner Meinung nach nichts zu reden gab. Gasperlmaier zog seine Jacke aus und bestellte sich bei der Jasmin ein Bier und eine Essigwurst. „Kömmt söfört!", sächselte sie. Zunächst war es schon gewöhnungsbedürftig gewesen, als die Zilli, die das Wirtshaus vom Besitzer, der Freiwilligen Feuerwehr Altaussee, gepachtet hatte, eine ostdeutsche Kellnerin eingestellt hatte, aber bald hatten die Stammgäste ihre Freundlichkeit und ihren professionellen Service schätzen gelernt. Obwohl sie dünn wie ein Strich in der Landschaft war und im Dirndl nicht viel hermachte, sagten sich die Leute, lieber eine schnelle und freundliche Bedienung, die mit ihren Adleraugen kein angehobenes leeres Bierglas übersah – was hier allgemein als Nachbestellung angesehen wurde –, als eine grantige einheimische. Denn an grantigen Kellnerinnen war im Salzkammergut, weder auf der oberösterreichischen noch auf der steirischen und schon gar nicht auf der Salzburger Seite, wahrlich kein Mangel.

Als Gasperlmaiers Bier kam, lupfte der Friedrich sein fast leeres Bierkrügel nur um Millimeter, worauf die Jasmin mit ihrem üblichen „Kömmt söfört!" prompt reagierte. „Kernöl zur Essigwurst, Gasperlmaier?", fragte sie noch, und ein kurzes zustimmendes Nicken seinerseits genügte.

„Glaubst du wirklich, Friedrich, dass der Marcel drei Leute umgebracht hat? So wie der heute wie ein Häufchen Elend in der Plätte gesessen ist? Kannst du dir das vorstellen?" Die Jasmin stellte dem Friedrich eine neue Halbe hin, und sofort genehmigte sich der einen kräftigen Zug, bevor er antwortete. „Ich kann's nicht sagen. Ich glaub, jeder kann wen umbringen. Und weißt eh: Wenn dann einmal eine Grenze überschritten ist, dann geht's munter weiter, da fallen dann die Hemmungen!" Gasperlmaier gab nicht auf: „Aber wie wir gestern bei ihm waren, der kann sich doch nicht einfach nach zwei Morden mit der Ines ins Bett legen und so tun, als wäre nichts geschehen!" „Deiner Meinung nach", der Friedrich strich sich mit dem Handrücken über die Oberlippe, um den Bierschaum zu entfernen, der sich dort abgesetzt hatte, „ist es also ein Alibi, wenn einer mit einer Frau nach dem Kirtag ins Bett hüpft. Da kann er vorher kein Verbrechen begangen haben." Das, musste Gasperlmaier gelten lassen, war ein Argument. Letztlich, dachte er, kannst du in einen Menschen nicht hineinschauen. Dennoch nagte der Zweifel weiter in ihm, denn ein solch platter Gemeinplatz genügte ihm als Erklärung lang noch nicht.

Als Gasperlmaiers Essigwurst kam und er das erste Wurstradl mit der dazugehörigen Zwiebel und einem Bissen Brot abrundete, ließ sich plötzlich der Pfarrer Ainhirn neben den Friedrich auf die Bank plumpsen. „Na, ihr zwei Helden, immer noch nichts gelernt? Immer noch Bier saufen statt Mörder jagen? Hat euch die heutige Zeitung nicht genügt?" Dem Gasperlmaier blieb fast der Bissen im Hals stecken. Gerade noch konnte er ihn hinunterschlucken, die Gewalt, die er dabei seiner Speiseröhre und seinem Magen antat, entlud sich aber in einem heftigen Hustenanfall, der ihm die Tränen in die Augen trieb. Meinte der Pfarrer jetzt dafür Rache nehmen zu müssen, dass Gasperlmaier nur bei offiziellen Anlässen in der Kirche zu sehen war und sein Sohn, wie der Pfarrer leider erfahren hatte, sich vom Religionsunterricht abgemeldet hatte?

Der Friedrich blieb äußerlich ruhig und antwortete dem Pfarrer gelassen. „Weißt was, Pfarrer, wir sind heute bald zwölf Stunden auf den Beinen. Und wie und wann wir Mörder jagen, das kannst ruhig unsere Sache sein lassen. Wir kriegen den Mörder schon, früher oder später. Und essen und trinken dürfen wir auch, meinst nicht? Sogar ein Pfarrer darf das, auch wenn er viel besser daran täte, sich mehr um seine Schäflein zu kümmern. Und an deiner Stelle tät' ich die Goschen nicht zu weit aufreißen, wenn ich meine schmutzigen Griffel ständig unterm Rock der Pfarrassistentin hab." Nicht einmal die Stimme hatte der Friedrich während seiner Rede gehoben. Jetzt nahm er bedächtig einen weiteren, großen Schluck, der unmittelbar zum kurzen Anheben des Glases, verbunden mit einem Blickkontakt zur Kellnerin, führte. Der Pfarrer war indessen rot angelaufen. Anstatt dem Friedrich aber mit einer Beleidigung zu antworten und die Situation eskalieren zu lassen, atmete er ein paarmal kräftig und tief durch, worauf sein Gesicht zunächst rosarot wurde und bald danach seine natürliche Färbung zurückgewann. Gott sei Dank, dachte Gasperlmaier, das hätt's jetzt noch gebraucht, dass sich die Polizei hier ein Schreiduell oder gar eine Prügelei mit dem Pfarrer anfing. Allerdings, so fand Gasperlmaier schnell heraus, war es nicht Einsicht, sondern Neugier, die den Ainhirn zum Einlenken bewogen hatte.

„Ihr habt's am Ende den Mörder schon? Den Gaisrucker Marcel habt's verhaftet, hört man?" Gasperlmaier überließ seinem Vorgesetzten die Antwort. „Verhaftet, Ainhirn, haben wir gar keinen, weil dazu braucht's einen Haftbefehl. Wir haben höchstens wen vorläufig festgenommen. Sonst kann ich dir nichts sagen." „Trotzdem!", bohrte der Pfarrer weiter, „da werden drei Leute ermordet, da lädt sich jemand Todsünden auf, und man sieht nur euch drei herumspazieren und auf dem See herumfahren. Wäre da nicht ein Sonderaufgebot, ein Einsatzkommando nötig, sollten nicht ganze Scharen von Einsatzkräften ausschwärmen, damit man des Verbrechers habhaft wird?"

Der Friedrich ließ sich Zeit mit seiner Antwort. Gerade war sein Schweinsbraten serviert worden. Leider hatte sich die Jasmin noch nicht abgewöhnen können, ihn als Schweinebraten zu bezeichnen, so wie sie hartnäckig die Salzstangerl als Stangen bezeichnete. Aber das wurde ihr aufgrund ihrer sonstigen Qualitäten gern nachgesehen. Das werde sich geben, hoffte man allgemein, wenn die Jasmin nur lang genug hierblieb.

„Wir werden den Mörder schon kriegen, Ainhirn!", blieb der Friedrich gelassen, als er das erste Stück Schweinsbraten gemächlich gekaut und geschluckt hatte. Gleich spülte er mit einem Schluck Bier nach. Ein kurzes Hochhalten des wiederum nahezu leeren Glases genügte, um der Jasmin, die drei Tische weiter gerade abräumte, ein fröhliches „Kömmt schön!" zu entlocken.

Gasperlmaier sah zu, dass er seine Essigwurst hinunterbrachte, auf ein weiteres Bier hatte er keine Lust mehr, als er feststellte, dass die Gäste an den anderen Tischen bereits hellhörig geworden waren und zu ihrem Tisch herüberglotzten, an dem der Pfarrer immer noch stichelte und ihnen bei ihrer Mahlzeit einfach keine Ruhe lassen wollte. Fehlt nur noch, dachte Gasperlmaier, dass jetzt wieder die Reporter auftauchen, die uns schon bei der Seewiese hinten genervt haben. Irgendwo und irgendwann mussten die ja auch einkehren. Den letzten Schluck Bier hinuntergießend, sprang Gasperlmaier auf, von Ängsten und schlechtem Gewissen getrieben, verabschiedete sich mit einem unverständlichen Gemurmel vom Kahlß Friedrich und rief der Jasmin zu, dass sie seine Zeche aufschreiben solle.

Von durchaus unangenehmen Gefühlen duchdrungen fand sich Gasperlmaier auf der Straße wieder. Heiß war ihm, und müde war er, und vor der abendlichen Fernsehsendung hatte er Angst, und überhaupt. Dass er immer noch nicht dazugekommen war, in den Hotels der Umgebung nach eventuell dort abgestiegenen Russen zu fragen, machte seine Lage auch nicht gerade angenehmer. Allerdings, mutmaßte Gasperlmaier, dass die Frau Doktor jetzt auf diese Information überhaupt noch Wert legte, wo doch der Marcel festgenommen war, das durfte als ungewiss gelten. Er nahm sich vor, diesbezüglich auf einen neuerlichen Befehl zu warten.

Zu Hause zog sich Gasperlmaier seine durchschwitzte Polizeiuniform aus, suchte sich eine Badehose aus dem Schrank heraus und machte sich auf den Weg ins Bad. Zuerst, dachte er sich, dusche ich einmal, und dann setze ich mich auf die Terrasse und trinke mein zweites, wohlverdientes Bier, und dann denke ich bis morgen nicht mehr an die ganze Mordgeschichte.

Komisch, dachte er, als er sich der Badezimmertür näherte, da rauscht doch das Wasser? Hatte am Ende jemand vergessen, den Duschhahn zuzudrehen? Zuzutrauen war es seinen Kindern ja, es gab kein Licht, das sie nicht brennen ließen, und kein Gerät, das man auszuschalten vergaß. Einen Sinn fürs Strom- und Geldsparen schienen die Jungen heutzutage nicht zu haben. Von Interesse an der Umwelt keine Spur, dachte Gasperlmaier. Als er die Badezimmertür öffnete, sah er, dass inmitten von heftigen Dampfschwaden jemand in der Dusche stand. „Christine?", fragte Gasperlmaier nach, und eine kleine Hoffnung auf eine gemeinsame Dusche mit seiner Frau begann sich in ihm zu regen. Das gehörte für ihn zu den schönsten und innigsten Gelegenheiten für Zärtlichkeiten, wenn man sich in Seifenschaum gehüllt aneinanderdrückte und manchmal auch voneinander abrutschte. Heute allerdings hörte er nur ein ärgerliches „Papa!" von Christoph und ein aufgeregtes Kreischen einer weiblichen Stimme. Sehen konnte er hinter all dem Dampf und der beschlagenen Tür der Brausekabine nur schemenhafte Silhouetten. Außer einem ebenso wohlgeformtem wie bleichen Hintern, der kurz an der Tür der Duschkabine plattgedrückt wurde. So schnell er konnte, zog sich Gasperlmaier aus dem Bad zurück. So also stand es um das Verhältnis zwischen seinem Sohn und der Andrea. Kaum war die Katze aus dem Haus, stand man schon gemeinsam unter der Dusche. Sosehr sich Gasperlmaier bisher über die vermeintliche Unschuld in der Beziehung zwischen dem Christoph und der Andrea gewundert hatte, so sehr ärgerte er sich jetzt und wusste gar nicht recht, worüber eigentlich. Dass man sich nicht einmal in seiner eigenen Dusche, wenn man heimkam, duschen konnte! Weil der Herr Sohn seine Freundin auf ein Brausebad einladen musste!

Und die Nerven hatte, nicht einmal die Tür abzusperren! Da redete er immer von „nur eine Freundin" und warf ihm, dem Gasperlmaier, vor, er denke immer nur an Sex, und dann vergnügte man sich im Seifenschaum! Gasperlmaier fiel ein, dass der Schlüssel der Badezimmertür seit Jahren verschollen war und man den Kindern, als sie in die Pubertät kamen, jahrelang zu erklären versucht hatte, dass keine Notwendigkeit bestünde, sich im Bad einzusperren. Man kenne einander schließlich seit Jahren, und niemand müsse sich für seinen Körper schämen.

Justament, dachte Gasperlmaier, gehe ich jetzt ins Bad unten und dusch mich ganz heiß. Denn er wusste, dass aus Gründen, die noch nicht gänzlich erforscht waren, aus der Dusche im ersten Stock eiskaltes Wasser schoss, wenn man im Erdgeschoß den Regler auf „heiß" drehte. Euch erwisch ich noch, dachte sich Gasperlmaier, hastete ins Bad im Erdgeschoß und drehte auf, noch bevor er seine Unterhose hinuntergelassen hatte. Schon ertönte aus dem Bad oben ein Juchzer der Andrea und ein lautes „Hee!" in einer viel tieferen Stimmlage. Gasperlmaier entspannte sich, drehte die Brause auf eine ihm angenehme Temperatur und ließ das Wasser über seinen verschwitzten Körper laufen. Nach wenigen Minuten war ihm wohler, und wieder wenige Minuten später saß er mit einer Flasche Bier auf der Bank auf der Terrasse und genoss den Blick in den grünen Dschungel vor seinen Augen, den die Christine da hatte wachsen lassen, sodass man von den Ausseer Bergen nicht einmal mehr die Gipfelkreuze sah. Dem Gasperlmaier war das heute ausnahmsweise einmal egal, sosehr er sich sonst darüber aufregen konnte, dass die Pflanzen der Christine Räume und Garten in einer Weise überwucherten, dass er sich manchmal regelrecht von dem grünen Geschlinge bedroht fühlte. Er nahm einen tüchtigen Schluck, brüllte noch einmal „Kommt's runter! Ich muss mit euch reden!" zur geöffneten Tür hinein und legte die Beine auf den Sessel, den er vorsorglich der Bank gegenüber hingestellt hatte.

Es dauerte nicht lang, und die Andrea erschien auf der Terrasse, mit hängendem Kopf. Sehr hübsch war sie, dachte Gasperlmaier bei sich, und war einerseits stolz auf den Christoph, dass er dieses Geschöpf hatte erobern können, andererseits aber auch fast ein wenig neidisch. Schnell verdrängte Gasperlmaier die Anwandlung von Neid. „Entschuldigung", schniefte die Andrea und traute sich den Kopf kaum heben. Die nassen schwarzen Harre hingen ihr vors Gesicht und hatten auf dem knallgelben T-Shirt, das sie jetzt trug, Flecken hinterlassen, die ihre Haut und den BH durchscheinen ließen. Gasperlmaier wandte seine Blicke ab. Bei der Freundin seines Sohnes, dachte er, war äußerste Beherrschung Ehrensache. „Setz dich hin!", sagte Gasperlmaier, nahm seine Füße vom Sessel und schob ihn der Andrea hin. „Ist ja nichts passiert. Ich hab ja nichts gesehen." Ohne es zu wollen, dachte er dennoch an das Hinterteil, das er sehr wohl genau gesehen hatte. „Und es ist ja schließlich kein Verbrechen. Und ungesund auch nicht." Was er genau meinte, das ließ Gasperlmaier im Unklaren. Ob er meinte, dass Duschen an sich nichts Ungesundes sei, oder ob er die von ihm vermutete Beschäftigung miteinander während des Duschens meinte, diese Entscheidung, dachte er sich, konnte er schon der Andrea selber überlassen. Als sie sich hinsetzte, konnte er nicht umhin festzustellen, dass die Beine, die da aus dem ebenso gelben Minirock herausragten, weder zu dünn noch zu dick, sondern gerade gewachsen und wohlgeformt waren, wie das sein sollte. Und seinen Blick etwas höher gleiten lassend stellte Gasperlmaier fest, dass die Andrea durchaus auch Attribute besaß, mit denen eine

Dirndlbluse sich ansprechend füllen ließ. Er rief sich zur Ordnung und fragte: „Wo ist denn der Christoph?" Der Andrea wurde eine Antwort erspart, denn in dem Moment tauchte der Christoph, der gerade dabei war, sich ein schwarzes T-Shirt über seinen durchaus muskulösen Oberkörper zu ziehen, auf. Gut, dachte sich Gasperlmaier, dass der Bub so viel Sport betreibt. Er hatte in dem Alter schon ein beträchtliches Bäuchlein und dazu einen festen Schwimmreifen um die Hüften herumzuschleppen gehabt, weil seine Mutter ja viel mehr auf nahrhafte Kost als auf ausreichende Bewegung geachtet hatte. Vieles war der Gasperlmaier-Mutter zu gefährlich gewesen: das Fußballspielen sowieso, das Herumklettern in den Felsen erst recht, und sogar gegen das Skifahren hatte sie schwere Vorbehalte geäußert, die nicht gerade weniger geworden waren, als sie den Gasperlmaier einmal mit blutverschmiertem Gesicht und einem gebrochenen Wadenbein von der Piste hatte aufklauben müssen.

Der Christoph wollte gerade zu einer Entschuldigung ansetzen, doch Gasperlmaier schnitt ihm mit einer Handbewegung das Wort ab. „Setz dich hin. Mir ist wurscht, was ihr da oben gemacht habt. Ich meine", fuhr er, sich sogleich korrigierend, fort, „nicht wurscht ist es mir, ich interessiere mich sogar dafür!" Das war jetzt wieder vollkommen verdreht herausgekommen. Die Andrea und der Christoph starrten ihn einigermaßen entsetzt an. Gasperlmaier fühlte schon Glut an seinen Ohrenspitzen. Nicht, dass die Kinder jetzt glaubten, er hätte ihnen gern beim miteinander Duschen oder was auch immer zugesehen! Gasperlmaier riss sich zusammen, um die richtigen Worte zu finden. „Nein", sagte er, „ich interessiere mich natürlich nicht dafür, was ihr zwei in eurem Zimmer oder unter der Dusche treibt, ich hab nur gemeint, dass ich es nicht ungern sehe, wenn ein junger Mann eine Freundin, eine Beziehung hat, dass er nicht herumlumpt, und in die richtigen Hände gerät." Gasperlmaier fühlte, dass er zwar das Missverständnis hatte aufklären können, dabei aber übers Ziel hinausgeschossen war. Die beiden begannen schon, einander ratlose Blicke zuzuwerfen. Er entschloss sich, zur Sache zu kommen.

„Ich muss mit euch eigentlich über etwas ganz anderes reden, nicht über eure Privatsachen." Der Christoph setzte sich auf die Bank neben seinen Vater, der jedoch konnte ihm nicht in die Augen schauen, denn der Christoph hatte den Kopf gesenkt, seine langen Haare nach vorne geworfen und schrubbte sie mit einem Frottiertuch. Das machte Gasperlmaier nervös. Augenkontakt durfte schon sein, wenn man mit wem etwas Ernstes besprechen musste.

„Sind die Haare jetzt endlich trocken?", fuhr Gasperlmaier den Christoph ein wenig plötzlich und ungehalten an, sodass der erschrocken innehielt, sich seinem Vater zuwandte und ärgerlich fragte: „Was hast denn schon wieder?" Schlechter Start, dachte Gasperlmaier bei sich, er musste den Christoph beruhigen und die Atomsphäre bereinigen. „Magst vielleicht auch ein Bier?", fragte Gasperlmaier. Etwas überrascht antwortete der: „Vielleicht?" Gasperlmaier stand auf, um noch eine Flasche Bier aus dem Kühlschrank zu holen. Als er dem Christoph die Flasche hinstellte und ihm zuprostete, reagierte der allerdings wieder muffig. „Und die Andrea kriegt nichts? Bei deinen Gästen bist du doch auch nicht so?" Gasperlmaier wurde ungeduldig. Wie lang, dachte er, würde es dauern, bis die jungen Herrschaften so zufriedengestellt waren, dass ein vernünftiges Gespräch möglich war? Er wandte sich an Andrea: „Ein Cola? Einen Saft?" „Geh Papa!" Wieder war Christoph mit ihm unzufrieden. „Das war vielleicht früher so, dass die Frauen Saft und die Männer Bier bekommen haben. Heute gibt's da keine Unterschiede mehr. Wann wirst du das endlich begreifen?" "Ich trink schon ein Cola auch!", sagte Andrea, der die ganze Debatte sichtlich peinlich war, kleinlaut zu Gasperlmaier, und der begab sich wieder auf den Weg in die Küche. Hinter sich hörte er den Christoph schimpfen: "Sag's ihm doch ruhig, dass du auch ein Bier willst! Sei doch nicht so feig!" "Vielleicht will ich aber gar kein Bier, sondern verdammt noch mal ein Cola!" Die Andrea war jetzt auch laut geworden, sodass Gasperlmeier sie in der Küche noch gut hören konnte. Wirklich toll war das gelaufen. Er hatte sich vorgestellt, großzügig zu verzeihen, hatte ein Getränk nicht nur angeboten, sondern auch serviert, und das Resultat waren Bissigkeit und Streiteren von allen Seiten. Gasperlmaier schnappte sich eine Flasche Cola light – gezuckerte Getränke gab es im Hause Gasperlmaier nicht –, eine Mineralwasserflasche und eine Flasche Bier, die er zwischen Unterarm und Brust einklemmte. Dann angelte er noch ein Glas aus dem Küchenschrank und stellte alles vor die Andrea hin. "Nimmst dir einfach, was du gerne hast." Gasperlmaier hoffte, den richtigen Ton getroffen zu haben. Recht schwierig war das mit dem Christoph in der letzten Zeit geworden. Er redete mit Gasperlmaier in einer Art, als wisse er alles besser, könne alles schneller und Gasperlmaier selber sei schon ein wenig vertrottelt und nicht mehr ganz Herr seiner Sinne. Das konnte einen schon einmal auf die Palme treiben.

Jetzt allerdings hielt der Christoph den Mund. Die Andrea schaute ihn mit einem Blick an, den Gasperlmaier von der Christine kannte und der bedeutete: "Wenn du jetzt noch etwas falsch machst, dann kostet es dich stundenlange Mühe und Plage, dass ich wieder freundlich zu dir bin." Anscheinend hatte der Christoph den Blick auch schon verstanden. Die Andrea schenkte sich ein Cola light ein, nahm ihr Glas in die Hand und lehnte sich zurück. Gasperlmaier fand, der Moment war günstig.

„Ich muss mit euch über heute Nachmittag reden. Ihr seid gerade verschwunden, als ich eure Aussage aufnehmen wollte."

Christoph setzte seine Bierflasche ab. „Was heißt verschwunden? Wir haben einfach keine Lust mehr gehabt, es war uns fad, dass wir nicht mehr grillen können, das war eh klar, als ihr den Marcel mitgenommen habt."

Gasperlmaier versuchte ruhig zu bleiben. „Christoph, das ist eine Mordermittlung. Drei Leute sind gestorben. Der Marcel ist in höchstem Grade als Täter verdächtig, wenn wir auch noch nicht genau wissen, für welche Fälle. Und ich habe den ganz offiziellen Auftrag, eure Aussagen zu protokollieren. Du musst jetzt einfach einmal vergessen, dass ich dein Vater bin, sondern mich als Polizisten sehen. Und wenn dir das nicht passt, dann gebe ich der Frau Doktor Kohlross Bescheid, die hast du heute gesehen, die leitet die Ermittlungen, und die wird euch dann ganz offiziell auf den Posten zur Vernehmung und zum Protokoll vorladen."

Eine so lange Rede hatte Gasperlmaier in den letzten Monaten zu Hause selten gehalten, und anscheinend war die Botschaft angekommen, denn der Christoph hielt sich ruhig, wenn er auch vor sich hin schmollte.

„Also!", begann Gasperlmaier von neuem. „Wir müssen wissen, ob ihr vorgestern, so circa zwischen sechzehn und zwanzig Uhr, den Marcel gesehen oder gesprochen habt, oder ob ihr mit ihm zusammen wart. Das ist zunächst einmal die wesentliche Frage."

„Papa, du täuschst dich da!" Ganz sanft und nachgiebig antwortete der Christoph jetzt. „Wir waren eigentlich nicht mit dem Marcel zusammen. Wir waren am, wann war das jetzt?" Gasperlmaier half nach: „Am Sonntag. Am Abend." „Wir waren baden. Dann sind wir nach hinten zur Seewiese spaziert. Dort haben wir was gegessen und getrunken. Dafür gibt's Zeugen. Erstens kennt uns die Simone, die dort serviert, und zweitens hat uns auch der Paul gesehen. Dann sind wir zurück in Richtung Ort, und kurz nach dem Kahlseneck haben wir den Florian Schwaiger und seine Schwester getroffen. Die kennst du ja." Der Christoph fing an zu grinsen. „Du hast sie dir sicher genau angeschaut."

Gasperlmaier spürte, wie ihm Hitze ins Gesicht stieg. Vor der Andrea brauchte ihn der Christoph aber wirklich nicht zu blamieren. Ein Blick zur Andrea zeigte ihm allerdings, dass sie den Christoph mit durchdringenden Blicken maß, die keineswegs freundlich gesinnt schienen. „Du brauchst nicht blöd daherreden!", fuhr sie ihn an, „du hast dich ja auch kaum sattsehen können an ihr, bevor die da gekommen sind!" Dabei wies sie mit dem Finger auf Gasperlmaier. „Ist ja schon gut!", gab sich der Christoph versöhnlich, „du weißt ja, wie sie ist. Exhibitionistisch. Ich mag sie ja gar nicht. Die spinnt ja", versuchte er Andrea zu beruhigen. „Ja, ja. Nur dass du mich die ganze Zeit genervt hast, dass ich auch meinen Badeanzug hinunterrollen soll!" Zorn spritzte aus den Augen der Andrea, was sie nur umso attraktiver machte, wie Gasperlmaier fand. Leider, dachte er bei sich, war nun das Gespräch wieder in ein Fahrwasser geraten, in dem die Emotionen die Oberhand bekamen und die Fakten unterzugehen drohten. Was so ein schöner Busen alles für Probleme heraufbeschwören konnte. Hätte die Eva ihr Oberteil anbehalten, hätten sie sich heute alle zusammen viel Ärger erspart. Obwohl, dachte Gasperlmaier, die Frage war wohl, ob sie überhaupt eines besaß.

„Ihr habt also den Florian und die Eva getroffen. War die Ines auch dabei?", versuchte Gasperlmaier das Gespräch zum Thema zurückzuführen. „Ja. Aber wir haben die zwei erst gestern kennengelernt. Die Ines und die Eva. Und dann sind wir zum Kirtag, und wir sind ein paarmal Tagada gefahren." „Und die Eva hat dich die ganze Zeit angebraten, dass es nur so geknistert hat!", pfauchte die Andrea. Warum, dachte Gasperlmaier, ist sie dann mit ihm heute unter die Dusche, und warum sind sie überhaupt erst mit den anderen zum Strand hinübergefahren, wenn sie ihm doch so böse ist, wegen der Eva, und sie beide doch die Eva anscheinend überhaupt nicht ausstehen können? Gasperlmaier dachte, er werde die Frauen nie verstehen. „Und dann", fuhr der Christoph fort, „haben wir den Marcel getroffen. Wie der die Eva gesehen hat, war er natürlich gleich hin und weg. Kannst du dir ja vorstellen." „Kannst du dir ja vorstellen!", äffte die Andrea den Christoph nach. Schön langsam begann das Mädchen den Gasperlmaier ein wenig anzustrengen. Warum ging sie denn mit dem Christoph fort, wenn ihr nichts an ihm passte? Gasperlmaier fragte sich nun viel eher, wie es denn hatte kommen können, dass sich der Marcel und die Ines sozusagen gefunden hatten und am Morgen danach von ihm und der Frau Doktor im Bett aufgefunden worden waren, wo der Marcel doch anscheinend hinter der Eva her gewesen war.

„Wart, Papa, ich hol einmal den Fotoapparat." Gasperlmaier sah dem Christoph ratlos nach. „Wozu braucht der jetzt einen Fotoapparat? Will er uns vielleicht fotografieren? Und wozu?" Mehr zu sich selbst als zur Andrea hatte Gasperlmaier gesprochen, doch während er einen tiefen Zug aus der Bierflasche nahm, in der das Bier inzwischen wärmer geworden war, als es dem Gasperlmaier lieb war, antwortete ihm die Andrea: „Er fotografiert die ganze Zeit. Und die Fotos stellt er dann ins Internet. Obwohl ich das deppert find." Offenbar sah Gasperlmaier immer noch recht ratlos drein, weshalb die Andrea fortfuhr: „Na ja, auf den Fotos ist ja auch die Uhrzeit drauf. Nicht auf dem Foto natürlich, sondern mit der Bilddatei gespeichert." Jetzt war der Groschen bei Gasperlmaier gefallen. Diese Listen mit den Namen und Nummern und mit Uhrzeit und Datum und allem, die hatte er ja selbst schon auf dem Computer gesehen, wenn ihm die Christine Fotos gezeigt hatte. Er selber hatte es nicht so mit dem Fotografieren, vor allem, seit es keine Filme mehr gab und Kameras, bei denen man durch ein Loch blinzelte und das fotografierte, was man da durch sah.

Christoph kam zurück und quetschte sich neben Gasperlmaier auf die schmale Holzbank. „Schau, Papa. Da sind wir auf der Seewiese, die Andrea und ich." Gasperlmaier blinzelte, bis seine Augen tränten. Er konnte zwar ein dunkelhaariges Mädchen vor einem Felsklotz im Gras sitzen sehen, aber die Zahlen in der rechten unteren Ecke, auf die der Christoph deutete, verschwammen vor seinen Augen. „Wart schnell, ich muss mir eine Lesebrille holen." Nachdem Gasperlmaier auf dem Wohnzimmertisch und am Telefonkästchen vergeblich nach einer Lesebrille gesucht hatte, fand er endlich eine neben dem Computer der Christine liegen. Hoffentlich, dachte Gasperlmaier, vergesse ich nicht, die Brille wieder zurückzulegen, denn wenn die Christine ihre Computerbrille nicht an Ort und Stelle vorfindet, wenn sie einschaltet, wird sie fuchtsteufelswild.

Ausgerüstet mit einer rostroten Billiglesebrille aus dem Schuhgeschäft trat Gasperlmaier wieder auf die Terrasse und konnte nun, als ihm der Christoph die Kamera hinhielt, genau lesen, was unter dem Foto stand. Das Datum stimmte, das Foto war vorgestern aufgenommen worden, um achtzehn Uhr neununddreißig. Die Sonne war schon verschwunden gewesen, nur im Hintergrund konnte man auf den Hängen am Südostufer des Sees noch die Bäume im Sonnenlicht leuchten sehen. Die Andrea hatte sich die Arme eng um den Körper geschlungen, so, als ob ihr schon ein wenig kalt gewesen wäre. Wieder dachte sich Gasperlmaier, dass die Andrea ein recht ansehnliches Fotomotiv abgab, und er konnte sie sich gut auf einem Fremdenverkehrsprospekt vorstellen. Wenn sie denn ein Dirndl angezogen hätte. In einem solchen aber hatte Gasperlmaier die Andrea noch nie gesehen. Der Christoph klickte weiter. Man sah die beiden auf dem Weg unterhalb des Losers, am Nordufer des Sees, wo dem Christoph ein paar malerische Aufnahmen im Gegenlicht gelungen waren. Dann gab es einige Fotos, auf denen vier der jungen Leute zu sehen waren, die Gasperlmaier heute auch am Seeufer angetroffen hatte: die drei Mädchen, die Ines, die Andrea und die Eva, und der Florian. So weit stimmte alles genau mit dem überein, was Gasperlmaier an Aussagen bekommen hatte. Plötzlich erschien eine Großaufnahme von der Eva. Der Christoph versuchte schnell, sie wegzudrücken, doch Gasperlmaier nahm ihm den Apparat aus der Hand, um sich das Bild genauer anzusehen. Auf dem Foto war nur der Kopf der Eva zu sehen, und wenn man so ihre Augen und ihr Lächeln genauer unter die Lupe nahm, dachte Gasperlmaier, da konnte einem schon warm ums Herz werden, und dass die Eva dem Christoph im wahrsten Sinne des Wortes schöne Augen gemacht hatte, das war wohl mehr als deutlich.

Irgendwie schien die Andrea einen siebten Sinn dafür zu besitzen, dass die beiden jetzt etwas bestaunten, was auch für sie von Interesse war. Sie stand auf, ging um den Tisch herum, während der Christoph dem Gasperlmaier blitzschnell den Fotoapparat aus der Hand riss und ein paar Knöpfe drückte. „Gib her!" Die Andrea stürzte sich auf den Christoph, kam mehr oder weniger über ihm zu liegen und versuchte ihm den Apparat zu entreißen. Unter beiderseitigem Geschrei und Gezappel kamen sie auch dem Gasperlmaier in die Quere, so breit war die Bank ja nicht. Nachdem ein Ellbogen des Christoph mit seinem Gesicht und ein Knie der Andrea mit seinen Weichteilen recht unsanft in Kontakt geraten waren, schrie Gasperlmaier auf, sprang von der Bank und hielt sich die schmerzende Stelle zwischen den Beinen. Sein Gebrüll ließ die beiden Streithähne auf der Bank verstummen. Die Andrea schnappte sich die Kamera aus den Händen des verdutzten Christoph und setzte sich wieder auf ihren Sessel. Der Christoph sah schuldbewusst zu Gasperlmaier, der vor Schmerz und Wut schnaubte.

„Die Kamera!" Von Gasperlmaiers Zorn eingeschüchtert, legte die Andrea ihm das Gerät auf die ausgestreckte Hand. Gasperlmaier schnappte zu und ging ins Wohnzimmer, um sich einen Zwetschgernen gegen den Schmerz und die Wut einzuschenken. Es war einfach entsetzlich. Anstatt zügig und konzentriert Tatsachen aus den Kindern herauszuholen und sie dann wegzuschicken, geriet er von einer kleinlichen Streiterei in die andere, bis es sogar zu Handgreiflichkeiten kam. Den Schnaps in der Hand, trat er wieder auf die Terrasse, setzte sich hin, schaltete die Kamera wieder ein und sah das letzte Bild, das der Christoph aufgenommen hatte. Darauf war in Großaufnahme der Hintern von Eva mit dem Tattoo zu sehen. Gasperlmaier verkniff sich jede Bemerkung und drückte so lang auf den Pfeil nach links, bis wieder Bilder mit dem Datum vom Sonntag auf dem Display sichtbar wurden. Weder Christoph noch Andrea rührten sich, als er einen kräftigen Schluck aus seinem Stamperl nahm und sie mit strafenden Blicken maß. Langsam ließ der Schmerz nach und Gasperlmaier atmete tief durch.

Die Fotos bestätigten im Großen und Ganzen, was der Christoph erzählt hatte: Man sah zunächst Aufnahmen aus dem Bierzelt. Natürlich waren die meisten Fotos von dem Tisch, an dem der Christoph gesessen war. Gasperlmaier versuchte, Personen im Hintergrund zu erkennen, dazu aber waren die Aufnahmen zu unscharf und das Display zu klein. Die drei Mädchen waren zu sehen, wobei dem Gasperlmaier auffiel, dass die Andrea recht häufig ziemlich zuwider dreinschaute, während sich die Eva immer wieder um neckische Posen bemühte. Auf einem Foto hatte sie dem Christoph offenbar mehr oder weniger ihren Ausschnitt direkt vor die Linse gehalten, außer ihrem Busen und dem ihn einrahmenden Stoff der Dirndlbluse war nicht viel zu sehen. Gasperlmaier warf dem Christoph einen verzweifelten Blick zu und seufzte. Warum hatte der Depp die Fotos gemacht? Die mussten ja zum Krieg mit der Andrea führen. War ihm eine so hübsche Freundin nicht genug? Musste er anderen Weibern in den Ausschnitt hineinfotografieren?

Schön langsam schien dem Christoph zu dämmern, dass es nicht das Allergescheiteste gewesen war, die Kamera an den Tisch zu bringen. „Da sind auch ein paar blöde Fotos drauf, Papa." Gasperlmaiers Grimm hatte ihn offenbar mehr verunsichert, als Gasperlmaier erwartet hatte. Er hielt dem Christoph das Dekolleté-Foto von der Eva hin und schüttelte den Kopf. „Das hat die Eva selber von sich gemacht, sie hat mir die Kamera weggenommen." „Und du hast es natürlich noch nicht gelöscht, du Vollkoffer!" Der Andrea schien es jetzt endgültig zu bunt geworden zu sein. Sie schoss von ihrem Sessel auf und war auch schon ums Hauseck verschwunden. Der Christoph starrte ihr mit offenem Mund nach. Nach einer Schrecksekunde, die beim Christoph offenbar viel länger dauerte als beim Gasperlmaier, meinte dieser versöhnlich: „Na komm, lauf ihr nach! Du weißt schon, was du machen musst!" Christoph sah ihn kurz an, und Gasperlmaier meinte, in seinen Augen ein wenig Feuchtigkeit glänzen zu sehen. Dann war auch er weg, und Gasperlmaier saß da, mit der Kamera in der einen Hand und einer Flasche mit einem schal gewordenen Bierrest in der anderen. Endlich konnte er sich den Fotos in Ruhe widmen, sie ersetzten ja quasi eine mündliche Aussage, weil der Christoph, so unsinnig das auch scheinen mochte, den ganzen Abend fein säuberlich dokumentiert hatte. Vorerst jedoch widmete sich Gasperlmaier dem Foto, auf dem der Ausschnitt der Eva zu sehen war. Er fand auch den Knopf, mit dem man den Bildausschnitt vergrößern konnte, und zoomte sich so in die Spalte zwischen den glatten, jungen Brüsten der Eva hinein.

So versunken war Gasperlmaier in seine Betrachtung, dass ihn ein lautes, fröhliches „Hallo!" aus dem Wohnzimmer so zusammenfahren ließ, dass ihm die Kamera aus den Händen glitt und in seinem Schoß landete. Schon trat die Christine auf die Terrasse, und Gasperlmaier bemühte sich fieberhaft, an allen möglichen Knöpfen hantierend und an Rädchen drehend, das Bild vom Busen der Eva vom Display verschwinden zu lassen. Natürlich erregte sein hysterisches Gefingere den Argwohn der Christine. „Was hast du denn da? Was machst du denn da?" Schon hatte sie zugegriffen und hielt Christophs Kamera in der Hand. Gasperlmaier atmete auf. Das Display war schwarz. „Christophs Kamera?" Gasperlmaier wusste, dass er jetzt zu einer längeren Erklärung ausholen musste und der Christine keinesfalls etwas verschweigen durfte. Auch an diplomatische Abänderungen der Wahrheit war nicht zu denken, die Christine durchschaute ihn ohnehin immer sofort.

Nachdem er die Christine ins Bild gesetzt und ihr erklärt hatte, er hoffe, die Aussagen von Christoph und Andrea mithilfe der Fotos bestätigen zu können, nickte die Christine verständnisvoll. „Und wenn der Bub schon so fasziniert von dieser Eva ist, dann hat sich der Vater die Fotos von diesem Wunder der Natur natürlich auch genau angesehen." Gasperlmaier nickte ergeben.

„Lass mich die Fotos auch einmal anschauen!" Die Christine hatte sich wieder hingesetzt und streckte die Hand über den Tisch. Während sie sich durch die Fotos klickte, gelegentlich den Kopf schüttelte, durch die Zähne zischte oder kicherte und so das Gesehene kommentierte, überlegte Gasperlmaier, ob er der Christine von der gemeinsamen Dusche des Christoph mit der Andrea erzählen sollte. Er entschloss sich zu einer Version, bei der die Christine sozusagen selber entscheiden konnte, wie es weiterging. „Die Andrea und der Christoph sind anscheinend doch näher befreundet, als wir das bisher geglaubt haben", eröffnete Gasperlmaier. „Das darfst du glauben!", antwortete die Christine, „wenn ich mir anschau, wie sauer sie dreinschaut, wenn ihr der Christoph nicht seine gesamte Aufmerksamkeit widmet, sondern sich auch für andere Mädchen interessiert." Gasperlmaier sah sie fragend an. „Na ja, man merkt halt, dass sie ihn für sich haben will. Das ist ja wohl eindeutig." Gasperlmaier hätte aus den kleinlichen Streitereien der beiden um die Fotos eher die Schlussfolgerung gezogen, dass sich der Christoph alle Optionen offenhalten wollte, aber die Christine, das gestand er sich selbst gern ein, war bei der Beurteilung von Beziehungsfragen wesentlich scharfsinniger als er selbst. Gasperlmaier entschloss sich zu einer Enthüllung. „Ich hab sie heute miteinander im Badezimmer erwischt. Unter der Dusche." Die Christine lachte laut auf. „Da haben sie wohl nicht damit gerechnet, dass du schon heimkommst. Hast dich eh nicht peinlich benommen?" Warum sollte sich er peinlich benommen haben, wenn sich die beiden doch in seinem eigenen Badezimmer vergnügt hatten, ohne dass sie sich darüber Gedanken machten, ob da jemand kommen könnte? „Also, peinlich, finde ich, sollte das eher dem Christoph sein!", wehrte sich Gasperlmaier entrüstet. „Und gesehen hab ich vor lauter Dampf eh nichts." „Hättest aber gerne, was?" Gasperlmaier fühlte sich falsch verstanden. Er hatte nur klarstellen wollen, dass es zu keiner peinlichen Entblößung der Andrea vor seinen Augen gekommen war, und schon unterstellte ihm die Christine mehr oder weniger voyeuristische Absichten.

„Wer sind denn die da auf dem Foto?", fragte die Christine jetzt zur Erleichterung Gasperlmaiers, der sich nicht imstande fühlte, die Badezimmerszene weiter zu analysieren. Die Christine hielt ihm ein Foto hin, das zwei Personen auf einer Plätte zeigte, ein Mann stand am Ruder, eine Frau saß ihm auf der Bank gegenüber. Man konnte erkennen, dass sie Tracht trugen, mehr aber schon nicht, dazu waren die beiden viel zu klein abgebildet. Gasperlmaier nahm die Kamera und zuckte mit den Schultern. Recht dürftiges Licht hatte schon geherrscht, als der Christoph die Aufnahme gemacht hatte, überall war Schatten. Ein Ufer konnte man nirgends ausmachen. Gasperlmaier erinnerte sich an das Foto von der Frau Naglreiter und dem Gaisrucker Marcel in der Plätte und fragte sich, ob die Frau Doktor Kohlross es wohl schon gesehen und den Marcel damit zu einem Geständnis gebracht hatte.

Gasperlmaier nahm die Plätte genauer unter die Lupe. Es konnte die Naglreiter'sche sein, aber auch jede beliebige andere neue Plätte. „Kann man das größer, genauer anschauen?", fragte er die Christine. „Ich frag mich nämlich gerade, ob die beiden da auf dem Foto nicht etwas mit unserer Mordermittlung zu tun haben könnten." „Sicher!" Die Christine schnappte sich den Apparat und verschwand im Wohnzimmer. Kurze Zeit später kam sie mit ihrem aufgeklappten Laptop wieder zurück auf die Terrasse und stellte das Gerät vor Gasperlmaier hin. Bildschirmfüllend konnte man nun im späten Abendlicht die Plätte erkennen, und nachdem

Gasperlmaier die Lesebrille wieder aufgesetzt hatte, war er sich sicher, dass es die Plätte der Naglreiters war. Die Anordnung der Bänke, die Farbe des Holzes, das war ja doch nicht bei jedem Boot gleich, und Gasperlmaier hatte schließlich heute ausgiebig Gelegenheit gehabt, die Naglreiter'sche Plätte in Augenschein zu nehmen. „Hast schon wieder meine Brille!" Schon war der Sehbehelf von der Nase des Gasperlmaier verschwunden, und die Plätte auf dem Bildschirm samt ihren Insassen verschwamm vor seinen Augen. „Jetzt gib halt schnell noch einmal her! Das ist wichtig!" Die Christine zeigte wenig Verständnis für Gasperlmaiers detektivisches Interesse und hielt die Brille unter kindischem Gekicher einmal dahin, einmal dorthin, immer aber außerhalb der Reichweite der Finger Gasperlmaiers. „Bitte!", ergab er sich schließlich, und die Brille wurde wieder auf seine Nase gesteckt. „Kann man das auch noch weiter vergrößern?" „Sicher!" Die Christine rutschte mit ihrem rechten Zeigefinger auf dem Rechteck unterhalb der Tastatur herum und klickte mehrmals mit dem linken Zeigefinger auf die Tasten darunter. Gasperlmaier sah nur noch die Mitte des Bootsrumpfs. „Mit den Pfeiltasten kannst du das Bild verschieben!", klärte ihn die Christine auf. Gasperlmaier tat es folgsam, und langsam rückte die Frau links im Heck der Plätte ins Bild. Gasperlmaier fühlte einen Stich in der Herzgegend. Die Frau hatte lange blonde Haare und trug ein Dirndl, das dem der Leiche, die sie aus dem See geborgen hatten, aufs Haar glich. Ihr Gesicht konnte Gasperlmaier nicht sehen, es war vom Fotografen abgewandt und vom Haar verdeckt, aber wenn das nicht die Naglreiter war, dann wollte Gasperlmaier gern den sprichwörtlichen Besen fressen. „Die Frau Naglreiter!", stöhnte er und bemühte sich gleichzeitig, auf die rechte Seite des Bildes zu gelangen, um den Mann ins Bild zu bringen. Der Gaisrucker

Marcel war es sicher nicht, denn der Mann hatte viel kürzeres Haar, war vollständig in Tracht gekleidet, mit Lederhose, Stutzen, kariertem Hemd und Gilet, und er trug sogar einen Ausseerhut. Mit Sicherheit vermochte es Gasperlmaier nicht zu sagen, aber der Teufel sollte ihn holen, wenn das nicht der Doktor Naglreiter selber war. Schlagartig wurde ihm die Tragweite seiner Entdeckung klar: Das Foto war, wie die eingeblendete Uhrzeit zeigte, zu einem Zeitpunkt aufgenommen worden, als der Gaisrucker Marcel längst mit den anderen jungen Leuten zusammen gewesen war. Und die Frau Naglreiter war zu diesem Zeitpunkt noch am Leben gewesen. Jedenfalls war der Marcel auf keinen Fall ihr letzter Chauffeur gewesen, was den Einsatz der Plätte betraf. Was Gasperlmaier allerdings verwirrte: Wie hatte Christoph das Foto aufnehmen können? Nach seiner Aussage war er ja zu dieser Zeit gar nicht am Seeufer, sondern zusammen mit der Andrea und auch dem Marcel auf dem Kirtag gewesen. Völlig klar war ihm nur eines: Er musste sofort die Frau Doktor Kohlross anrufen, die womöglich gerade versuchte, aus dem Marcel ein Geständnis herauszupressen. Über das Foto musste sie unverzüglich informiert werden. „Die Frau Doktor Kohlross", erklärte er der Christine, „die verhört jetzt gerade den Marcel Gaisrucker, weil wir geglaubt haben, er war der Letzte, der mit der Frau Naglreiter zusammen war! Und jetzt haben wir hier ein Foto, das beweist, dass sie danach noch mit jemand anderem im Boot war! Dass es der Naglreiter selber war!" Die Christine begriff sofort. „Ja, aber – wenn er um diese Zeit, wo es schon fast dunkel ist, mit ihr im Boot war, dann ..." Sie ließ den Satz unvollendet, dennoch war dem Gasperlmaier klar, was sie nicht aussprechen wollte: Wenn es so war, wie das Foto vermuten ließ, dann hatte höchstwahrscheinlich der Doktor Naglreiter selber seine Frau ins Jenseits befördert. Er hatte sie, wohl ihrer Untreue wegen, über Bord geworfen und mit dem Ruder erschlagen.

Gasperlmaier griff zu seinem Handy und wählte die Nummer der Frau Doktor Kohlross. Leider bekam er nur die Botschaft einer Mailbox. Der Teilnehmer sei im Moment nicht erreichbar. Bevor er noch Zeit hatte, zu überlegen, was er nun tun sollte, hielt ihm die Christine schon ihr Handy ans Ohr. „Ich hab den Kahlß Friedrich dran", flüsterte sie ihm zu. Gasperlmaier, gerade im Begriff, unseliger Hektik zu verfallen, die ihn wie üblich nahezu vergeblich um Worte ringen ließ, schnaufte in den Apparat: „Der Naglreiter selber war's! Und jetzt musst du mir die Frau Doktor wieder zurückbringen! Mit dem Marcel! Der war's nämlich nicht! Weil der Christoph nämlich ein Foto von ihm gemacht hat! Nein! Kein Foto vom Marcel! Sondern vom Naglreiter, dem alten!" Gasperlmaier hatte sich in Saft geredet, schwitzte und gestikulierte wild, als wolle er sich von einem zu engen Hemdkragen befreien, obwohl er doch noch immer in der Badehose mitten im Wohnzimmer stand. Kopfschüttelnd nahm ihm die Christine das Handy wieder aus der Hand, erklärte in wenigen Sätzen ruhig dem Kahlß Friedrich die Sachlage und legte auf. Den Gasperlmaier packte sie am Arm, führte ihn auf die Terrasse und drückte ihn wieder auf die Bank. „Jetzt beruhig dich erst einmal", sagte sie mit ihrer sanftesten Stimme, „haben wir das nicht schon trainiert? Ruhig durchatmen, langsam atmen, nicht während dem Reden hecheln, dann geht das ganz von selber." Vom Beruhigen konnte bei Gasperlmaier aber keine Rede sein. Gleich sprang er wieder auf. „Erstens, ich muss mich wieder anziehen. Und zweitens, der Christoph hat mich angelogen! Er war gar nicht immer mit den anderen zusammen! Sonst hätte er das Foto gar nicht machen können! Vom Tagada und vom Bierzelt aus sieht man nämlich keinen See nicht!"

Und während die Christine beruhigend auf den freien Platz neben sich klopfte, um ihn zum Hinsetzen zu bewegen, rannte Gasperlmaier auf der Suche nach seiner Uniform ins Haus.

13

Seufzend klappte die Frau Doktor Kohlross ihren Laptop auf und nahm mit spitzen Fingern dem Gasperlmaier die Speicherkarte ab, die er ihr hinhielt. „Was glauben Sie, was mir meine Vorgesetzten erzählt haben, als ich den Marcel wieder ins Auto setzen und heimfahren lassen musste. Jetzt heißt es natürlich, ich sei mit der Ermittlung überfordert. Morgen will man mir einen weiteren, erfahrenen Ermittler beistellen. Wissen Sie, was das heißt, Gasperlmaier?" Der wusste nicht recht, welche Reaktion von ihm erwartet wurde, und wackelte ein wenig unbestimmt mit dem Kopf, ohne sich auf ein Ja oder ein Nein festzulegen. „Das heißt, dass ich einen Chef vor die Nase gesetzt bekomme, einen Besserwisser, und dass ich nicht mehr selbstständig ermitteln kann." „So wie ich jetzt?" Kaum war es heraußen, bereute Gasperlmaier, es gesagt zu haben. Aber was es hieß, ständig jemandem nachzudackeln und keine eigenen Entscheidungen treffen zu können, das wusste er selbst am besten. Die Frau Doktor warf ihm einen resignierten Blick zu. Sie hatte bereits den Ordner mit den Bildern von Christoph geöffnet und suchte nach dem richtigen Bild. Natürlich stolperte sie dabei auch über die Fotos, die Christoph von der Andrea und vor allem von der Eva gemacht hatte. Mehr als ein „Aha!" ließ sie sich allerdings nicht entlocken. Bald war das Bild der Naglreiter'schen Plätte formatfüllend auf dem Bildschirm zu sehen. Die Frau Doktor vergrößerte, genau so, wie die Christine das getan hatte, die Ansicht, nickte, schüttelte den Kopf und gab verschiedene Laute von sich, die Gasperlmaier einmal als Verwunderung, ein andermal als Geringschätzung zu deuten vermochte.

„Zweifellos!" Die Frau Doktor lehnte sich zurück, verschränkte ihre Finger ineinander und ließ die Fingerknöchel knacken. „Zwanzig Uhr vierzehn. Herr Doktor Naglreiter und Gemahlin. Hier kann man's zwar nicht hundertprozentig sagen, aber die Experten bekommen das so hin, dass eine eindeutige Identifizierung möglich sein wird. Einmal über die Kleidung, bei ihm sogar über Haarschnitt und Gesicht. Er ist's." Nach einer Pause fuhr sie fort: „Und wie ist Ihr famoser Herr Sohn an dieses Foto gekommen? Schon geklärt?" Gasperlmaier wand sich. Die Christine hatte zwar dem Christoph eine halbwegs glaubwürdige Erklärung für das Foto herauslocken können, Gasperlmaier aber war es peinlich, vor dem Kahlß Friedrich und der Frau Doktor erklären zu müssen, was die Andrea und den Christoph ans Seeufer getrieben hatte. Wie sollte er es anstellen, dass wenigstens der Friedrich nicht zuhörte. „Äh, ich weiß, aber ..." Gasperlmaier fuhrwerkte umständlich mit den Händen in der Luft herum und blickte dabei zwischen dem Friedrich und der Frau Doktor hin und her. Die kannte Gasperlmaier inzwischen schon gut genug, um seine Art der Kommunikation eindeutig zu verstehen. „Sie wollen mit mir unter vier Augen darüber reden?" Unter Erröten nickte Gasperlmaier, und die Frau Doktor bat den Friedrich, für einen Kaffee und ein Glas Mineralwasser zu sorgen. Der erhob sich brummend.

„Also?" „Also, mein Sohn, der Christoph, und seine Freundin, die Andrea, die haben sozusagen an diesem Abend ..." Gasperlmaier hatte sich in einem nicht zu Ende zu bringenden Satz verfangen und musste neu ansetzen. „Sie kennen sich schon lange, aber nicht so." In die entstehende Pause stieß die Frau Doktor hinein. „Sie meinen, an diesem Abend hat es zwischen den beiden gefunkt." Gasperlmaier nickte erleichtert. „Und weil sie, ebenso wie wir, Dinge unter vier Augen zu besprechen hatten, sind sie ans Seeufer gegangen?" Unter neuerlichem Erröten nickte Gasperlmaier eifrig weiter. „Wieso jetzt, wie wir? Wir sind doch nicht, haben doch nicht …" Abwehrend streckte Gasperlmaier der Frau Doktor die Handflächen entgegen. Sie musste lächeln. „Nein, Gasperlmaier, so habe ich das nicht gemeint. Obwohl – finden Sie mich so unattraktiv?" Die Frau Doktor warf ihr Haar zurück und lächelte den Gasperlmaier schamlos an, der völlig verwirrt dämlich zurückgrinste und bei sich dachte, dass er noch ein paar Minuten brauchen würde, um zu entscheiden, wie die Frau Doktor das jetzt gemeint hatte. Gleichzeitig war ihm klar, dass er während dieser Bedenkzeit nicht wortlos und blöde grinsend dasitzen konnte. Die Frau Doktor erlöste ihn aus seiner üblen Lage. „Nur eines verstehe ich nicht: Wie kommt Ihr Sohn dazu, dass er Fotos macht, während er mit seiner Freundin herumknutscht?" Gasperlmaier bewegte sich nun auf sicherem Grund und merkte, wie seine heißen Ohren langsam abzukühlen begannen. „Er sagt, die Andrea hat die Plätte zuerst gesehen. Und sie hat die Kamera genommen und ein Foto gemacht, weil sie gemeint hat, das sei romantisch, in der Abenddämmerung zu zweit auf dem See herumzufahren, und der Christoph sollte mit ihr so was auch machen. Und damit er nicht darauf vergisst, hat sie gesagt, hält sie das gleich fest. Zu unserem Glück."

Die Frau Doktor nickte und drückte einen kleinen Knopf an der Vorderseite des Computers, sodass die Speicherkarte heraussprang. „Die werden wir behalten müssen, zumindest vorläufig. Ich hab mir zwar eine Kopie des Fotos gespeichert, aber sicher ist sicher. Sagen Sie das Ihrem Sohn?" Gasperlmaier hatte ihr gar nicht richtig zugehört, denn als er die fingernagelgroße blaue Karte in den Händen der Frau Doktor sah, erinnerte er sich an etwas: „Sagen Sie, Frau Doktor, was war denn eigentlich auf der Karte drauf, die wir im Schlafzimmer vom Doktor Naglreiter gefunden haben? Die hat genau so ausgeschaut!"

Die Frau Doktor saß da wie vom Donner gerührt. „Vergessen!", hauchte sie dem Gasperlmaier zu, während der Kahlß Friedrich gerade wieder hereinpolterte und das Wasser und den Kaffee vor sie hinstellte, der dabei natürlich überschwappte, weil der Friedrich kein sehr geschickter Kellner war, was bei der Größe seiner Gliedmaßen selbst bei hinreichender Übung unmöglich gewesen wäre. „Andererseits, wann eigentlich hätte ich Zeit gehabt, mir die Fotos anzuschauen?" Die Frau Doktor schnappte sich einen Aktenordner, der am Rand ihres Schreibtisches lag. „Da müsste ich sie hineingetan haben." Nach kurzem Blättern schob sie erneut eine Speicherkarte in den Schlitz an ihrem Computer.

Als die Frau Doktor die Miniaturansicht der Fotos auf der Naglreiter'schen Speicherkarte geöffnet hatte, bekam der Gasperlmaier große Augen. Erstens, weil er seine Lesebrille vergessen hatte und auf den Fotos außer offenbar viel nackter Haut nichts erkennen konnte, zweitens, weil die Frau Doktor kräftig durch die Zähne pfiff. „Schau, schau!", sagte sie. „Der Herr Rechtsanwalt. Da hat er allerdings gute Gründe gehabt, die Speicherkarte gut zu verstecken!" Gasperlmaiers Augen tränten, trotz aller Anstrengung konnte er nur verschwommene Umrisse auf den Fotos wahrnehmen – bis die Frau Doktor das erste Foto anklickte und es bildschirmfüllend auf dem Display ihres Laptops erschien. Gasperlmaier trat einen Schritt zurück und erkannte eine blonde Frau in schwarzroter Unterwäsche, die auf einem Bett kniete, aber mehr auch nicht. So, dachte Gasperlmaier, hatte das ermittlungstechnisch absolut keinen Sinn. Er ging zu seinem Schreibtisch, kramte in den Laden, durchsuchte seine speckige Aktentasche, die er seit Jahren schon nirgendwohin mehr mitnahm, und fand darin eine goldgefasste Lesebrille, die er einst in einem Fotogeschäft erstanden hatte. Leider fehlte der Brille ein Glas, aber mehr war momentan offenbar nicht zu haben. Gasperlmaier setzte sich neben die Frau Doktor, froh um die Gegenwart des Kahlß Friedrich, der ihnen stoisch und schwer atmend gegenübersaß und sich offenbar nicht einmal peripher für die von Doktor Naglreiter so sorgsam verborgenen Fotos interessierte. So ganz allein mit der Frau Doktor, dachte Gasperlmaier, wäre ihm beim Betrachten offensichtlich erotischer Fotos nicht ganz wohl gewesen.

Die Frau Doktor hatte inzwischen, ohne Rücksicht auf das Interesse Gasperlmaiers, ein wenig weitergeklickt. Nicht viel Neues gab es zu sehen, außer, dass sich die Frau einmal von der einen Seite, einmal von der anderen hatte fotografieren lassen. „Die Frau Naglreiter", bemerkte die Frau Doktor ausdruckslos. „In Reizwäsche. Dabei sind wir ja davon ausgegangen, dass die beiden ihre erotischen Interessen nur mehr außerehelich verfolgt hatten." Gasperlmaier versuchte es einmal mit beiden Augen, ein andermal, indem er das Auge ohne Brillenglas mit der Handfläche zuhielt, konnte sich aber nicht entscheiden, was die besseren Ergebnisse brachte, was die Schärfe der Bilder anlangte. Scharf, dachte Gasperlmaier bei sich, waren die Bilder auf jeden Fall. Die Frau Doktor klickte weiter, und Gasperlmaier konnte nicht umhin wahrzunehmen, dass die Frau Naglreiter sich nach und nach selbst der wenigen Kleidungsstücke entledigte, die sie auf den ersten Fotos noch getragen hatte. „Gasperlmaier, Sie wissen schon, dass das hier streng vertraulich ist, keinesfalls an irgendjemanden außerhalb dieses Büros weitergegeben oder weitererzählt werden darf?" Gasperlmaier fragte sich, warum die Frau Doktor diese Erklärung für notwendig hielt. Ob sie am Ende Zweifel an seiner professionellen Einstellung zum Beruf des Polizisten hegte? Gasperlmaier beeilte sich, eilfertig zu nicken. Die Frau Doktor klickte weiter. Die Frau Naglreiter war nun vollständig unbekleidet und wand sich in Posen, die weit mehr enthüllten, als Gasperlmaier für nötig hielt. Er ertappte sich bei dem Gedanken, wie es wohl wäre, derartige Fotos von seiner Christine anzufertigen und anschließend gemeinsam zu betrachten. Ein kurzer Seitenblick verriet ihm, dass die Frau Doktor, die nun immer schneller von einem Foto zum nächsten klickte, sodass die nackte Frau Naglreiter nur mehr schemenhaft an ihnen vorbeizuckte, auch nicht gänzlich unberührt davon geblieben war, was der Doktor Naglreiter da auf digitalen Speicher gepackt hatte, und sanft errötet war. Wieder dem Bildschirm zugewandt, musste Gasperlmaier erkennen, dass das Bildmaterial die Grenze zwischen Erotik und Pornografie überschritten hatte, und er zwang sich zu einem neutralen, völlig distanzierten Beobachten.

Das hätte er sich sparen können, denn plötzlich war die Serie zu Ende und nun waren zwei Frauen zu sehen, die, aus größerer Entfernung aufgenommen, in Badeanzügen an einem Pool lagen. Einige Fotos weiter und einige Ausschnittvergrößerungen später, fand die Frau Doktor wieder zu Worten. „Die im orangen Bikini, das ist seine Tochter, die Judith. Die im weißen Bikini kenne ich nicht. Sie vielleicht, Gasperlmaier?" Auf einigen Fotos konnte man einen Fensterrahmen sehen, und der Pool war eindeutig der im Garten der Naglreiters. Offenbar waren die Aufnahmen aus einem Zimmer im ersten Stock des Hauses gemacht worden. Warum der Doktor Naglreiter seine eigene Tochter beim Sonnenbaden hätte fotografieren sollen, das war dem Gasperlmaier schleierhaft. Doch die Bilder, das wurde ihm schnell klar, konzentrierten sich immer mehr auf das Mädchen im weißen Bikini, das kleiner und dünner als die Judith war. Als die Frau Doktor ein Foto fand, auf dem die Mädchen auf dem Rücken am Rand des Pools lagen, zoomte sie das Gesicht der Kleineren näher heran. Sie hatte dunkles Haar, das zu einem Pferdeschwanz gebunden war. „Das ist doch!", entfuhr es Gasperlmaier, doch bevor er seiner Vermutung Ausdruck verleihen konnte, dass das die Natalie, die Nichte des Kahlß Friedrich, war, hielt er sich gerade noch zurück. Ob es klug war, die Natalie da hineinzuziehen? Mit den Morden konnte sie ja wohl kaum etwas zu tun haben. „Was jetzt, Gasperlmaier?", fuhr ihn die Frau Doktor an, dass er zusammenzuckte. „Kennen Sie die? Oder haben Sie einen Verdacht, wer es sein könnte?" Gasperlmaier war klar, dass ein Zurückhalten seines Wissens nur unnötige Verzögerungen und am Ende neue Peinlichkeiten bedeuten konnte. „Die Natalie ist das, die Tochter von der Evi." Wie von der Tarantel gestochen sprang der Kahlß Friedrich auf, umrundete den Schreibtisch und drängte sich, so gut das bei seiner Leibesfülle eben ging, zwischen die Frau Doktor und Gasperlmaier. „Was hat der Sauhund mit der Natalie gemacht? Ich bring den um!" „Herr Kahlß, Sie vergessen – er ist schon tot!", konnte sich die Frau Doktor nicht verkneifen.

Immer mehr Fotos förderte die Frau Doktor zutage, und es wurde schnell klar, dass der Doktor Naglreiter versucht hatte, die Natalie möglichst oft und möglichst im Detail aufzunehmen. Dass es einen Fotoapparat gab, dachte Gasperlmaier bei sich, mit dem man aus solcher Entfernung und so scharf Großaufnahmen machen konnte! Gasperlmaier sah das Gesicht der Natalie bildschirmfüllend, mit einer großen, dunklen Sonnenbrille über den Augen. Der Doktor hatte akribisch genau ihren Hintern, ihren Busen, der, wie Gasperlmaier aufatmend feststellte, vom Bikini bedeckt blieb, ihren Bauch und ihre Beine abgelichtet. Der Kahlß Friedrich schnaubte vor Wut und murmelte Verwünschungen vor sich hin.

„Herr Kahlß, wenn Sie's nicht vertragen, dann setzen Sie sich wieder hin!" Die Frau Doktor schien ein wenig genervt vom heißen Atem und der enormen Präsenz des Kahlß'schen Körpers hinter ihrem Bürostuhl. Sie ließ die Fotos vom Bildschirm verschwinden und sah den Friedrich herausfordernd über ihre Schulter an. Zu Gasperlmaiers Überraschung gehorchte er brummend und setzte sich wieder auf den Stuhl, den er zuvor ausgefüllt hatte.

Um den Friedrich nicht noch mehr aufzuregen, verzichtete die Frau Doktor darauf, die weiteren Fotos zu kommentieren. Als allerdings überraschend der Stefan Naglreiter auf der Bildfläche erschien, konnte sich Gasperlmaier ein erstauntes Ächzen nicht verkneifen, worauf der Friedrich sofort wieder hinter ihnen stand. Die Frau Doktor ließ den Bildschirm schwarz werden. „Also so geht das nicht, meine Herren! Ich kann ja Ihre persönliche Betroffenheit verstehen, aber ..." Diesmal ließ sie einen Satz unvollendet.

Beide, Gasperlmaier und der Kahlß Friedrich, wurden auf die andere Seite des Schreitischs verbannt und mussten ebenso schweigend wie gebannt dabei zusehen, wie die Frau Doktor, ohne irgendeine Reaktion zu zeigen, durch die restlichen Fotos klickte. Dann klappte sie den Laptop zu.

„So, meine Herren. Was haben wir hier? Erotische Fotos aus dem Naglreiter'schen Schlafzimmer, aufgenommen vor ein paar Wochen. Nicht direkt relevant für unsere Ermittlungen. Dennoch beweisen sie eines: Der Doktor Naglreiter könnte durchaus so eifersüchtig gewesen sein, dass er über die außerehelichen Eskapaden seiner Gemahlin in Rage geraten ist, dass er sie erschlagen hat. Darüber hinaus – wie Sie vielleicht wissen – ist bei vielen Männern ein Besitzdenken ihren Frauen gegenüber derart ausgeprägt, dass sie sich selbst dann wie Steinzeitmenschen aufführen, wenn ihnen jemand die Frau wegschnappt, die sie ohnehin schon seit Jahren zum Teufel wünschen." Gasperlmaier wechselte einen kurzen Blick mit dem Friedrich, der jedoch völlig teilnahmslos schien. „Was genau in dem Boot vorgefallen ist, werden wir nie erfahren – beide Beteiligten sind tot. Ich denke, die Ermittlungen sollten sich auf den dritten Mord konzentrieren. Und da spielen mehrere Personen eine wesentliche Rolle – Stefan Naglreiter, der, wie wir auf den Fotos sehen, eine Beziehung, welcher Art auch immer, zur Natalie ..." Der Kahlß Friedrich fuhr auf, die Frau Doktor streckte ihm beschwichtigend ihre Hände entgegen. „Nein, nein, Kahlß, auf den Fotos sieht man nur, wie er sie umarmt und küsst und wie sie beim Schwimmen ein wenig miteinander herumblödeln. Alles ganz harmlos. Außer, dass der Stefan Naglreiter jetzt auch tot ist. Am Leben sind in diesem ganzen Beziehungsgeflecht nur mehr die Natalie, die Judith und der Marcel Gaisrucker. Sofern wir nicht jemanden übersehen haben, zu dem eines der Mordopfer zusätzlich eine Beziehung, welcher Art auch immer, unterhalten hat." Die Frau Doktor stützte den Kopf in die Hände und starrte die Schreibtischplatte an. Wohl, um sich besser konzentrieren zu können, wie Gasperlmaier bei sich dachte. Der Kahlß Friedrich allerdings störte sie dabei. „Und der Herr Podlucki, der angeblich den Stefan Naglreiter gefunden hat? Genauso gut hätte er ihn und seinen Vater umbringen können, der ist eine Zeitbombe, sage ich Ihnen. Und dann die Ines, die Freundin von dem Gaisrucker. Vielleicht war sie eifersüchtig? Und wer weiß, mit wie vielen Männern die Naglreiter sonst noch im Bett war? Und er? Wie viele Weiber hat der angebraten? Vielleicht waren sie ja sogar in einem Swingerclub! Oder die Russen?"

Gasperlmaier beschlich der Verdacht, dass sich der Kahlß Friedrich so in Eifer redete, weil er die Frau Doktor davon ablenken wollte, sich allzu sehr mit der Natalie zu beschäftigen. Aber auch Gasperlmaier machte der Gedanke Magenschmerzen, dass die Natalie und die Evi, die Schwägerin des Kahlß, irgendwie in die Affäre verwickelt sein könnten. Wenn doch, dachte Gasperlmaier, die Pubertierenden an der kurzen Leine gehalten würden, wenn man sie einfach zu Hause behielte und überhaupt nicht fortlassen würde, bis sie Vernunft angenommen hatten, dann wäre das alles viel einfacher, und sie müssten sich jetzt keine Gedanken um das Schicksal der Natalie machen.

Inzwischen war es Abend geworden, was Gasperlmaier nicht nur daran merkte, dass die bereits tief stehende Sonne zum Fenster hereinschien, sondern auch daran, dass sein Magen, wenn auch nicht hörbar, so doch deutlich spürbar Knurrgeräusche von sich gab. „Vielleicht", wagte Gasperlmaier vorzuschlagen, „besorgen wir uns jetzt etwas zu essen." Der Kahlß Friedrich erhob sich, trotz seiner Sorge um die Natalie und seine Schwägerin, sogleich und nickte zustimmend. „Keine Chance, meine Herren." Die Frau Doktor schob ihren Laptop in eine schwarze Tasche und zog deren Reißverschluss zu. „Wir besuchen jetzt die Judith Naglreiter. Ich hoffe, sie kann uns zu den Fotos einiges erklären. Wir müssen unbedingt mehr über die Persönlichkeit des Naglreiter, über seinen Hintergrund herausfinden, dazu war bis jetzt ja keine Zeit."

Gasperlmaier warf dem Kahlß Friedrich einen gequälten Blick zu, der jedoch zuckte nur mit den Schultern. Wie Gasperlmaier wusste, konnte der Friedrich zwar Unmengen von Essen in kurzer Zeit in sich hineinstopfen, jedoch ebenso gelassen die eine oder andere Mahlzeit ausfallen lassen, um bei der darauffolgenden umso kräftiger zuzulangen. Gasperlmaier jedoch wusste, dass ihm ein einmal nagendes Hungergefühl gründlich das Wohlbefinden verdarb. Dennoch trottete er gehorsam hinter der Frau Doktor her, ohne dass ihm eine zündende Idee gekommen wäre, wo er auf dem Weg zum Haus der Naglreiters ohne Zeit- oder Gesichtsverlust Nahrungsmittel würde auftreiben können. Mit sehnsüchtigen Blicken, jedoch ohne sich zu äußern, ließ er ein Wirtshaus um das andere am Autofenster vorbeigleiten, ebenso den Lebensmittelmarkt.

Vor dem Haus der Naglreiters parkte ein Auto des Roten Kreuzes, und auf das Klingeln der Frau Doktor öffnete eine Frau mittleren Alters in Rotkreuz-Kleidung, die der Frau Doktor und den beiden Polizisten die Hände schüttelte und sich als Birgit Schwarz vorstellte. „Ich bin von der Krisenintervention. Wie es ausschaut, bleibe ich noch länger hier." „Wie geht es der Judith?", fragte die Frau Doktor, noch bevor sie das Haus betraten. „Den Umständen entsprechend", antwortete die Frau Schwarz. Gasperlmaier hasste diese Formel. Was sollte das eigentlich heißen? Dass man sich selber überlegen sollte, welcher Zustand nach den Ereignissen, die der Judith widerfahren waren, für diese angemessen und normal war? Gasperlmaier war die Frau Schwarz sofort unsympathisch, auch weil sie so ein sauertöpfisches Gesicht mit von den Mundwinkeln nach unten verlaufenden Furchen hatte, das ihm verriet, dass sie eine schwere Raucherin sein musste, die wenig lachte. Das Gesicht, dachte Gasperlmaier bei sich, das ist auch den Umständen entsprechend. Und das sind keine angenehmen. Gasperlmaier hoffte nur, dass seine Familie niemals von einer Katastrophe heimgesucht werden würde, allein schon, um sich den Besuch der Frau Schwarz bei ihm zu Hause zu ersparen.

Die Frau Schwarz führte sie ins Wohnzimmer, wo die Judith auf einem Ledersofa lag, den ganzen Körper, obwohl es warm im Raum war, in eine Decke gewickelt. Lediglich Kopf, Schultern und Arme ragten daraus hervor. In der rechten Hand hielt sie eine Fernbedienung, und sie war gerade dabei, sich durch die Kanäle zu zappen, wie Gasperlmaier mit einem raschen Blick auf den Fernseher feststellte, ließ sich dabei von den Eintretenden aber in keiner Weise stören. Sie machte einen geistesabwesenden Eindruck und sah verheult aus, fand Gasperlmaier. Der Fernseher, das war ihm sofort aufgefallen, war ein wahres Prachtstück. Ein so riesiger Bildschirm hätte in Gasperlmaiers Stube zu Hause gar nicht Platz gehabt, ganz abgesehen davon, dass man sich gar nicht weit genug entfernt hätte hinsetzen können, um mit einem Blick den gesamten Bildschirm zu erfassen.

„Guten Abend", eröffnete die Frau Doktor das Gespräch. Niemand machte Anstalten, ihnen einen Platz anzubieten, worauf die Frau Doktor sich einfach auf das zweite Sofa setzte und Gasperlmaier und dem Friedrich bedeutete, es ihr gleichzutun. Die Frau Schwarz setzte sich auf einen Designerstuhl neben dem Sofa, der, wie Gasperlmaier bei sich dachte, unglaublich hässlich war und ebenso ungemütlich sein musste. Ein wenig sah er aus wie ein Pokal, nur dass der obere Teil eher flach und halbkugelig ausgefallen war und eine weiße Polsterung besaß. Probleme mit dem Rücken konnte die Frau Schwarz nicht haben, wenn sie mit diesem Sitzmöbel zurechtkam. Die Judith Naglreiter kümmerte sich nicht im mindesten um den Besuch, sondern widmete ihre Aufmerksamkeit nunmehr einer amerikanischen Krankenhausserie, die Gasperlmaier nur deswegen wiedererkannte, weil er sich zu Hause schon oft darüber hatte ärgern müssen, dass seine Kinder mit diesem Schwachsinn den Fernseher im Wohnzimmer blockierten, wenn er gerade Lust darauf hatte, die Füße nach der Arbeit ein bisschen hochzulagern.

Mit einer Sanftheit in der Stimme, die Gasperlmaier der Kettenraucherin niemals zugetraut hätte, sprach

Frau Schwarz die Judith an. „Judith", wisperte sie, und als keine Reaktion erfolgte, nochmals: „Judith!" Ein kurzes Aufflackern der Augen der Angesprochenen zeigte, dass sie hörte, dass man mit ihr sprach, dennoch warf die Frau Schwarz der Frau Doktor einen vielsagenden Blick zu. Das konnte ja heiter werden, dachte Gasperlmaier, dessen Magen sich nun bereits für alle hörbar zu Wort gemeldet hatte, zumindest mutmaßte Gasperlmaier das aufgrund der Heftigkeit des Grollens.

„Frau Naglreiter, ich muss mit Ihnen sprechen. Würden Sie bitte den Fernseher abschalten?" Gasperlmaier merkte, dass die Judith trotz ihrer scheinbaren Geistesabwesenheit auf die Aufforderung der Frau Doktor reagierte: Ihr Gesichtsausdruck wandelte sich von Teilnahmslosigkeit zu Trotz. Für Gasperlmaier völlig überraschend ergriff die Frau Doktor nun die Initiative, beugte sich über die Judith, die gar nicht schnell genug reagieren konnte, nahm ihr die Fernbedienung aus der Hand und ließ den Riesenbildschirm erlöschen. In der eintretenden Stille war nur mehr das zornige Schnauben der Judith Naglreiter zu hören.

„Frau Naglreiter, ich bedauere zutiefst, was Ihnen widerfahren ist, und, glauben Sie mir, ich kann mir denken, wie Sie sich jetzt fühlen, wo Ihre ganze Welt in Trümmern liegt, wo Sie ihre ganze Familie verloren haben, innerhalb weniger Tage. Aber um all das aufklären zu können, um auch Ihnen darüber Klarheit zu verschaffen, was da passiert ist und wer die Verantwortung trägt, dazu müssen Sie jetzt mit mir reden!"

Die Judith hatte die Frau Doktor zunächst nur entsetzt angestarrt, war aber dann wieder auf ihr Sofa zurückgesunken und in die bereits bekannte Teilnahmslosigkeit verfallen.

„Fragen Sie halt!", sagte sie plötzlich, mehr zum Fernseher hin als zur Frau Doktor.

„Frau Naglreiter, wir sind leider ziemlich sicher, dass Ihr Vater für den Tod Ihrer Mutter die Verantwortung trägt." So neutral, ohne dass irgendein hartes, verschreckendes Wort fiel, dachte Gasperlmaier bei sich, hätte ich ihr niemals beibringen können, dass der Papa die Mama erschlagen hat. Gespannt beobachtete Gasperlmaier die Reaktion der Judith, die jedoch nach wie vor ausdruckslos auf den schwarzen Bildschirm starrte, als verlange das, was darauf zu sehen war, ihre ganze Aufmerksamkeit. Nachdem sie einmal tief durchgeatmet hatte, fragte die Frau Doktor: „Frau Naglreiter, können Sie sich vorstellen, dass Ihr Vater in Stresssituationen Gewalt angewendet hat? Haben Sie jemals beobachtet, dass er gewalttätig geworden ist?" Die Judith kicherte hysterisch, ohne dass sie den Blick vom Bildschirm abwandte. „Gewalttätig?", brachte sie zwischen ihren krampfartigen Lachanfällen hervor, „gewalttätig?" Gasperlmaier begann um die seelische Gesundheit der Judith zu bangen. War das Mädchen am Ende knapp davor durchzudrehen? Ein Wunder wäre es nicht, dachte Gasperlmaier. Einen Moment lang versuchte er sich vorzustellen, wie er sich fühlen würde, wenn innerhalb weniger Tage seine gesamte Familie ausgerottet würde. Schnell schob er den undenkbaren Gedanken wieder zur Seite.

Der Frau Schwarz waren, soweit das überhaupt möglich war, noch tiefere Furchen ins Gesicht gewachsen als vorher. Zu Gasperlmaiers Überraschung griff sie jedoch nicht ein, zog eine Zigarettenschachtel und ein Feuerzeug hervor, stand auf und ging auf den Balkon. Offenbar, dachte Gasperlmaier, musste sie jetzt in einer ganz persönlichen Krise mittels Nikotin intervenieren. Inzwischen hatte sich die Judith einigermaßen beruhigt und fing mit dem Fernseher zu reden an. „Mein Vater war das größte Arschloch, dem ich in meinem Leben begegnet bin. Und ich bin froh, dass er tot ist. Das Einzige, was ich bedauere, ist, dass ich ihn nicht eigenhändig erwürgt habe." Judiths Kopf zuckte während des Redens hektisch in alle Richtungen, sodass Gasperlmaier den Eindruck gewann, dass ihre Worte nur mühsam und unter großen Widerständen den Weg aus ihrem Inneren zu Stimmbändern, Rachen und Lippen fanden. Ein wenig seltsam kam ihm das schon vor, denn er erinnerte sich noch gut daran, was die Judith für ein Theater gemacht hatte, als sie gestern früh mit der ersten Todesnachricht zu ihr und Stefan ins Haus gekommen waren.

„Frau Naglreiter", hob die Frau Doktor jetzt noch einmal behutsam an, „gab es konkrete Vorfälle? In letzter Zeit? Haben Sie einmal mitbekommen, dass Ihr Vater gegen Ihre Mutter gewalttätig geworden ist?" Die Judith begann zu schluchzen. „Ja, was glauben Sie denn?" Endlich sah sie der Frau Doktor einmal direkt ins Gesicht. „Wenn die gestritten haben, da sind die Fetzen geflogen! Ohrfeigen waren da das Mindeste! Der feine Herr Anwalt, der ist sofort ausgerastet, wenn das Geringste gegen seinen Willen gegangen ist! Glauben Sie, der hat mich und den Stefan verschont? Das ist nicht so, dass nur die arbeitslosen Unterschichtler ihre Kinder verprügeln! Da brauchen Sie als Kind nur einmal auf das Designersofa kotzen, und schon fliegen die Fäuste! So einer war mein Vater!" Judith stützte ihren Kopf in die Hände und begann hemmungslos zu schluchzen. Die Frau Doktor suchte den Blick Gasperlmaiers, der sich aber außerstande sah, mehr als ein Schulterzucken zur Problemlösung beizutragen. Gasperlmaiers Augen irrten ab und fingen die Frau Schwarz ein, die auf dem Balkon gerade einen Zigarettenstummel im Blumenkasten der Naglreiters ausdrückte, in dem die Blüten noch üppig wucherten, wie Gasperlmaier feststellte, während man an manchen Stellen bereits Anzeichen beginnender Trockenheit wahrnehmen konnte. Der

Zigarettenstummel, dachte Gasperlmaier, würde auch nicht gerade zum Wohlbefinden der Blumen beitragen. Vielleicht, dachte er, wäre es auch angebracht, dass die Frau Schwarz hinsichtlich der Krise im Blumenkasten intervenieren würde. Um die Judith schien sie sich ja keine großen Sorgen zu machen.

„Frau Naglreiter", fuhr die Frau Doktor fort, „haben Sie vorgestern irgendetwas bemerkt, was Ihren Vater in Wut hätte bringen können, irgendeine Kleinigkeit, die einen so schweren Konflikt zwischen Ihren Eltern hätte auslösen können, dass Ihr Vater schließlich zu ...", die Frau Doktor stockte und suchte wiederum Gasperlmaiers Blick, „... dass er zu heftigerer Gewalt als sonst üblich Zuflucht gesucht haben könnte?" Gasperlmaier bewunderte die Formulierungskunst der Frau Doktor. Dass man zu Gewalt Zuflucht suchen konnte, war dem Gasperlmaier bisher nicht bewusst gewesen. Das klang ja gerade so, als sei der Herr Doktor Naglreiter von irgendwelchen Umständen so sehr in die Enge getrieben worden, dass ihm gar nichts anderes übriggeblieben war, als seiner Ehefrau das Ruder über den Schädel zu ziehen, als sie hilflos im Wasser des Altausseer Sees getrieben war.

Das Schluchzen hatte ein wenig nachgelassen, und die Judith antwortete: „Natürlich haben sie sich gestritten. Wie jeden Tag. Und immer um das Gleiche. Der Papa hat ja keinen Rockzipfel ausgelassen, den er auch nur aus der Ferne gesehen hat. Er ist ja sogar bei mir, natürlich zufällig, immer ins Badezimmer gekommen, sobald ich einen Busen gehabt hab." Die Judith warf der Frau Doktor einen Blick zu. „Nein, nicht dass Sie glauben, dass er mich missbraucht hat oder so, er hat einfach immer nur geschaut. Und er war bei diesen Gelegenheiten sogar ausnahmsweise nett zu mir, mir hat es damals gefallen, dass er mich als Frau wahrgenommen hat. Glauben Sie das oder nicht."

Die Frau Doktor hatte die Augenbrauen ziemlich weit hochgezogen. Das, was die Judith erzählte, galt, wie Gasperlmaier wusste, schon als Grenzfall zur sexuellen Belästigung – beobachten, Türen öffnen und so tun, als habe man sich geirrt, wenn man genau wusste, dass die Tochter dahinter duschte. Gasperlmaier fielen die Fotos ein, die der Doktor Naglreiter von der Judith und der Natalie gemacht hatte. „Und dann ist es natürlich vor allem darum gegangen, dass der Papa ständig der Natalie hinterhergeschnüffelt hat, wenn sie da war, und um die Affären der Mama, die mit jedem Trainer, der sich um sie gekümmert hat, gevögelt hat, wenn er nur halbwegs brauchbar ausgesehen hat. Das Gleiche halt wie jeden Tag."

Kein Wunder, dachte Gasperlmaier, dass solche Menschen wie die Naglreiters ein gewaltsames Ende finden mussten. Wenn man sich so wenig unter Kontrolle hatte, was sein Sexualleben betraf, dann war es ja geradezu zwangsläufig, dass sich die Konflikte aufeinandertürmten, bis es irgendwann einmal einen Ausbruch geben musste. Dennoch, fragte sich Gasperlmaier, wie war es danach weitergegangen, nachdem der Doktor Naglreiter seine Ehegattin ins kühle Grab geschickt hatte? Es war ja wohl kaum anzunehmen, dass sie ihm vorher den Hirschfänger aus der Lederhose gezogen und ihn damit in den Bauch gestochen hatte, worauf der Doktor Naglreiter seelenruhig ans Ufer gerudert war, sich im Bierzelt niedergelassen hatte und verstorben war. Da mussten ja noch andere hasserfüllte Zeitgenossen herumlaufen, die den Doktor Naglreiter und seinen Sohn auf dem Gewissen hatten.

„Frau Naglreiter", fragte die Frau Doktor jetzt, nachdem die Judith sich ein wenig beruhigt hatte, aber immer noch das nicht existierende Programm auf dem Fernseher gebannt zu verfolgen schien, „können Sie sich vorstellen, dass Ihr Bruder oder sonst jemand noch vor uns mitbekommen hat, dass Ihr Vater Ihre Mutter getötet hat, und dass er aus Zorn darüber oder aus Rachegefühlen heraus Ihren Vater erstochen hat?" Erschrocken blickte die Judith auf. Gasperlmaier schrak ebenfalls auf. Hatte die Frau Doktor da eben angedeutet, dass womöglich die Judith oder der Stefan mitbekommen hatten, dass der Vater die Mutter umgebracht hatte, und dass er oder sie daraufhin entsprechend reagiert und den Täter gleich selbst gerichtet hatten?

„Ich hab doch keine Ahnung gehabt!", flennte die Judith. Die Frau Doktor reichte ihr ein Taschentuch, in das sie sich lautstark schnäuzte. „Sie sind doch selber da gewesen! Gestern in der Früh! Als Sie uns erzählt haben, dass der Papa tot ist! Da haben wir doch noch keine Ahnung gehabt, dass die Mama auch ..." Die Judith wurde von einem neuerlichen Weinkrampf geschüttelt. Polternd öffnete sich die Balkontür und mit der Frau Schwarz breitete sich ein Schwall tabakgeschwängerter Luft im Wohnzimmer aus. „Jetzt lassen S' doch das arme Mädel in Ruhe!", krächzte sie. Wenn sie sich aufregte, dachte Gasperlmaier, dann brach doch die zum Gesicht passende Raucherstimme durch. „Sehen Sie denn nicht, dass sie völlig fertig ist? Sie hat bestimmt niemandem etwas getan!"

Die Frau Doktor Kohlross, bemerkte Gasperlmaier, begab sich in Kampfposition, der Kopf und die Arme wanderten nach vor, der ganze Körper war angespannt. „Ich kann sehr wohl beurteilen, ob jemand in der Lage ist, eine Aussage zu machen!", fauchte sie die Frau Schwarz an, die vorsichtshalber in der Nähe der Balkontür angehalten hatte. „Ich tue nur, was notwendig ist. Ich bin mir durchaus bewusst, dass die Frau Naglreiter hier an der Grenze ihrer Belastungsfähigkeit ist. Aber schließlich geht es gerade darum – herauszufinden, wer für ihren Zustand verantwortlich zu machen ist!"

Die Frau Doktor Kohlross war sicherlich ein wesentlich tröstlicherer Beistand für jemanden in einer schwierigen Situation als die Frau Schwarz, dachte Gasperlmaier, er selbst jedenfalls hätte Trost aus der Hand und dem Mund der Frau Doktor dem der Frau Schwarz bei weitem, bei sehr weitem vorgezogen.

„Frau Naglreiter, ein letzte Frage", probierte es die Frau Doktor noch einmal. „Gibt es Ihrer Meinung nach die Möglichkeit, dass der Stefan von der Tat Ihres Vaters erfahren hat, und dass er daraufhin die Nerven verloren hat und Ihren Vater ..." Sie ließ den Satz auslaufen. Die Judith blieb ruhig, was Gasperlmaier erstaunte, und zuckte mit den Schultern. „Was weiß denn ich, was der Stefan an dem Abend gemacht hat. Gesoffen hat er, wie der Papa auch, und ich hab ihn ja kaum einmal gesehen. Was weiß denn ich, was Männern so einfällt!"

„Judith, haben Sie selbst einen Freund?", fragte die Frau Doktor, obwohl sie, wie Gasperlmaier nicht entgangen war, versprochen hatte, sie werde keine weitere Frage mehr stellen. Die Judith nickte. „Daniel heißt er. Studiert in Innsbruck. Ist aber nicht da gewesen, dieses Wochenende. Arbeitet im Landesmuseum, in Innsbruck."

Ein lauter Donnerschlag ließ den Gasperlmaier aus seinem Sofa auffahren, ebenso den Friedrich, bei dem es ein wenig länger dauerte, bis er aus den Polstern fand. Die Frau Doktor hatte schon ihre Waffe gezogen und war zum Treppenabsatz gelaufen, die Judith unter ihrer Decke verschwunden. Wie wenn jemand heftig gegen eine große Glasscheibe schlägt, ohne sie zu zerbrechen, hatte es geklungen. Die Frau Schwarz zog eine weitere Zigarette aus ihrer Packung und zündete sie an, als ein lautes Krachen und danach ein Klirren ertönten. Nun glaubte Gasperlmaier eindeutig zu erkennen, dass eine Glasscheibe eingeschlagen worden war. Vielleicht war es auch ein Schuss gewesen, der ein Fenster getroffen hatte. Die Frau Doktor bedeutete dem Kahlß Friedrich und ihm, ihre Waffen zu ziehen und ihr zu folgen. Gasperlmaier fingerte nach seiner Dienstpistole. Noch nie hatte er sie benutzt, außer beim Schießtraining. Mit der Waffe in der Hand und einem Finger vor dem Mund wandte er sich zu Frau Schwarz um, um ihr zu bedeuten, keinen Laut von sich zu geben. Dabei richtete er versehentlich den Lauf der Waffe auf die Frau Schwarz, die einen markerschütternden Schrei von sich gab. Auf die aufgeregten Handbewegungen des Gasperlmaier, die er mit der Waffe in der Hand vollführte, und sein energisches „Pscht" reagierte sie mit einem kurzen Atemholen und weiteren spitzen Schreien. Gasperlmaier wandte sich verzweifelt ab.

Die Frau Doktor und der Kahlß Friedrich waren schon treppab verschwunden. Als Gasperlmaier gerade die oberste Treppenstufe erreichte, hörte er unten einen Schrei, dann ein Poltern und ein Krachen, der Kahlß Friedrich brüllte los, und plötzlich stand auch Gasperlmaier mitten im Geschehen und seinen Augen bot sich ein fürchterlicher Anblick. Die Frau Doktor Kohlross lag hingestreckt, ohne irgendein Lebenszeichen von sich zu geben, mitten in einem Meer von Glasscherben. Ihr Gesicht war Gasperlmaier zugewandt, und zu seinem Schrecken machten sich gerade feine Fäden hellroten Blutes auf ihren Weg vom Haaransatz über die Stirn und die Wangen. Viel Zeit blieb Gasperlmaier allerdings nicht, sich über die Frau Doktor Gedanken zu machen, denn nur ein paar Schritte neben der auf dem Boden Liegenden rang der Kahlß Friedrich mit einer langen, dürren Gestalt und brüllte dabei immer wieder: „Georg! Georg!" Der Dürre, so erfasste Gasperlmaier, war wendig und schnell, der Kahlß Friedrich dafür stärker. Sekunden vergingen, in denen Gasperlmaier zögerte, ob er dem Kahlß Friedrich beispringen oder sich um die Frau Doktor kümmern sollte. Enthoben wurde er dieser Entscheidung dadurch, dass die beiden Kampfhähne in seine Richtung gerieten und ihn von den Beinen rissen. Außer dass der Gasperlmaier den Friedrich brüllen hörte, hörte er noch, wie sein Kontrahent immer wieder schrie: „Die haben sie zugrunde gerichtet! Die Schweine aus Wien, die ganze Bagage!" Gasperlmaier geriet in einen Strudel aus Glasscherben, Armen, Beinen, Knien, die ihm ins Gesicht gestoßen wurden, Schreien und Schmerzen. Schließlich saß vor ihm der Georg auf dem Boden, der Bruder des Kahlß Friedrich, der dem Georg in einer gewaltigen Kraftanstrengung die Arme auf den Rücken gedreht haben musste. Während der Friedrich immer noch „Georg! Georg!" schnaufte, lamentierte der nunmehr Gebändigte immer weiter: „Und jetzt liegt sie nur mehr im Bett und heult! Und die sind schuld! Die Brut, die elende!" Gasperlmaier kroch auf den Knien zur Frau Doktor hinüber und versuchte gleichzeitig seine Wahrnehmung auf seinen eigenen Körper zu konzentrieren: Konnte er alle Gliedmaßen bewegen? Lief irgendwo das Blut aus ihm heraus? Fühlte er Schmerzen? Seine eigene Schnelldiagnose ergab, dass er über seinen Körper verfügen konnte, wenn auch unter Schmerzen.

„Frau Doktor? Frau Doktor?" Gasperlmaier spürte ein Würgen im Hals, gleich würden ihm die Tränen kommen. Was war denn hier geschehen? Hatte der Georg auf die Frau Doktor geschossen? Warum nur? Gasperlmaier suchte nach dem Hals der Frau Doktor, strich dabei fast zärtlich ihr Haar zur Seite und war nahezu glücklich, als er deutlich ihren Pulsschlag fühlen konnte, erschrak allerdings, als er klebriges Blut in einem dünnen Rinnsal über seine Finger rinnen sah. Er näherte seinen Handrücken dem Mund der Frau Doktor, um festzustellen, ob sie atmete. Gasperlmaier stellte fest, dass seine Hand nicht nur vom Blut der Frau Doktor rot gefärbt war, auch er selbst blutete: Auf dem Handrücken konnte er zwei Glassplitter ausnehmen, die in seiner Haut steckten. Zwar meinte Gasperlmaier, Atemhauch vor dem geöffneten Mund der Frau Doktor zu spüren, doch lenkte ihn das Geschrei des Georg viel zu sehr ab, als dass er genau hätte beurteilen können, ob er sich nicht täuschte. Wenn auf sie geschossen worden war, dann war Eile geboten. Der Friedrich rührte sich noch immer nicht, hielt den Georg von hinten umkrampft und wimmerte weiter „Georg! Georg!" in dessen Ohren hinein.

Gasperlmaier brachte die Frau Doktor in stabile Seitenlage, wie er es gelernt hatte, wobei er einen heftigen Stich in seinem rechten Knie verspürte. Er zog sein Handy heraus, stellte aber fest, dass das Display eingedrückt war, und warf es in plötzlich aufflammendem Zorn durch das zerschlagene Fenster in den Garten. Die Frau Schwarz kam soeben, eine brennende Zigarette in der Hand, die Stiege herunter und begann, anstatt zu helfen, hysterisch zu kreischen. Gasperlmaier humpelte auf sie zu, fiel nach einem neuerlichen Stich in seinem rechten Knie wieder hin, streckte der Frau Schwarz die Hand entgegen und keuchte: „Handy!" Die Frau Schwarz aber wimmerte nur. Hinter ihr kam die Judith, in die Decke gewickelt, die Stiege herunter und hielt ihr Handy ans Ohr. „Ja, einen Notarzt, und die Rettung. Es gibt mehrere Verletzte. Eine Schießerei. Nein, mehr kann ich nicht sagen." Gasperlmaier kroch zurück zur Frau Doktor. Da fragt sich doch, dachte er, wer hier in einer Krise die Nerven wegwarf und wer sie behielt. Die Frau Schwarz würde man wohl nach Hause schicken müssen.

14

Die Frau Doktor lag auf die Bahre geschnallt, der Notarzt hatte ihr bereits eine Infusion an den Arm gehängt, die an einem improvisierten Gestell über ihr baumelte. Erbarmungswürdig sah sie aus, dachte Gasperlmaier bei sich, mit dem blutverkrusteten Gesicht, den verklebten Haaren. Hilflos, wie ein kleines Mädchen. Ohne dass es ihm wirklich bewusst wurde, strich ihr Gasperlmaier sanft mit dem Zeigefinger über die linke Wange, die zuerst noch sauber gewesen, jetzt jedoch von Gasperlmaiers Blut verschmiert war. Die Frau Doktor lächelte. „Gasperlmaier, jetzt müssen Sie allein weitermachen." Ihre Stimme war sehr klein geworden, sehr schwach, kaum wahrzunehmen. „Gott sei Dank, Frau Doktor, war es nur ein Baseballschläger", beruhigte sie Gasperlmaier. Der hatte allerdings ganze Arbeit geleistet: Die Frau Doktor war k. o. gegangen und erst nach einer Viertelstunde wieder aufgewacht, und die Rissquetschwunde auf ihrem Kopf würde dafür sorgen, dass sie ein ganzes Büschel ihrer schönen Haare vor dem Nähen der Wunde verlieren würde, dachte Gasperlmaier.

Er selbst hielt einer Sanitäterin die Hand hin, um sich verarzten zu lassen. Die zog mit einer Pinzette vorsichtig die Glassplitter aus Ballen, Handrücken und Fingern. Im Laufe des Gefechts musste er mehrmals in den Scherbenhaufen gelangt haben. Gasperlmaier zuckte und sah über seine linke Schulter, um nicht Augenzeuge der schmerzhaften Operation sein zu müssen. „Sind's doch nicht so wehleidig! Die anderen hat's viel schwerer erwischt!" Ein wenig psychologisches Feingefühl, fand Gasperlmaier, wäre bei einer Sanitäterin im gegenständlichen Fall schon angebracht, auch wenn er offenbar nicht zu den Schwerverletzten gezählt wurde.

Gasperlmaier sah sich um. Der Friedrich saß immer noch an die Wand des Vorraums gelehnt, seine Uniformhose hing am linken Bein in Fetzen herunter und war an mehreren Stellen blutgetränkt, auch über seine Stirn zogen sich breite rote Streifen. Der Zivildiener war damit beschäftigt, die Reste seines Hosenbeines abzuschneiden und seine Wunden zu reinigen und notdürftig zu verbinden. Sein Bruder, der Georg, saß draußen auf der Terrasse, rechts und links von sich zwei Uniformierte, Gasperlmaier glaubte, die junge blonde Polizistin wiederzuerkennen, die schon zusammen mit ihrem Partner den Gaisrucker Marcel vom Bootshaus abgeholt hatte. Der Georg hatte offenbar den geringsten Schaden von allen davongetragen. Er wand sich noch immer vor Wut und schrie herum: „Die scheiß Wiener! Jetzt liegt sie die ganze Zeit zu Hause und heult! Und niemand kann mit ihr reden!" Gasperlmaier begann ein Verdacht zu dämmern: Wer da zu Hause lag und heulte, das konnten nur die Evi oder die Natalie sein. Und der Georg war wohl auf die Idee gekommen, dass irgendwer aus dem Hause Naglreiter am Elend seiner Frau oder seiner Tochter schuld war. Und jetzt war der sonst so ruhige und verschlossene Georg womöglich auf die unselige Idee verfallen, sich an den Naglreiters rächen zu müssen, möglicherweise in Unkenntnis der Tatsache, dass von denen nur mehr die Judith am Leben war. Und zu ihrer aller Unglück hatte er dabei die Frau Doktor kampfunfähig geschlagen und auch ihm und dem Friedrich allerhand Blessuren zugefügt. Aber dass einer wie der Georg gleich durchdrehte, weil eine seiner Frauen zu Hause heulte? Das war doch eigentlich eher Alltag. Am Ende, dachte Gasperlmaier, wäre es vernünftig, gleich ein Kriseninterventionsteam zum Kitzer'schen Haushalt zu schicken, war sich aber dessen angesichts der eher traurigen Vorstellung der Frau Schwarz im vorliegenden Krisenfall doch nicht ganz sicher. Am besten würde es sein, selbst bei den Kitzerischen vorbeizuschauen, denn wenn hier aufgeräumt wäre, dann würde der Georg wahrscheinlich Richtung Verhör abtransportiert sein, während die Frau Doktor und der Kahlß Friedrich bereits mehr oder weniger auf dem Weg ins Krankenhaus waren. Er, dachte Gasperlmaier, würde jedenfalls die Stellung halten und die beiden nicht begleiten.

Im Haus gegenüber ging das Licht an und der eingefallene Brustkorb des Herrn Ingenieur Podlucki schob sich vor den Lichtkegel der Lampe. „Was ist denn da schon wieder für ein Lärm?", krähte er mit seiner unangenehmen Stimme herunter. Der, dachte Gasperlmaier, hat uns zu unserem Glück noch gefehlt, und ihn packte der Zorn: „Ich schick Ihnen gleich ein Vernehmungsteam hinauf, Herr Podlucki, und wenn sich auch nur der geringste Verdacht gegen Sie ergibt, dann lass ich Sie vorläufig festnehmen und in Handschellen abführen, wenn Sie nicht sofort Ihr Fenster hinter sich zumachen!" Podlucki wollte schon, wie Gasperlmaier zu erkennen glaubte, zu einer Entgegnung ansetzen, zog sich dann aber doch zurück und schloss das Fenster. Gar so mutig war er wohl auch wieder nicht.

Inzwischen hatte der Kahlß Friedrich, gestützt von zwei Rotkreuzleuten, ächzend den Weg nach draußen zum Krankenwagen angetreten, in den man die Trage mit der Frau Doktor darauf bereits eingeladen hatte. Ob der Zivi und die eher zierlich gebaute Sanitäterin, die Gasperlmaiers Splitter herausgezogen hatte, den Transport des Kahlß Friedrich unbeschadet überstehen würden, wagte Gasperlmaier nicht zu beurteilen. Ihm fiel auf, dass der Zivi auf der linken Seite schon etwas in die Knie ging, während sich die junge Frau noch tapfer aufrecht hielt. Der Kahlß Friedrich hatte dadurch etwas Schlagseite bekommen und lag noch schwerer auf den Schultern des Zivildienstleistenden. Gasperlmaier folgte der Gruppe hinkend nach draußen, wo sich bereits eine ansehnliche Zahl Schaulustiger um die beiden Rettungsfahrzeuge gebildet hatte. Zuckende Blaulichter schienen die Leute anzuziehen wie Motten das Licht. Gasperlmaier sah auch einige bekannte Gesichter unter den Gaffenden und lehnte sich erschöpft an den Türstock der Naglreiter'schen Haustür, weil sein Knie so sehr stach, dass er meinte, keinen weiteren Schritt tun zu können.

Zu viert half man dem Friedrich in den Ambulanzwagen, der sich darauf mit Blaulicht und Sirenengeheul einen Weg durch die Menge bahnte und um die nächste Straßenecke verschwand. Der Notarztwagen folgte. Gasperlmaier wandte sich um, denn das Letzte, was er jetzt wollte, war, den Leuten Rede und Antwort stehen zu müssen.

Die Judith und die Frau Schwarz saßen im Vorhaus auf einer Holzbank, die neben der Garderobe stand, wohl, um den Hausbewohnern das An- und Ausziehen der Schuhe zu erleichtern. Die Judith hatte ihre Decke mit der Frau Schwarz geteilt und sah dem Gasperlmaier recht gefasst entgegen, während das tränennasse Gesicht der Frau Schwarz gelegentlich zuckte. Als sie Gasperlmaier sah, schluchzte sie auf. Judith legte ihr beruhigend den Arm um die Schulter. Wie das möglich sein konnte, dachte Gasperlmaier. Als sie gekommen waren, war die Judith ein Häufchen Elend gewesen, und dann bricht in ihrem Haus ein Kampf aus wie in einem Saloon zu den besten Zeiten des Wilden Westens, und sie erfängt sich und muss nun ihre Betreuerin trösten. „Ich schick euch die Feuerwehr", sagte Gasperlmaier zur Judith, die ihn fragend ansah. „Na ja, ihr braucht's ja wen, der hier aufräumt, der die zerbrochenen Scheiben abdeckt und so weiter." Judith warf einen Blick auf das Chaos, als nehme sie es zum ersten Mal wahr. „Ja, wirklich", sagte sie, „da muss jemand aufräumen. Das kann ich nicht." Gasperlmaier nickte. „Ich ruf gleich an. Soll ich noch bleiben, bis sie da sind?" Die Judith schüttelte den Kopf, während die Frau Schwarz den Gasperlmaier ängstlich fixierte, als wolle sie weder erklären, er solle dableiben, weil sie sich fürchte, noch der Judith widersprechen.

Gasperlmaier vergaß auf sein Knie, belastete den Fuß im Versuch, einen Schritt zur Tür hin zu tun, worauf ein Schmerzblitz seinen Körper durchzuckte, sodass er meinte, der Kopf werde ihm vom Hals gerissen. Schon lag er auf dem Teppich, der die roten Keramikfliesen bedeckte. Noch im Liegen gewahrte Gasperlmaier ein Paar Teleskopstöcke, wie man sie zum Bergwandern benutzte, und fragte: „Sie borgen mir doch die Stöcke bis morgen?" Die Judith nickte nur. Gasperlmaier rappelte sich auf, schnappte sich die Stöcke und machte sich humpelnd auf den Weg. „Also, die kommen eh gleich!", versuchte er die Frauen anstatt eines Grußwortes zu beruhigen. Schon bei der Gartenmauer erinnerte er sich daran, dass sein Handy zertrümmert im Garten der Naglreiters lag, blieb stehen und rief nach der Judith, denn den Weg zurück wollte er sich nicht noch einmal antun. Die kam fast sofort aus der Haustür geschossen. „Ist was passiert?" Gasperlmaier schüttelte den Kopf. „Sie müssen selber, ich meine, ich brauch Ihr Handy, wegen der Feuerwehr. Meines ist ja kaputt." Schwer atmend nahm er das Handy der Judith und stellte fest, dass er ein flaches Rechteck ohne Tasten in Händen hielt, und drehte es ratlos zwischen den Fingern. Die Judith war, wie Gasperlmaier fand, schnell im Begreifen. „Ich wähl." Gasperlmaier sagte ihr die Nummer, worauf sie auf dem Bildschirm herumtippte und ihm das Gerät reichte. Gasperlmaier erklärte dem diensthabenden Kollegen von der Feuerwehr die Situation, der versprach, eine Mannschaft zu schicken, die das Haus der Naglreiters notdürftig für die Nacht zusammenflicken würde.

„Danke, Sie haben mir sehr geholfen." Ein, wie Gasperlmaier fand, warmer Blick der Judith streifte ihn, als er sich mühsam humpelnd auf den Weg in die Finsternis machte. Die Judith blieb am Zaun stehen. Gasperlmaier wandte sich um. „Ist noch was?" „Herr Gasperlmaier, kann ich Sie wo hinbringen? Sie können doch mit dem Fuß nicht …" Gasperlmaier überlegte. Er hatte zum Haus der Kitzers gewollt, und die fünfhundert Meter würden eine Qual werden. Am Ende war es gescheiter, sich erst nach Hause bringen zu lassen, seine Frau um einen Verband für das Knie zu bitten und dann wieder mobiler zu sein. „Wenn das geht?" Die Judith nickte, verschwand aus seinem Blickfeld und kam hinter dem Haus mit einem schicken weißen Auto hervor, dessen Fabrikat Gasperlmaier nicht auf Anhieb erkannte. Sie hielt neben Gasperlmaier und wollte schon aussteigen, um ihm in den Sitz zu helfen, worauf Gasperlmaier heftig abwinkte, die Tür aufriss und die Stöcke hinter den Beifahrersitz warf. Sich an Sitzlehne und Türrahmen abstützend kroch er auf den Sitz, wobei er kurz vor dem glücklichen Ende eine so unglückliche Bewegung vollführte, dass sich sein Schmerz in einem lauten Schrei Luft machte, der ihm unendlich peinlich war. „Geht schon!", schnaufte er, während ihm die Nachwehen des Schmerzes noch das Wasser in die Augen trieben.

Wenige Minuten später waren sie vor Gasperlmaiers Haus angelangt, und diesmal leistete er keinen Widerstand, als ihm die Judith zur Haustür half. Statt darauf zu warten, dass Gasperlmaier seinen Haustürschlüssel ungeschickt aus der Hosentasche fingerte, drückte die Judith auf den Klingelknopf. Als die Christine die Haustür öffnete, blieb ihr der Mund kurz offen stehen, bevor demselben ein „Ja, um Gottes willen!" entfuhr. Nach einer Schrecksekunde packte sie den Gasperlmaier unter der rechten Schulter, während die Judith ihm unter die linke griff. So verfrachteten sie ihn gemeinsam ins Wohnzimmer, wo sie ihn auf einem der bequemeren Stühle ablegten.

Gasperlmaier hielt es für notwendig, die Situation zu erklären. „Es ist eh nichts passiert!", versuchte er seine Frau zu beruhigen, was angesichts seines Erscheinungsbildes selbst in seinen eigenen Ohren denkbar unglaubwürdig klang. Seine Uniform war verdreckt, an mehreren Stellen zerrissen, Gasperlmaiers linke Hand war dick verbunden, sein Gesicht von Schürfwunden gezeichnet.

„Erzähl!", forderte ihn die Christine kurz angebunden auf. „Ja, ich geh dann!", wollte sich die Judith noch rasch davonschleichen, doch diesmal war Gasperlmaier schneller. „Möchten Sie nicht dableiben? Ich meine, in Ihrem Haus, da herrscht das Chaos, und ganz allein mit der Frau Schwarz?" Die Christine begriff und entschied: „Sie bleiben jetzt vorläufig einmal da. Und ich bring einen Schnaps. Und einen Tee."

Schon über dem ersten Schnaps hatte der Gasperlmaier, trotz seiner manchmal überbordenden Umständlichkeit, die Christine mehr oder weniger genau über die Ereignisse im Hause Naglreiter ins Bild gesetzt.

„Der Georg hat also durchgedreht, weil die Natalie heult und unansprechbar ist. Die Schuld gibt er dem Doktor beziehungsweise dem Stefan Naglreiter. Frage ist, hat er gewusst, dass der Stefan tot ist, oder hat er ihn selbst umgebracht, ohne dass sein Rachedurst dadurch erloschen wäre? Wollte er noch zusätzlich den Besitz der Naglreiters zerstören?" Die Judith und Gasperlmaier sahen die Christine erstaunt an. Dass der Georg der Täter in zumindest einem der Mordfälle gewesen sein könnte, darauf war Gasperlmaier bisher nicht gekommen. Doch die Christine theoretisierte schon weiter. „Jedenfalls ist er aus dem Verkehr gezogen, ebenso wie dein Chef und die Frau Doktor Kohlross. Du bist praktisch einsatzunfähig und ganz allein mit dem Fall, zumindest bis morgen früh."

Verständnislos schaute Gasperlmaier seine Frau an. Worauf wollte sie hinaus?

„Da trifft es sich gut", sagte die Christine, „dass ich dich einen großen Schritt weiterbringen werde, ohne dass du einen Fuß vor die Tür setzen musst." Die Christine schenkte dem Gasperlmaier und der Judith noch einen Schnaps ein. „Trinkt's den!", sagte sie, „den werdet ihr nämlich brauchen. Wir haben Besuch. Sitzt in der Küche." Gasperlmaier fragte sich langsam, ob die Christine den Fall am Ende gelöst hatte und ihnen nun den Mörder oder die Mörderin präsentieren würde. Er prostete der Judith zu und stürzte seinen Schnaps hinunter, um die Angelegenheit zu beschleunigen. Wohlige Wärme breitete sich in seinem ganzen Körper aus, und auch die Schmerzen schienen sich ein wenig von ihm zu entfernen. Die Christine ging in die Küche hinüber und kam mit ihrem Gast zurück.

Gasperlmaier riss vor Erstaunen die Augen auf. Ein Mädchen mit blauschwarzen Haaren kam auf ihn zu. „Grüß Gott, Herr Inspektor!", sagte sie, streckte ihm die Hand hin, zuckte aber unschlüssig zurück, als Gasperlmaier ihr seine blutverschmierte rechte hinhielt. Die Christine befreite sie aus der peinlichen Situation. „Das ist die Sabrina Höller", sagte sie. „Setz dich einfach da aufs Sofa." Die Sabrina setzte sich folgsam, obwohl ihr ganzes Äußeres Folgsamkeit nicht gerade als ihre herausragendste Eigenschaft nahezulegen schien, wie Gasperlmaier bei sich dachte. Sie hatte ein Piercing in der Nase, zudem hatte sie mehrere Löcher in beiden Ohrläppchen, von denen allerlei Metallteilchen herabbaumelten. Auch die Unterlippe und die rechte Augenbraue waren durchbohrt und mit Metall geschmückt. Da die Sabrina nur ein schulterfreies Oberteil mit Spaghettiträgern trug, blieben dem Gasperlmaier auch die Tätowierungen eines Schlangenkopfs über ihrer rechten Brust und der Drache auf der linken Schulter nicht verborgen. Die Schlange, konnte Gasperlmaier beobachten, war nicht gänzlich zu sehen, sie verschwand im Ausschnitt der Sabrina, und Gasperlmaiers Fantasie reichte aus, sich halbwegs vorzustellen, worum oder worauf das Hinterteil der Schlange sich wohl schlängeln mochte.

„Erzählst du den beiden noch einmal, was du mir erzählt hast?" Der Kehlkopf der Sabrina zuckte, Gasperlmaier sah, dass sie den Tränen nahe war. Verneinend schüttelte sie den Kopf. Die Christine seufzte. „Sabrina, du weißt, dass das, was du mir erzählt hast, sowieso nicht geheim bleiben wird. Die Polizei wird auf jeden Fall draufkommen. Und wenn wir es für uns behalten, wird es uns beide schwer belasten, helfen wird es wahrscheinlich keinem. Und ich finde, auch die Judith hat ein Recht darauf, zu erfahren, was wirklich passiert ist. Auch wenn es für sie sehr unangenehm ist."

Der Sabrina begannen die Tränen über die Wangen zu rollen, sie blieb jedoch stumm. „Sabrina, überleg es dir noch einmal", fuhr die Christine fort. Die Judith richtete sich auf und rutschte zur Stuhlkante vor. „Was ist für mich unangenehm?"

Die Christine wandte sich noch einmal an die Sabrina: „Wenn ich jetzt alles genau so erzähle, wie du es mir gesagt hast, und wenn wir dann entscheiden, ob es jemand anderer erfährt, ist das dann in Ordnung?" Nach langem Zögern kam ein unschlüssiges Nicken von ihr.

„Also!", begann die Christine. „Und du korrigierst mich, wenn ich was Falsches sage?", wandte sie sich nochmals der Sabrina zu, die nun schon ein wenig zuversichtlicher nickte. „Die Natalie hat der Sabrina Folgendes erzählt, weil sie es einfach nicht mehr ausgehalten hat, damit allein zu sein. Die Sabrina wiederum ist eine ehemalige Schülerin von mir, eine sehr nette, übrigens!" Gasperlmaier kam sich ertappt vor, denn er hatte gerade den üppigen Körperschmuck der Sabrina unverhohlen bewundert, fasziniert auf der einen, abgestoßen von den unnatürlichen Veränderungen an dem eher mageren, blassen Körper auf der anderen Seite. Ihre letzten Worte hatte die Christine betont zu ihm und seinen abschätzigen Blicken hin gesprochen, deshalb wandte sich Gasperlmaier schnell seiner Frau zu, die jetzt fortfuhr: „Die Natalie war am Sonntagabend auf dem Kirtag. Sie war eigentlich viel zu lange dort, denn das, was passiert ist, hat sich etwa um drei Uhr früh zugetragen. Die Natalie hat aufs Klo müssen, wollte in den Wagen, dort aber war die Klofrau gerade damit beschäftigt, Erbrochenes wegzuputzen. Der Natalie hat gegraust, sie hat sich gedacht, sie erledigt ihr kleines Geschäft zwischen zwei parkenden Autos. Leider ist sie dort, gerade als sie die Hose hinuntergelassen hat, vom Doktor Naglreiter gesehen worden. Der war, wie die Natalie erzählt, betrunken, hat sich ihr genähert und anzügliche Bemerkungen gemacht, als er sie erkannt hat. Die Sabrina weiß, was genau er gesagt hat, aber das lassen wir jetzt beiseite." Die Judith seufzte auf. „Es tut mir leid, Frau Naglreiter, aber das ist, was die Natalie behauptet, mehr nicht. Und Sie werden sehen, dass es durchaus glaubwürdig ist, wenn ich weitererzähle."

„Schon gut. Ich weiß, wie mein Vater war. Ich ..." Sie zögerte und wandte sich zu Gasperlmaier. „Ich glaube, in irgendeiner Weise zähle ich auch zu seinen ... Opfern." Die Sabrina warf der Judith einen überraschten Blick zu, woraufhin Gasperlmaier mit einer beruhigenden Geste versuchte, die Christine dazu zu bewegen, weiterzureden.

„Er ist also letztlich zudringlich geworden, so zudringlich, dass die Natalie schreien wollte, woraufhin ihr der Doktor Naglreiter den Mund zugehalten und sie geohrfeigt hat. Die Natalie hat gezappelt und gestrampelt, und dabei zufällig das Messer in die Hand bekommen, das der Doktor in der Lederhose stecken hatte. Sie hat es in ihrer Verzweiflung herausgezogen und einfach drauflosgestochen, um sich von ihm zu befreien. Die Sabrina erzählt, er habe kurz aufgestöhnt, dann die Natalie weiter beschimpft und bedroht, sei aber schließlich hinter den parkenden Autos verschwunden, mit vor den Bauch gehaltenen Händen."

Gasperlmaier sah zur Judith hinüber, die ihr Gesicht hinter den Händen verborgen hatte und schluchzte. „Ich verstehe, Frau Naglreiter, dass das für Sie schwer zu ertragen ist. Aber ich glaube, dass die Wahrheit für alle auf den Tisch muss, das ist letzten Endes für alle Beteiligten das Beste." Die Judith nickte, hörte aber nicht auf zu schluchzen.

„Die Natalie ist in Panik geraten, hat sich angezogen, das Messer genommen, ist zum See hinunter und hat es hineingeworfen. Dann ist sie sofort heim. So wie sie das erzählt hat und wie wir es sehen, hat sie in Notwehr gehandelt."

Die Christine schenkte allen noch einen Schnaps ein. Beim Versuch, das Schnapsglas vom Tisch zu nehmen, verspürte Gasperlmaier einen heftigen Schmerz in seinem lädierten Bein und fegte in einer ungelenken Bewegung sein Stamperl vom Tisch. Seufzend stand die Christine auf, sammelte die Scherben ein und gab Gasperlmaier ein neues, gefülltes Stamperl in die nicht verbundene, immer noch blutige Hand. Gasperlmaier schüttete seinen Schnaps sofort hinunter, einerseits, um den Schmerz zu betäuben, andererseits, um die Erschütterung zu dämpfen, die ihn erfasst hatte, als er hatte hören müssen, dass die Natalie den Doktor erstochen hatte. Was dem Mädchen bevorstand, selbst wenn ihr letztendlich Notwehr zugestanden werden würde, das wagte sich Gasperlmaier gar nicht auszumalen.

„Ihr könnt euch vorstellen, wie geschockt die Natalie war, als sie gestern Vormittag erfahren hat, dass der Doktor Naglreiter tot ist. Sie hatte ja geglaubt, ihn nur verletzt zu haben. Leider hat die Natalie dann einen schweren Fehler gemacht", fuhr die Christine fort. „Sie hat sich nämlich nicht ihren Eltern anvertraut, nicht einer Freundin und schon gar nicht der Polizei."

Die Christine machte eine Pause, weil es ihr schwerfiel, dachte Gasperlmaier bei sich, das zu sagen, was jetzt kommen musste. Gasperlmaier hatte es schon geahnt und kommen sehen.

„Sie hat sich dem Stefan Naglreiter anvertraut. Bis zum Abend hat sie sich nicht aus dem Haus gewagt, dann den Stefan angerufen und sich mit ihm getroffen. Die Natalie behauptet, er habe sie verraten und enttäuscht. Erst habe er sie nach ihrem Geständnis beruhigt, von seinem Erbe geredet und dass sie ins Ferienhaus einziehen könne und er für sie sorgen werde. Und dass sie natürlich auch für ihn da sein müsse. Er helfe ihr schließlich, ihr Geheimnis zu bewahren. In die Öffentlichkeit wollte der Stefan nicht, weil schließlich seine Eltern erst verstorben waren, hat er behauptet. Stattdessen sind sie spazieren gegangen. Als sie dann schließlich im Dunkeln bei der Seewiese angekommen sind, ist der Natalie schön langsam gedämmert, dass er sie nicht mit nach Wien nehmen würde, sondern hier in Altaussee als Betthäschen halten wollte. Außerdem ist ihr, als er sie gedrängt hat, mit ihm zu schlafen, klar geworden, dass sie sich ihm durch ihr Geständnis völlig ausgeliefert hatte. Da hat er nämlich so eine Bemerkung gemacht, dass es ganz schlecht für sie sein könnte, nein zu sagen. Stimmt's, Sabrina?"

Die Sabrina nickte heftig, während auch ihr wieder die Tränen über die Wangen kullerten. Die Judith hatte die Hände vom Gesicht genommen und Gasperlmaier dachte, ihr Gesichtsausdruck wäre am besten mit „fassungslos" zu beschreiben, als auch ihr klar werden musste, was auf der Seewiese geschehen war.

„Er hat sie also erpresst, und sie hat nachgegeben und mit ihm geschlafen. Ich brauch dir nicht zu erklären, dass auch das eine Vergewaltigung darstellt!", sprach sie Gasperlmaier direkt an. Der war nun ebenso wie die Judith fassungslos, reagierte kaum und wollte nur, dass die Christine endlich ans Ende kam, das sie alle schon kannten. „Die Natalie hat in ihrer Verzweiflung die Hand in den Boden gekrallt, dabei einen Stein erwischt und den auf den Kopf des Stefan geschlagen. Mehrmals."

Die Christine stand auf, setzte sich neben die Judith und legte deren Kopf an ihre Brust, wie man es tat, um ein kleines Kind zu trösten. Auch der Christine stiegen nun, wie Gasperlmaier bemerkte, die Tränen in die Augen. Die Sabrina hatte sowieso schon vor einiger Zeit zu schluchzen begonnen. So war es Gasperlmaier fast recht, als ihn ein neuerlicher heftiger Schmerz in seinem Bein von den drei weinenden Frauen ablenkte.

Gasperlmaier war unschlüssig, was nun zu tun war. Auf der einen Seite schmerzte sein Knie so sehr, dass er nichts lieber getan hätte, als eine Schmerztablette zu schlucken und sich ins Bett zu legen. Auf der anderen Seite wollte er die Sache unbedingt noch heute zu einem Ende bringen und zu den Kitzers nach Hause fahren. Die Evi und die Natalie konnten in dieser Situation nicht allein bleiben, auch weil sie nicht wussten, wo der Ehemann und Vater geblieben war. Als die Christine kurz zu ihm aufschaute, sagte Gasperlmaier: „Du wickelst mir jetzt eine elastische Binde ums Knie und gibst mir eine Schmerztablette. Wir müssen zu den Kitzers. Es geht nicht anders. Die Sabrina und die Judith, ihr beide bleibt hier. Das ist besser so." Zu Gasperlmaiers eigener Überraschung nickten alle. Dass seine Autorität so ernst genommen wurde, war er nicht gewohnt.

Innerhalb weniger Minuten hatte die Christine sein Gesicht und seine freie Hand vom Blut gereinigt, ihm das Knie mit einer elastischen Binde verbunden, was nicht ohne Stöhnen und Schmerzensschreie abgegangen war, und ihm ein Glas Wasser und zwei Tabletten gebracht. Jetzt stand sie mit zwei Krücken vor ihm. Richtig, dachte Gasperlmaier bei sich, die haben wir noch vom letzten Skiunfall des Christoph zu Hause. Der brauchte sie leider fast jeden Winter, sodass man irgendwann darauf verzichtet hatte, sie der Krankenkasse wieder zurückzubringen.

Gasperlmaier richtete sich auf und machte sich auf den Weg zur Haustür. Gerade als er im Vorhaus beim Telefon vorbeihumpelte, klingelte es. Gasperlmaier ließ eine Krücke los, erwischte zwar den Hörer noch, ging dann aber mit einem Schmerzensschrei zu Boden. Christine nahm den Hörer, aus dem immer wieder ein aufgeregtes „Hallo? Gasperlmaier?" erklang, noch bevor sie dem stöhnend auf dem Boden Liegenden zu Hilfe kam. „Ja?", meldete sie sich. „Eingeknickt ist er. Am Knie tut's ihm weh", sagte sie, nachdem sie ein paar Sekunden zugehört hatte. Kurz hielt sie die Hand über die Muschel und flüsterte ihm zu: „Die Frau Doktor Kohlross!" Während die Christine telefonierte, half sie dem Gasperlmaier so weit auf, dass er sich an die Wand lehnen konnte. Wieder entfuhr seinem Mund gequältes Stöhnen. „Machen Sie sich um meinen Mann mal keine Sorgen", entgegnete die Christine am Telefon, „Unkraut verdirbt nicht!" Gasperlmaier fand, sie hätte seinen Zustand mit etwas mehr Einfühlsamkeit darstellen können und musste über ihren Scherz nicht lachen.

Die Christine hielt ihm den Hörer hin. „Gasperlmaier, wie geht's Ihnen? Am Handy hab ich Sie nicht erreicht", hauchte die Frau Doktor mehr, als dass sie sprach. „Geht schon!", brummte der. „Das Handy, das ist hin. Seit der Rauferei. Sie sollten sich lieber schonen und nicht telefonieren." „Gasperlmaier, es ist aber wichtig. Ich hab den Obduktionsbefund bekommen, vom Doktor Naglreiter. Auf den ist zweimal eingestochen worden, mit zwei verschiedenen Messern. Wahrscheinlich auch von zwei Personen, zu verschiedenen Zeitpunkten, wobei der letzte Stich mit der zweiten Waffe tödlich war, die davor eher oberflächlich." Gasperlmaier blieb der Mund offen stehen. „Ja, das wollte ich Ihnen sagen. Morgen ermittelt statt mir jemand anderer weiter, ich bin ja nicht einsatzfähig. Und wenn ich mir Ihr Geschrei anhöre, glaube ich, Sie gehen auch besser ins Krankenhaus." „Gute Besserung. Und danke für den Anruf", brummte Gasperlmaier anstatt einer Antwort und legte den Hörer auf.

Mühsam rappelte er sich hoch und saß schließlich, nach ausgiebigem Ächzen und Stöhnen, neben der Christine im Auto. „Nach der Natalie muss noch jemand mit einem Messer auf den Doktor Naglreiter losgegangen sein", sagte er. „Gut für die Natalie", antwortete die Christine. „Und wir wissen natürlich auch, wer das war!" Die Christine trat aufs Gas, dass es Gasperlmaier in den Sitz drückte, und grinste verschmitzt. Gasperlmaier war ratlos. Woher konnte die Christine wissen, wer nach der Natalie dem Doktor ein weiteres Messer in den Bauch gerammt hatte? „Überleg doch!", forderte die Christine Gasperlmaier auf, „die Natalie muss aufs Klo. Mit wem war sie auf dem Kirtag? Mit dem Stefan. Es kann ja nur jemand gewesen sein, der mitbekommen hat, wie sich die Natalie gegen den Doktor Naglreiter gewehrt und ihn verletzt hat. Wer kann sie gesucht haben, als sie nicht beim Klo war? Der Stefan. Wer hatte ein Motiv, den Doktor Naglreiter endgültig umzubringen? Der Stefan. Wer hatte eine Mordswut auf seinen Vater, als er mitgekriegt hat, dass der auf die Natalie losgegangen war? Der Stefan. Natürlich muss das so passiert sein, dass die Natalie davon gar nichts mitbekommen hat. Der Stefan hat sich bei ihr gar nicht mehr blicken lassen, sodass sie glauben musste, sie habe seinen Vater getötet, als sie am nächsten Tag von dessen Tod erfuhr. Und diese Situation wollte der Stefan für seine eigenen Zwecke ausnutzen!"

Gasperlmaier erschien das logisch, aber er mochte es gar nicht glauben. Zunächst bringt der Ehemann die Ehefrau um, dann der Sohn den Vater, und schließlich muss auch noch der Sohn ins Gras beißen. Ob sich diese komplizierte Geschichte auch beweisen lassen würde, davon war Gasperlmaier nicht überzeugt. Schließlich waren zwei der drei Täter tot.

Als sie vor dem Haus der Kitzers hielten, folgte eine umständliche Prozedur des Aussteigens, Krücken-in-die-Hand-Nehmens und sie begleitender Schmerzenslaute. Nur kurz musste die Christine läuten, bis die Evi öffnete. Sie sah völlig verschrumpelt und verheult aus, fand Gasperlmaier. Überrascht starrte sie die Besucher an, während die Christine bat: „Lass uns hinein, Evi. Es ist wichtig."

Wortlos begleitete die Evi die beiden in die Küche, wo sich Gasperlmaier auf einen Sessel neben dem Esstisch plumpsen ließ, an dem er tags zuvor noch mit der Evi und dem Kahlß Friedrich ausgiebig dem Selbstgebrannten der Kitzers zugesprochen hatte. Gasperlmaier erinnerte sich, wie kratzbürstig die Natalie gestern noch gewesen war, obwohl die Sache mit dem Doktor Naglreiter da ja schon passiert war. Erst nach der Geschichte mit dem Stefan, dachte Gasperlmaier, ist sie also zusammengebrochen. Den Doktor, den hat sie noch verdrängen können. Seltsam, dachte Gasperlmaier, er konnte über die Todesfälle nur in Wörtern wie „Geschichte" oder „Sache" denken, das Wort „Mord" wollte sein Hirn im Zusammenhang mit der Natalie nicht einmal denken.

Weder Gasperlmaier noch die Evi machten Anstalten zu sprechen, worauf Gasperlmaier der Christine einen Blick zuwarf, von dem er hoffte, dass sie ihn verstehen würde: Sie sollte reden. Und die Christine ließ sich nicht lange bitten. Während sie der Evi langsam, in beruhigendem Tonfall, alles erzählte, was die Natalie und den Georg betraf, wurde deren Gesicht immer starrer. Gasperlmaier hatte das Gefühl, die Evi bekam gar nicht recht mit, was ihr da eigentlich erzählt wurde. Obwohl die Christine alles in Worte kleidete, die so schonend wie möglich ausfielen, schien die Evi einfach nicht in der Lage zu sein, all das Schreckliche aufzunehmen, mit dem sie sich jetzt konfrontiert sah. Bevor die Christine zum Ende der Geschichte kam, zu dem Vorfall im Haus der Naglreiters, fragte sie die Evi: „Evi, hörst du, was ich sage? Verstehst du mich?" Rein mechanisch, wie es Gasperlmaier schien, bewegte die Evi den Kopf auf und ab.

Gasperlmaier meinte zu spüren, dass der Schmerz in seinem Knie nachließ, am Ende begann die Schmerztablette doch zu wirken, was er schon nicht mehr geglaubt hatte. „Ich geh jetzt hinauf zur Natalie!", sagte er, weil er fand, dass es Zeit war, mit dem Mädchen zu reden, mit der Evi mussten sie sich nicht zu zweit beschäftigen, die saß ohnehin völlig erstarrt auf der Küchenbank. Gasperlmaier schnappte sich seine Krücken und stellte fest, dass der Schmerz im Knie, wenn er es belastete, ein wenig dumpfer und leichter erträglich war. Ohne dass die Evi oder die Christine widersprochen hätten, machte er sich auf den beschwerlichen Weg die engen Stiegen hinauf, nur im Flüsterton fluchend, damit er sich nicht allzu früh verriet. Die Natalie fand er auf ihrem Bett vor, zusammengekauert und vollständig angezogen. Zwar hatte sie ihr Gesicht dem Gasperlmaier zugewandt, der jetzt nach einem Sitzmöbel Ausschau hielt, sie starrte aber ausdruckslos ins Leere. Der Georg, dachte Gasperlmaier bei sich, war der Einzige in der Familie, der seine Wut hatte herauslassen können, die Frauen fraßen offenbar alles in sich hinein und erstarrten dabei. Gasperlmaier angelte sich den Bürostuhl, der vor dem Schreibtisch der Natalie stand. Ein wenig mühsam war es, gleichzeitig mit den Krücken und dem Stuhl zu hantieren, bis Gasperlmaier schließlich die beiden lästigen Gehhilfen von sich warf, die lautstark zu Boden polterten. Schon fürchtete Gasperlmaier, die beiden Frauen unten könnten nachsehen kommen, ob oben etwas geschehen war, aber das konnte er jetzt auch nicht mehr ändern. Auf die Stuhllehne gestützt, schob er das Sitzmöbel in den engen Spalt zwischen Regal und Bett, ließ sich darauf nieder und konnte mit knapper Not den Sessel noch so drehen, dass er zur Natalie hinsehen konnte. Der Schmerz im Knie, den er dabei empfand, war wieder frisch und heftig, so als habe er sich gerade eben verletzt. Gasperlmaier stöhnte nur leise, mit Rücksicht auf die Natalie, deren Schmerz weit größer sein musste als sein unwesentlicher.

Wie anfangen? Gasperlmaier mochte nicht herumreden. „Den Doktor Naglreiter, den hast nicht du umgebracht. Was du ihm getan hast, das war nur ein Kratzer." Zwar rührte sich die Natalie nicht, aber Gasperlmaier meinte, ein Aufglimmen von Interesse in ihren Augen zu bemerken. „Die Sabrina hat uns alles erzählt", fuhr Gasperlmaier fort. „Sie hat das nicht für sich behalten können. Es war ihr zu schwer." Die Augäpfel der Natalie bewegten sich, ohne dass sie Gasperlmaier direkt anblickte. „Für dich ist es auch leichter, wenn endlich alles herauskommt. Das ist ja kein Leben, so!" Gasperlmaier wies mit einer unbestimmten Geste auf die zusammengekauerte Natalie. „Hör einmal zu: Das mit dem Stefan, da sind wir uns sicher, das war Notwehr. Schließlich hat er dich ..." Gasperlmaier überlegte, wie er den sexuellen Aspekt, den er nicht direkt ansprechen wollte, ja konnte, deutlich machen sollte. „Also, er hat dich gegen deinen Willen gezwungen. Und du hast das nicht geplant, da war kein Vorsatz!" Gasperlmaier fragte sich, ob er da nicht auf dem besten Weg war, der Natalie etwas in den Mund zu legen, was sie entlasten konnte. Aber, auf der anderen Seite, wozu war er sonst da, als ihr die Sache ein wenig leichter zu machen? „Und du hast ihn doch bestimmt auch nicht umbringen wollen, du wolltest ihn doch nur ..." Neuerlich überlegte Gasperlmaier, wie fortzusetzen war. „Du wolltest, dass er weggeht. Dass er dich in Ruhe lässt. Du wolltest, dass er endlich aufhört." Na ja, dachte Gasperlmaier, jetzt habe ich der Natalie mit meiner Hausfrauenpsychologie erklärt, was sie gewollt hatte, und er fragte sich, ob das wirklich eine so gute Idee gewesen war. Jedenfalls warf sie ihm endlich einen Blick zu, und zwar, ohne in Tränen auszubrechen, ohne zu zucken, ohne loszubrüllen. „Muss ich ins Gefängnis?", fragte sie unvermittelt. „Ich geh nämlich nicht ins Gefängnis. Lieber bring ich mich um."

Gasperlmaier vollführte einige Gesten, die er für beruhigend hielt, wusste aber keine Antwort. „Niemand kommt ins Gefängnis!", sagte die Christine bestimmt. Sie stand in der Tür, ohne dass Gasperlmaier sie heraufkommen gehört hatte, und offenbar hatte sie Natalies Worte mitgehört. „Wir fahren jetzt alle ins Krankenhaus. Die Natalie und die Evi brauchen psychologische Betreuung und keine Polizei. Und du, Gasperlmaier, du brauchst einen Arzt, der sich um dein Knie kümmert."

Wunderbar, dachte Gasperlmaier, dann sind wir morgen früh alle zusammen im Krankenhaus, alle Überlebenden der Katastrophe. Und Gasperlmaier fragte sich, ob er den nächsten Kirtag würde genießen können. Mit einem Blick auf die Natalie, die von der Christine in den Arm genommen worden war, dachte er, dass das wohl sehr stark davon abhängen würde, wie es dem Mädchen in einem Jahr ging.

Bernhard Aichner
Die Schöne und der Tod
Krimi
Originalausgabe
HAYMON taschenbuch 27
ISBN 978-3-85218-827-0
256 Seiten, 11,4 × 19 cm
€ 9.95 / SFr 17.50

Bernhard Aichners Krimi-Debüt – eine abgründige, schräge und spannende Story: Dass Emma, seine erste große Liebe, plötzlich wieder in sein Leben platzt, und dass er ihre Schwester Marga, die sich vom Hausdach gestürzt hat, auf dem Dorffriedhof begraben muss – das würde der Totengräber Max Broll noch hinnehmen. Aber dass jemand Margas Leiche aus dem noch frischen Grab entführt, das geht entschieden zu weit. Als er die Sache, gegen den Willen der Polizei, selbst in die Hand nimmt, beginnt für ihn ein Wettlauf um Leben und Tod.

Christoph Wagner
Muj und der Herzerlfresser von Kindberg
Ein Südbahn-Krimi
Originalausgabe
HAYMON taschenbuch 26
ISBN 978-3-85218-826-3
192 Seiten, 11,4 × 19 cm
€ 9.95 / SFr 17.90

Ein Mordfall in Kindberg, der idyllischen steirischen Kleinstadt an der Südbahn-Strecke, das wäre an und für sich schon ungewöhnlich genug – aber wenn dann noch der Brustkorb der Leiche fein säuberlich geöffnet und das Herz verschollen ist, dann wird auch der sonst stets gelassene Bezirksinspektor Muj hellhörig. Und so setzt er seine legendäre Körperfülle in Bewegung und taucht ein in die Abgründe, die sich in der verschlafenen Provinz südlich des Semmerings auftun ...

www.haymonverlag.at